書下ろし

長編サスペンス

禁断の報酬

悪漢刑事《わるデカ》

安達　瑶

祥伝社文庫

目次

プロローグ

「何度でも申し上げますよ、社主」

初老の男は応接室のソファから立ち上がると、車椅子《いす》に乗った老人に向かって言った。

「私はもういい加減、こういう欺瞞《ぎまん》に我慢が出来んのです。もう限界です。社主は、いつまで続けるおつもりなんですか？」

「それは……」

きつい口調で問い詰められる格好になった老人は、不快そうに眉《まゆ》をしかめた。

白髪の老人だが、深い皺《しわ》の奥に光る眼光は鋭く、人を射貫《いぬ》くようだ。声にも威厳《いげん》があり、肉体の衰弱を、かつてカリスマと言われた片鱗を感じさせるオーラで補って余りある。

「あと、しばらくだ」

永年、人に命令し、従わせることに慣れた老人は、男の質問を鋭い視線で跳ね返した。

全身から発する威圧感が実体の数倍ほどにも老人を大きく見せ、男をたじろがせた。

「あとしばらくとは……社主はこのまま、逃げ切るつもりなんですね？」

男はなんとか踏み止まって言葉を返したが、老人に鋭い目で射竦《すく》められた。

「当然だ。何を言ってる」

その声は太く低く、地獄の底から湧き出してくるようにさえ思える。いかにも冴《さ》えない、地味な風体の中年男は、老人の迫力に怯《おび》えたものか、顔を伏せてしまった。

「なんだ。そんな程度の根性で、私にもの申すというのか。お前は一体、何年私に仕えているのだ？　三十年も仕えて、お前はまったく何も判っとらんじゃないか」

老人は鼻先で嗤《わら》った。が、その嘲笑が中年男の怒りに火をつけてしまったようだ。

「仕えて、とおっしゃいますが、社主。私はあなたのしもべではなく、新聞社の社員です。社主はまさか、自分の会社の人間はみんな自分の家来だなどと思ってるんじゃないでしょうね。新聞という言論機関のトップのお方が、まさかそんな時代錯誤な考えをお持ちではありませんよね？」

冴えない風貌の中年男の顔には、必死ともいえる表情が浮かんでいた。

「ほほう」

社主と呼ばれた老人は、面白そうに相手を眺めた。

「使用人扱いに怒ったか。しかし……考えてもみろ。お前は他の社員とは違うだろ。三流大学を出て就職に困っていたお前を遠縁のよしみで拾ってやって、モノになるように鍛《きた》えてやったのは誰だ？　その上、幹部の論説主幹にまで取り立ててやったのは誰だ？」

「その件は……」

逆襲された男は再びたじろいだが、今度は踏み止まった。

「その事については、感謝しています。一生あなたには頭は上がりませんよ。でもね、それを恩に着せられて、あんなことにまで手を貸さなければいけなくなったんですからね」

ふふふ、と老人は面白そうに笑った。

「そうだよ、飯森《いいもり》。お前はもう、手を汚してるんだ。だから、お前だけが口を拭《ぬぐ》って済ませられる問題ではないんだ。私とお前は一蓮托生《いちれんたくしょう》。あのことは、墓場まで持って行くしかないんだよ」

「だから。それがもう嫌なんですよ！」

飯森と呼ばれた男は悲鳴のように声を荒らげた。

「私はこれでも言論にたずさわる者の端くれです。他人を批判もするし、犯罪者を糾弾《きゅうだん》する記事も書く。だが、そういう自分は一体、何なんです？　私にはそんな資格はない。もちろん社主、あなたにもだ」

いきり立った飯森は、震える指を老人に突きつけた。だが老人はせせら笑った。

「なにを青臭いことを言ってるんだ。そんなことは三十年前のガキの頃に言う台詞《セリフ》だ。いい歳をしてコドモみたいなことを言うものではない！」

「いいや。私はもうたくさんです。この機を逃がしたら、永遠に罪を償う機会が喪《うしな》われてしまう。社主、あなたがそれを狙《ねら》って逃げ切ろうとしてるのは判るが、私は御免です。失礼」

飯森はそう言い捨てて老人に背を向け、応接室から出て行こうとした。

新聞社と言えど編集局の入っていない深夜の旧館は、人気《ひとけ》がなくてしんと静まりかえっている。

「待て飯森。待て待て」

男の本気を感じた老人は、少し焦《あせ》って車椅子を進め、相手の行く手に回り込んだ。

「何が不満なんだ？　論説主幹じゃ不服か？　しかし、主筆の座を譲るわけにはいかんし……どうだ、現場を離れて専務にしてやろうか？　経営陣に加わるか」

「いや……そういうことじゃないんです。あなたは全然お判りになってない」

今度は飯森の顔に冷笑が浮かんだ。

「私は、この足で、出るところに出ようと思います。長々とお世話になりました」

「なにを言ってるんだ、貴様！」

老人は、持っていたステッキの先で、飯森の胸を突いた。

「お前はいったい、何を言ってるんだ。自分が言ってることが判っているのか？」

「判っております。もう、いつまでも小僧っ子扱いは止めてください」

「いいや。お前には何も判っとらん！　青臭い正義論は紙面だけにしておけ！」

老人はなおもステッキで飯森の胸を突いた。

「お止めなさい、社主」

ステッキの先を摑《つか》んだ彼のその顔が、妙に冷静で穏やかであることが、老人の心をざわつかせた。

「なんだお前は。この私に説教でもする気か？」

「滅相もない。あなたは誰の諫言《かんげん》も聞き入れないお方です。人の言葉が通じないお方です。ですから、私はもう……」

「うるさい！　黙れっ！」

ついに怒りを爆発させた老人は衝動的にステッキを引き、そのまま思い切り突いた。狙いあやまたず、ステッキの先端が飯森の鳩尾《みぞおち》に深く食い込んだ。

瞬間的に息を詰まらせ身体をくの字に曲げた飯森の顎《あご》を、老人は足で蹴《け》り上げた。車椅子に乗ってはいても、老人は下半身が利《き》かないわけではない。足を使って歩くのが億劫《おっくう》になったので、重宝な道具を使っているだけなのだ。

「うっ」

不意打ちされた飯森は、そのまま倒れ込んだ。

「馬鹿者が。この、大馬鹿者が！」

老人は車椅子の片輪を倒れた飯森の首に乗り上げ、車椅子の両サイドを摑んだまま、どすどすと身体を上下に動かした。より体重を掛けるためだ。

「ぐ」

骨がボキリと折れる音と、飯森の短い悲鳴が聞こえたのは、ほぼ同時だった。

それっきり、飯森は動かなくなった。

「おい……飯森」

一時の激情から醒《さ》めた老人は車椅子を後退させ、ステッキで飯森を突《つ》ついた。

だが口から血を流し、倒れたままの飯森は、ぴくりとも動かない。

「……しまった」

我に返った老人は、ことの重大さに唇を嚙んだ。

その時、応接室のドアガラス越しに、人影が横切るのが見えた。

誰だ？　これを見られたのか？　だとすれば放ってはおけない。

老人は、焦って車椅子を進め、ドアを開けた。

走り去るような足音が廊下に響き、人影が曲がり角に消えた。

揺れる服の裾が一瞬、見えたように思えた。

「……女か？」

老人は呟《つぶや》き、車椅子を駆って後を追おうとした。

しかし、冷静に考えれば、応接室のドアは閉まっており、物音は聞こえたかもしれないが、決定的な場面を見られたはずはない。過剰に反応すれば藪蛇《やぶへび》になる恐れがある。さらに応接室のあるこのフロアには会議室や視聴室が並んでおり、深夜とはいえ人の出入りが皆無というわけではなく、下手に咎《とが》め立てをするわけにもいかない。

それよりも。

老人はふたたびドアを閉めて、ダブルのスーツの内ポケットから携帯電話を取り出し、アドレスブックからある番号を選び出して発信した。

「ああ、私だ。ちょっと困ったことが起きた。何をさておいて、すぐ来てくれ。すぐにだ。用件は電話では言えない。裏のエレベーターで八階の応接室に来てくれ。頼んだぞ」

電話を切って、わずか十分後。

ドアがノックされた。

「私です。社主。北村《きたむら》です」

その声を聞いて、老人はドアを開けた。

入ってきた、見た目三十代の長身の男は、室内を一瞥《いちべつ》するや、すべてを悟った様子だ。

「判りました。後は私が。社主はご安心ください」

北村と名乗った男は、濃紺のスーツを隙《すき》なく着こなしている。有能なビジネスマンのようにも見えるが、それだけではない迫力がある。

北村はキビキビと飯森の手首をとって脈を取り、鼻先に指を当てた。

「……まだ、生きてますが」

「それは困る。こうなった以上、完全に息の根を止めてくれ」

はい、と北村は律儀《りちぎ》に一礼した。

「とにかくここから運び出さねばなりません。私の部下を呼んでもいいでしょうか?」

「よしなに頼む」

はい、と一礼した北村は、携帯電話を使って短く指示を出した。

下で待機していたのか、すぐに二人の若い男が大きなジュラルミン・ケースを運んでやってくると、無言のまま蓋《ふた》をあけ、飯森の身体を手際よく中に納め始めた。

こんな大きなものが運べる車で来たのか。その不安が顔に出ていたのだろう。

社主と呼ばれる老人に、北村は一礼した。

「ご安心を。トラックみたいな無粋なクルマでは来ておりません」

そうか、と老人はホッとした顔になった。

「……判っているだろうが、私の名前が出るのは困る」

「万事心得ております。電話を戴《いただ》いた時、こんなこともあろうかと用意して参りました」

北村は冷たい表情に僅《わず》かに笑みを浮かべた。

「うず潮新聞の社主が、論説主幹を手に掛けたと知れては困りますよね」

北村は、下からすくい上げるような視線で老人を見た。

「それ以上言うな。こちらも万事了解している。こういう事を頼んだ以上、君との関係は揺るぎないものと承知してくれ」

はい、と北村は再度、一礼した。

「私が居なくては、この社は立ち行かない。判るな？」

「もちろんです。我々も、社主に居て戴かなければ困ります」

北村の手下二人が飯森を入れたジュラルミン・ケースの蓋を閉め、銀色の箱をごろごろと押して、部屋から出ていった。

「では、私も。社主、これからも何卒よろしくお願いします」

硬い表情で頷《うなず》く老人に深々と一礼すると、北村も出ていった。

老人は、応接室の壁に飾られた肖像写真を見上げた。

三枚並んだ額縁入りの写真。うず潮新聞創設者・勝山雅蔵《かつやままさぞう》、第二代社長・勝山雅一郎《まさいちろう》、そして、目の前にいる老人、第三代社長兼主筆・勝山雅信《まさのぶ》。

写真から視線を窓に移すと、旧館社屋の下で光が動くのが見えた。北村たち、そして間もなくこの世に別れを告げる飯森が乗った車のライトだろう。

その光が方向を変え、やがて闇に消えるまで、老人は窓を見つめ続けた。

第一章　接近警報

冬の海は、午後の陽光を受けて美しく輝いている。

夏なら紺碧《こんぺき》だろう海に、白砂のビーチ。その奥には、森に囲まれた白亜の殿堂とでも言うべきホテルがあった。

さながらハワイかタヒチか、はたまたマイアミかコート・ダジュールかと言うところだが、而《しか》してその実体は、沖縄ですらない。瀬戸内海のリゾートだ。

ホテルの海を一望するテラスには、むさい中年男がバスローブをまとい、サングラスを掛けたまま、デッキチェアで昏睡《まどろ》んでいた。傍らには派手な色のトロピカル・カクテルがある。

脂《あぶら》ぎった髪に無精髭、寝癖のついた乱れ髪。男の周囲には磯の香りを打ち消すニコチン臭と酒の匂いが、濃厚に漂っている。みるからに甘ったるそうなドリンクの隣の灰皿には、無粋にも吸い殻が山のように盛り上がり、この男の存在は、トロピカルでエキゾチックなテラスの雰囲気《ふんいき》から恐ろしいほど浮きまくっていた。

先刻から、潮騒でもない海鳥の鳴き声でもない轟音が響きわたっているが、それは男の口から漏れている。そのイビキが一段と高くなったと思ったら、男は目を覚ました。ずずず、と派手な音を立ててストローで残ったカクテルを一気に吸い上げると、男は乱暴にグラスを置き、タバコに火をつけた。

その様子は、タチの悪いヤクザが場違いな場所に居座って、嫌がらせをしているとしか見えない。実際、他の客は警戒して誰も近寄らない。

そこに、白いサイドストリングのビキニにバスローブを羽織った女がやってきた。出るところは見事に出て、締まるところもきっちり締まった三十過ぎの女体はすこぶるセクシーで、目鼻立ちのハッキリしたキツめの美貌と相まって、さながら歩く媚薬のようだ。

「佐脇《さわき》ちゃん……あんた、ホンマ、こういう場所、全然似合わへんわねえ」

「知ったことか」

佐脇と呼ばれた中年男は吐き捨てるように答え、弛《ゆる》み気味の腹をぱん、と叩いた。わざと下品に振る舞う露悪趣味の持ち主のようだ。

「あんた、寒くないのん？　真冬にやせ我慢すると風邪ひくよ」

陽射しは穏やかだが、たしかに肌寒い。

「酒飲んでりゃポカポカさ」

佐脇はニヤリと笑ってタバコを吹かした。

「そもそも、オレはこういう場所は興味ねえ。お前さんが来たいと言うから来ただけだ」

そうは言いながら、佐脇はデッキチェアで寝るのが好きなようだ。彼としては、このロケーションを見て、昔テレビの洋画劇場で観たアラン・ドロンの真似《まね》を一度でいいからやってみたくなったのだ。

「興味ないと言いながら何それ？　そういやあんた、『太陽がいっぱい』好きや、言うてたねえ？」

「馬鹿かお前は」

照れ隠しに本音を否定した佐脇が好むモノは、ありとあらゆる不健康な娯楽だ。そんな彼には、マリン・リゾートで過ごす休暇はもっとも似合わないし、マリンスポーツにも興味がないから、海とは眺めるだけのものだ。砂浜に人もなく、水温が低い冬は、海がいちばん澄《す》み切って美しい。

「どうせなら外国に行きたかったなあ……こんな近場。佐脇ちゃん、うちのこと安く見てるのんと違う？」

「行く先で値付けが決まるのか。じゃあアイスランドとかフォークランドみたいな地の果てに連れてけば最高の評価ってことになるわけか？」

「アイスランドには世界最北の温泉があるやんか。……せめて沖縄とかグアムとか、連れてってほしかったわ」

「そうおっしゃいますがね、ここは県外から客がわんさか来るんだぜ。沖縄は海はキレイだが景色は単調で魚が美味《うま》くない。グアムもハワイも無駄に遠いが、魚はマズい。だがここは、海岸線は変化に富んでるし魚は美味いし、おまけに温泉まである」

「嫌やわ、そんなオッサン臭い……」

まあそう言うな、と佐脇は女の腕を掴んで引き寄せた。

「ここだって、鳴龍《めいりゅう》会の伊草《いぐさ》がやっと取ってくれたんだ。ゼイタク言うな」

「女と遊ぶのにヤクザにたかるオマワリて、最悪やんか……」

佐脇は女を自分の膝《ひざ》の上に載せてキスを始めた。これでは『路チュー』をして通行人の顰蹙《ひんしゅく》を買う若者と同じだ。

「止めてぇな……こんなとこで、恥ずかしいし」

「どうせならバスローブの下は素っ裸ってほうが刺激的だったのによ。惜《お》しいことしたな」

佐脇がいつも相手にするのは風俗の女なのだが、今回は珍しく、高級クラブの女を誘った。

この女・レミは、大阪はミナミのクラブで売れっ子だったというふれこみだ。なるほど一見してセクシーでゴージャス、気位の高いところが逆に人気になっている女だが、そんなレミがどうして鳴海《なるみ》のような田舎《いなか》に流れてきたのか。理由《わけ》は訊かなくてもだいたい判る。

おそらくこの不景気に、売り掛けを溜《た》めるだけ溜めた常連客に飛ばれたのだろう。

都落ちはしても、プライドだけは高値安定なレミのタカビーぶりに意地になった佐脇は、彼女の高級志向に合わせて、自分の好みではないリゾートに誘い出したのだ。ワイロ貯蓄があるから自腹を切っても良かったのだが、鳴龍会の若頭・伊草が是非使ってくれと旅行券を何枚も持ってきたので、有り難く使わせて貰った。

「近場だからって文句言うな……お前の懐は一銭も痛んでないんだからよ」

その指は、女の水着の上から柔らかな下腹部をなぞり、秘裂を爪先《つまさき》で擦った。

秘部への微妙な刺激に、レミは甘いあえぎを洩らし、腰をくねらせた。

「鳴龍会の若い奴が、事務所に入れたエアコンと冷蔵庫のエコポイントで手に入れた宿泊券だぜ。ヤクザの若い衆がチマチマと書類そろえてしこしこ申請書に記入してるところを想像してみろ。泣けてくるじゃねえか」

「そう言うけど、イマドキのヤクザは素人《しろうと》よりお役所相手の手続きには詳しい、て大阪では言われてたわ」

指先は水着の下に入り込み、直《じか》に女芯に触れた。しかし、バスローブで隠しているから外からは見えない。

レミは、甘い声を出した。

「ねえ……おかしな気分になってきたわ。ここから先は、部屋で続けようよ……」

いいぜ、と佐脇は答えると、改めて膝の上に載せたレミの全身を舐《な》めまわすように見た。さながら娼婦を値踏みするような、無遠慮な視線だ。

「その代わり、ここで脱ぎな。すっぽんぽんになって部屋まで行こうぜ」

「……それって、どういう趣味？　うちを裸にして連れ回すって？　警官のくせに、捕まったらクビやないの」

「誰がお前を丸裸で連れ回すと言った？　バスローブは着てろ。こんな事でオレは警察をクビになる気はねえ」

佐脇は早くもレミのバスローブの中に手を入れて、ビキニのストリングをほどき、上も下も脱がそうとしている。

「佐脇ちゃん……あんた、やっぱりヘンタイやったんやね」

「やっと判ったのか。ノーマルには飽きた。さあ、脱げ」

佐脇の指がブラのストリングをほどき、ボトムのサイドストリングにも伸びた。レミのたわわな胸をわずかに覆《おお》っていた、二つの白い三角がはらりと落ちた。乳首がルビーのように紅くなり、ツンと立っているのは、外気に触れたからだけではあるまい。

ボトムの両脇の紐《ひも》もほどいてしまった佐脇は左手で生の乳房の弾力を思い切り楽しみながら、さらに右手で、女の両脚のあいだを覆っていた白い布をじわじわと引いた。レミは反射的に両腿《もも》を閉じたが、今度は逆に股間に布を食い込ませ、擦りあげるようにして引っ張ってやる。女の一番敏感な部分を布が擦ったのか、レミは「あっ」と小さく声を上げ、次の瞬間、耳まで真っ赤《まっか》になった。

「脚を開けよ。オレの指で、もっと気持ちよくしてやるから」

佐脇はエロオヤジの本性も露《あら》わに、バスローブの中でレミの女体を思う様もてあそび、撫《な》で上げた。レミは全身から力を抜き、両腿も開いた。もはや抵抗する気はないようだ。握り潰《つぶ》しても押し返してくる弾力ある乳房。きゅっとくびれた腰つき。佐脇の指にさぐられるまま、熱い樹液を滴《したた》らせる秘腔。

気分を出してきたか。こうなったらこのタカビー女を、完全に屈服させてやる。突き上げるような征服欲が佐脇を動かした。

「あそこが洪水みたいだぜ。内股までぐしょぐしょだ」

佐脇が指を遣うにつれてレミの股間からは、くちゅくちゅという、秘めやかないやらしい水音さえ聞こえている。

「もう……やめてよ。部屋に戻ってゆっくりしよ」

昨日の午後、このホテルにチェックインしてから続けて二度、抱いた。今朝も起き抜けに一度抱いて、ルームサービスで朝食をとってからテラスに出てきたのだが、佐脇の股間も、ふたたび鋼《はがね》のように硬くなっていた。そのモノをバスローブごしに、膝に載せたレミの尻に擦りつけ、突き上げるように動かす。

レミの乳首はさらに尖《とが》り、息づかいが荒くなってきた。

「なあ……またウチに入れたいんやろ？　早く部屋に戻ろうなぁ」

レミの股間を這う佐脇の指先はすでにぐっしょりと濡れている。佐脇に劣らず、レミも快楽には貪欲《どんよく》なのだ。だが、一皮剝《む》けば淫乱なメスである本性を、高級クラブホステスの気位の高さが、かろうじて護《まも》っている。

「お前、元はミナミで売れっ子でも、今は鳴海に都落ちだ。自分で言うのも何だが、鳴海で楽しくやっていこうと思うなら、オレの言うことをきいといた方がいいぜ」

わざと悪ぶって、佐脇は時代劇に出てくる悪代官のように哄笑してみせた。

「まずは、お前の本気汁まみれの、そのビキニのパンツをオレに渡せ」

「……判った」

レミも、これをゲームと割り切ったのか、バスローブの下でごそごそして、佐脇に白い布きれを差し出した。佐脇はわざとレミの顔を見ながら、ぐっしょりと濡れたビキニの股間の部分をしげしげと改め、匂いを嗅《か》いでみせた。

「いい匂いだ。さっきオレのクンニでお前がイッた時と同じ味がする」

「やめてよ。こんなところでパンツくわえるなんて、人が見たらおかしく思うやんか」

慌《あわ》てるレミにかまわず、佐脇はバスローブの前をぐい、とはだけさせるようにした。反射的にレミは胸をかきあわせたが、一瞬、豊満な熟女の裸身がまる見えになった。

「じゃ、行こうか」

レミは怒りと欲情がないまぜになった表情で佐脇を見た。自分を娼婦のように扱う男は初めてなのだろう。

「佐脇ちゃん。女にはそれなりの扱いがあるんやないの？」

だが、佐脇の冷たい目線にレミは打ちのめされたのか、赤くなって俯向《うつむ》き、従順に立ち上がった。

佐脇はレミの腰に腕を回して、歩いた。

テラスから部屋までは、少し距離がある。リゾートホテルなので、こういう格好で廊下を歩いても目くじらは立てられないが、夏ならともかく、冬にバスローブ姿で、しかも男女が密着して歩いていれば、いやでも目立つ。

「……嫌や。みんな見てるやないの」

「この下は素っ裸って判れば、もっと見られるだろうな」

佐脇はレミの尻に手のひらを当て、じわじわとバスローブの裾をたくし上げようとした。

「止めてよ！　あんたが取り締まる側の人間やて、信じられへんわ」

佐脇は、悪ガキのように笑った。

「ワルもオマワリも、同じ穴のムジナって事だよ」

宿泊客の注目を集め、視姦されるように歩いているレミが、次第に昂揚していくのが、はっきり判った。嫌がってはいても元々が注目を浴びたい種類の女なのだろう、バスローブを念力で脱がすようにまとわりつく男たちの視線がその肌を火照《ほて》らせ、無数の犯すような眼差しに反応して、息づかいは乱れ、瞳もうるんでいる。

佐脇は、廊下のくぼみに設《しつら》えられた電話コーナーにレミを連れ込むと、バスローブの前から手を突っ込み、女の股間を鷲摑《わしづか》みにした。

あえぐレミの恥裂をまさぐり、熱い樹液を搦《から》め捕った指先を、佐脇は彼女の唇に突きつけた。

レミは霞《かすみ》のかかったような目のまま、ぽってりと厚い唇を開き、佐脇の指を、まるでフェラチオでもするようにくわえこみ、ねっとりと舌を這わせた。

「ね？　ウチ、もう我慢出来んようになってきた……」

レミは熱い視線を挑むように佐脇に送り、片脚をぐい、と持ち上げた。爪先立ち、踵《かかと》が佐脇の肩に乗るほどだ。バスローブの前が完全にはだけ、黒々と濡れたアンダーヘアも、ぱっくりと口を開けた女芯も丸出しになっている。

「おいおい、ここでか？」

戸惑うのは佐脇の番になった。

「こんなんで感じるのヘンタイだけや、と思ってたけど、見られるのに弱いって、あたし、自分でも気がつかへんかったわ……」

レミは息をはずませ、剝き出しの股間を激しく擦りつけてくる。

「いや、ここじゃさすがにダメだろ。部屋でやろうぜ」

コワモテだった佐脇が焦《あせ》りだしたのを見て、レミは笑った。

「佐脇ちゃん。あんた、案外小心なんやね」

「バカ言うな。最近は羽目を外すバカが多くなって、オマワリはすぐ首が飛んじまう。オマンコ一発で守り続けたおいしい身分を取り上げられてたまるか」

そうは言いながらも、佐脇の指はレミの秘部をまさぐっていた。

女芯はぬるぬるに溢《あふ》れ、肉芽もぷっくりとふくらんでいる。指先を秘唇の中に差し入れてやると、そこはマグマのように熱く息づき、男の指をくいくいと締めつけてきた。

「さっきまでは嫌がっていたのに、カラダは正直なもんだな」

指先をさらに深く秘裂に挿し込み、うねうねと動かしてやると、レミは息を呑んで躰を硬直させ、切なげに腰を揺らした。

「嫌やわ。ウチだけ恥ずかしいのは。だから……お返し」

レミはそう言いながら手を伸ばし、佐脇のバスローブに手を突っ込むと逸物を摑んだ。

「おい。やめろって」

レミの目は完全に潤《うる》んでいた。瞳の奥に男を誘う妖しい炎が燃えている。佐脇がまさぐる女芯もひくひくと痙攣《けいれん》し、もうちょっと指を遣ってやれば、このままここでイキそうだ。

だが佐脇のモノも青筋を立て、先端から汁を溢れさせている。

「佐脇ちゃんのカラダも正直やね。これでオアイコよ」

降参した佐脇は、そこで矛《ほこ》を収めてエレベーターに乗った。

扉が閉まってしまえばこっちのものだ。

後ろからレミを抱きしめてバスローブをはだけさせ、下半身を撫で回した。

恥裂からとめどもなく湧きだした淫液は、すでにレミの内腿一面に滴っている。

「途中で誰かが乗ってきたらどうするの？　全部見られてしまうわ」

「見せてやれよ。金は取らないから。こうなったら大サービスだ」

調子に乗った佐脇は、レミのバスローブの胸元もはだけさせ、バストまでも露出させた。

佐脇はレミの乳房を思い切り揉《も》みしだいた。もう何度も抱いているのだが、こういう羞恥プレイ的なシチュエーションは初めてだ。

彼女の口からは切ないため息が漏れた。

乳首がさらに硬くなり、勃《た》ちあがる。腰がくねる。喘《あえ》ぎ声も漏れる。

エレベーターを降りても誰もいなかったので、廊下を、ほとんど裸にしたレミを羽交《はが》い締めにするように、バストを揉み、股間をさぐりながら歩かせた。

部屋に戻ると、ドアを閉めるのももどかしく、佐脇はレミに襲いかかった。

「ああ、これ、凄《すご》いわ。すぐに入れて……かきまわして……滅茶苦茶にしてッ」

発情した熟女を前に、興奮したガキそのものとなった佐脇はレミのバスローブをむしりとり、裸にひん剝《む》いてベッドに押し倒すと、バスト九〇はありそうな豊かな胸にむしゃぶりつき、既《すで》に尖りきった乳首を吸い、歯を立てた。

「ああん、もう……」

レミは熱い息をしながらされるがままだった。全身がカッと熱くなり、しっとりと汗をかいている。冬場にバスローブ一枚で、館内とはいえ肌寒かったのに、だ。

下半身に手を潜らせて股間にタッチすると、そこはさらにぐっしょりと濡れそぼり、燃えるように熱くなっていた。

「もうずっとオアズケ状態なのよ……早く来て、入れて」

レミは腰をくねらせた。その花弁は男のモノを求めてひくひくと蠢《うごめ》いている。

恥裂の中に侵入した指で、なおも焦《じ》らすように淫襞を弄《いじ》り続けてやる。

乳首がツンと上を向いた豊かな胸と、優美な曲線を描くくびれた腰。熟《う》れきってはいるが、崩れてはいない、最高の肢体だ。

「お前さんは、全身整形とかしてるクチか」

「こんなときに盛り下がる事言わんといて……スタイル維持にお金掛けてるだけよ」

「いいカモを捕まえるためにか？」

「それもあるけど、自分の美意識のため」

カッコつけんなよと言いつつ、佐脇は彼女の秘部の、さらに奥深くに指を差し入れ、熱く濡れそぼった中を掻き乱した。レミは、指の動きに合わせて下半身を軟体動物のようにクネクネと蠢かせた。

佐脇は、レミの股間に頭を移動させ、淫液で濡れた翳《かげ》りに舌を這わせ、ちゅう、と音を立てて肉芽を吸った。

「あっ！」

レミの女体はきゅうんと弓なりに仰《の》け反《ぞ》った。

「なんだよ、初めてイッた小娘みたいに感度がいいじゃねえか」

佐脇はわざとぴちゃぴちゃと猥褻《わいせつ》な音を立てて肉芽をしゃぶった。その小さな突起はさらにいっそう膨らみ、舌の先でぷるぷると転《ころ》がった。

「あああ………早く……来てって！」

体勢を変えて一気に挿入し、抽送《ちゅうそう》しながらも指を差し入れて転がした。

乳首と膨らみきった肉芽を執拗《しつよう》に愛撫されつつ、熱く濡れた媚肉の中では肉棒が暴れている。同時に三か所を責められて、レミはエキサイトした。

さらに体位を変えて、佐脇は彼女の両脚を高々と持ち上げた。いっそう奥まで、深く挿入してやると、ペニスのストロークすべてを生かしたゆっくりした抽送を続けた。

この長周期のピストンは、効く。若い男は自分の射精のことしか頭にないから、激しく腰を使うだけだが、女をイカせるにはじわじわ責めるのが一番なのだ。

この「奥義」は、女をコマすプロのヤクザから教わったものだ。実践してみたら嘘ではないと判り、佐脇は以後、これを地道に実践している。この破戒刑事がヤクザから学び取ったことは色々と役に立つが、女の扱いはその最たるものだ。

レミは唇を噛んで、一気に昇りつめてしまわないように必死で耐えている。

「なんだよ。ナニ我慢してるんだ」

「だって……簡単にイッてしまうんがもったいなくて」

「ケチくさい事言うな。減るもんじゃなし」

佐脇は肉棒が刺さっている秘門に指を添え、花弁を摘《つま》んで引っ張った。

「ひいいっ！」

ペニスの脇から下の唇をいたぶってやるたびに、レミは腰を上下させて悶《もだ》え狂った。

「もっとキツいのをお見舞いしてやろうか」

悪漢にして色悪の刑事は、彼女のアヌスに乱暴に指を差し入れた。

「あうっ！」

レミは激しく仰け反って、そのまま絶頂に達した。佐脇はかまわずそのまま抽送を続け、なおも責めあげる。

「いいいい、いい……たまらない……」

レミは、絶え間ないオーガズムに襲われて、翻弄《ほんろう》されていた。次々に大波に襲われて、もはや溺死寸前という様子だ。

佐脇はほれほれ、と声を上げて次第に抽送の間隔を速くしていった。ゆっくりだけがいいのかと言えばそうでもない。物事すべてメリハリが肝心だ。セックスも同じだろう。激しいピストンで、レミはさらなる高みに追い上げられていった。

ますます女芯が締まる。

肉棒が暴れれば暴れるほどに、レミは全身を痙攣させ、オーガズムのリズムのままに、くいくいとヴァギナを締めてきた。

「おうッ」

佐脇も、果てた。

「もう、しばらくはセックスはいいな……満腹だ」

ぐったりとベッドに倒れ込んだ佐脇に、レミは妖艶な笑みを向けた。

「そんなこと言うて、ちょっと休憩したらまたはじめるくせに」

「まあな」

図星を指された佐脇は苦笑した。

「セックスと酒はオレの生き甲斐《がい》だからな」

コトが終わり、レミは陶酔の余韻に浸ったまま、眠ってしまった。

シャワーを浴びた佐脇は缶ビールをグビリと飲み、タバコに火をつけて携帯電話を見ると、メールの着信があった。

地元テレビ局のリポーター・磯部《いそべ》ひかるからだ。

『うず潮新聞の幹部が失踪しました。ローカルニュースで私、リポートします』

特ダネがある時、ひかるは情報を流してくれる。彼女がまだ短大生だったころに佐脇と男女の関係になり、以後ずっと続いているということもあるが、お互いに仕事上プラスになる、いわば持ちつ持たれつの間柄だ。

ひかるの側からすればテレビで流す際のウラ取りでもあるし、警察発表ではないものを流す場合に、一応伝えておくというニュアンスの時もある。佐脇たち警察が摑んでいないネタをマスコミが握っている場合もある。だから、ひかるの一報は無視出来ない。

「ああ、オレだ。メールは見た」

佐脇が折り返し電話すると、ひかるは仕事場である「うず潮テレビ」の報道部にいた。

「今、パラダイス・リゾート成島《なるしま》ホテルにいるんですよね？」

「何で知ってるんだ？」

どうやら仕事の話にこと寄せて、佐脇が誰と一緒なのか探ろうとしているらしい。

「そんなの、鳴海署の水野《みずの》さんに聞けばイッパツじゃないですか。水野さんは私には隠し事しないし」

佐脇の相棒・水野は、佐脇とひかるの『特殊な関係』を熟知している。

「佐脇さんが柄にもなく海辺のリゾートに行くなんて、女絡み以外ありえないですよね。相手は誰なんだろうって本番前にスタッフに愚痴《ぐち》ってたんですけど、その話に割り込んできた女がいて。それがすっごい嫌な女で……佐脇さん、まさか、その人と一緒じゃないでしょうね？」

ひかるは、佐脇が誰と付き合おうととやかく言うつもりはないが、その女とだけはやめてほしいと言った。

「ほほう。お前さんがヤキモチ焼くとはな」

佐脇とひかるは、男女の関係としては長続きしているが、それはひかるがさばさばしていて物事にこだわらず、佐脇とのセックスもスポーツかストレス解消のように楽しんでいるからだ。断じて感情的でもウェットなタイプでも無いひかるが、ここまで人に対する好き嫌いをあからさまに口に出すのは珍しい。

「そこまで言うからには、そいつはよほどの、極め付きのヤな女なんだろうな」

ひかるがそこまで嫌うとは一体どういう女なのか、佐脇は逆に興味が湧いた。

「ってことは……美和子《みわこ》サンと一緒じゃないんですね？」

ひかるの声が急に明るくなった。

ひかるによれば、その女、吉崎《よしざき》美和子は、うず潮テレビの親会社であるうず潮新聞に、この春、採用された正社員で、現在はうず潮テレビに出向中なのだという。

「トークの訓練も何もない素人《しろうと》のくせに、リポーターなんかしてるんですよ」

台風の実況などで、いかにも素人くさい、たどたどしい喋《しゃべ》り方のローカル局の記者が画面に現れて暴風雨に曝《さら》される罰ゲームみたいなリポートをしていることがあるが、美和子とかいう女もその口か。

「優秀な成績で有名四大を出たエリート正社員なら、オフィスでおとなしく記事書いてりゃいいじゃないですか。何もあたしたちの仕事を横取りしなくたって」

現場リポートはひかるの仕事だから、彼女が警戒し、猫のように毛を逆立てるのも判る。

佐脇はひかるをなだめた。

「そうカリカリするな。お前の巨乳には固定ファンもいるんだし、そのへんのブスで、頭でっかちのインテリねえちゃんなんか相手にならねえだろ？」

「またヒトを、巨乳だけのバカ女みたいに言って……」

ひかるの声がむくれた。

「だけど、ただのインテリねえちゃんじゃないから面倒なんです」

そこから堰《せき》を切ったような、吉崎美和子に対する怒濤《どとう》の悪口が始まった。

いわく、着ている服がいつもエロくて派手で、あれは絶対男ウケしか意識していない、相手が男性か女性かで態度が百八十度変わる、特に権力のありそうな年配の男性には露骨にコビを売る、化粧もケバくて、アイラインのきつさなどどこの帰国子女かと思うほどだ、リポーターなら現場に出ることもあるのに、ロングヘアを手の込んだ巻き髪にしている、そのくせ台風中継のようなキツい仕事はまわってこない。

「私なんか手入れが簡単で機動性の高いショートヘアなのに。あんなキャバ嬢みたいなヘアスタイル、報道関係では見たことないですよ」

髪の長さはともかく、ひかるがその美和子という女を批判する悪口のほとんどが、ひかる自身にも当てはまることなのが、佐脇にはおかしかった。

「『つねにハデで男受けを意識』についちゃ、巨乳が売りのお前さんも、ヒトのことは言えないと思うがな」

佐脇が指摘すると、ひかるはムキになった。

「だからあたしはいいんです。地元の短大出だし正社員でもないし。学歴もポジションもない、いわば私のような弱者が飛び道具使うのは、ある意味仕方ないんだから」

弱者という言葉に噴《ふ》き出しそうになった佐脇だが、そこはかろうじて我慢した。

「でも、あの吉崎美和子って女は……」

関西の国立大を出ていて、その後東京で一流企業に就職したが、どうしてもマスコミの仕事をしたくて、うず潮新聞の中途採用に応募してきたのだそうだ。

「たしかに頭はキレるし、学歴も推薦状も申し分のないものだということは判るんですけど、なんていうのかな、品がないんです。ヒガんでるんじゃないですよ、私。高学歴の女子社員なら何人も知ってますけど、みんな教養あるし余裕もあるし、反感なんか持ったことないです。でも、あの吉崎美和子って女は、そうじゃないんです」

ガツガツしてるし、ズルい、とひかるは言い、なおも悪口が果てしなく続きそうだったので、佐脇は口をはさんだ。

「まあ、オレも他人の悪口は大好きだが、それはお互い共通の知人だから盛り上がるんであって。オレはその吉崎美和子って知らないからなあ」

そばで寝ているレミのことも気になる。激しいセックスの直後、別の女と長電話しているのがバレたら、レミも怒るだろう。

「ま、オレは今、美和子とは別の女と居るんだから、お前さんの心配も晴れたろ」

それはそうですけど、とひかるは妙な形で納得した。浮気は責めるべきなのだろうが、責められる立場かどうか、ひかる自身がよく判っていないのだ。

「でもね、美和子って、妙に県警関係の事情に詳しいと言うか、むしろ異常なくらい興味を持ってて。私からいろいろ聞き出そうとするんですよ。私が佐脇さんと親しい事も知ってたし」

「ンなこと、関係者ならみんな知ってるだろ」

「そうかもしれませんけど」

ひかるは、自分に都合の悪いことはスルーして話を続けた。

「だからオレは、そいつとは違う女と来てるんだから、それでいいだろ」

かなり面倒くさくなった佐脇は、通話を切った。

「……誰と話してたん？」

眠りから覚めたのか、最初から狸《たぬき》寝入りだったのか、レミが声を掛けてきた。

「仕事の話だ」

「有休、取ってたんと違うの？」

「オレが居ないと鳴海署は回らないのさ……ってなクサいことは言わない。誰かが居なくても組織は回っていくもんだ」

なんなら休みを延長してもいいんだぜ、と佐脇はレミの裸身にふたたび重なった。

「有休なんざ使い切っても休めばいいんだ。警察から貰うハシタ金以上に、オレはワイロで潤《うるお》ってるんでな」

「それ、ヤクザを通していろいろアガリをかすめ取ってるんやろ。たとえばパチンコとか」

「まあそれもあるな。パチ屋は昔からヤクザの資金源だからな。ま、パチ屋も全盛期と違って最近は苦しいみたいだが」

ＣＲ機の導入以来、警察もヤクザに負けず劣らず、あの業界からは盛大に毟《むし》っていると言っていい。毟られた分をパチ屋は客から取ろうとする。その結果、客を殺し過ぎて、減った客を店同士で奪い合ってるのも同然だ。

「ウチの幼馴染《おさななじ》みなんやけどね、結婚して子供もいるのにパチにはまって、サラ金に借金こしらえて、子供もほったらかしで、離婚されて子供も取られた子がいるんよ」

人間、ああなったらおしまいやね、とレミは言った。この女にしては真面目な、やりきれない表情を一瞬見せたのが、佐脇には意外だった。

「アホなことはやめとき、あんた、自分で何やってるのか判ってんの？　って何度も忠告したけど、あかんかったわ。ウチ、アホは心底、きらいやねん」

「あんたの幼馴染みには悪いが、パチ屋もヤクザも警察も、そういうカモから美味《うま》い汁を吸わせてもらってるからな」

県警でも生活安全課に行きたがる連中は多い。パチンコ業界からの付け届けが潤沢にあるからだ。また署長ともなれば、管内のホールからの付け届けで家が建ったなどという話は枚挙にいとまがない。

「世の中、悪党ばっかりやね……思うねんけど、アホはアホなりにさっさと潰れてしまえばいいのに。振り回される周りの人間が気の毒やわ」

その幼馴染みとやらを、レミはかなり本気でパチ中毒から救い出そうとしていたのか。こいつ、意外に俠気《おとこぎ》のある女なのかもな、と佐脇は内心、彼女を見直した。

「まあ、振り回されるだけ無駄だな。パチ中はシャブ中より始末が悪い。シャブならバレた途端にお縄だが、パチにはいくら金を突っ込もうが犯罪じゃない。落ちるところまで落ちないと目の覚めない連中も多いだろうよ」

「で、そういうアホからヤクザと警察も生き血を吸ってるわけやね」

レミは冗談にまぎらわせつつも、ケンのある言葉を口にした。

無言で見返すレミの乳首を軽く嚙んだ佐脇は、そのまま愛撫の体勢になった。

「だが、そういう汚れたカネで遊んでるお前はどうなんだ？　おこぼれ頂戴の末端にいることになるんだぜ？」

「それもそうやね。ウチには言う資格なかったわ」

レミは婀娜《あだ》っぽく笑うと、佐脇のペニスに手を伸ばしてしごきはじめた。

男のモノはまたしても甦《よみがえ》り、限界知らずの精力を見せつけた。

何度目かのセックスの後、アロママッサージに行くと言っていたレミは、「たっぷり寝る方が美容に効く」と言って、またもベッドで昏睡《まどろ》みはじめた。

ぼんやりしていることが嫌いな佐脇は、なにかしていないと手持ち無沙汰だ。仕事であれ遊びであれ、何もすることがない状態は拷問に等しい。

朝食の後、思いがけず精力を使った佐脇は、ランチまでの間が持たず、コーヒーショップで何かつまんで、ついでに酒でもあれば飲もうと部屋を出た。

高級ホテルとはいっても、どうせセコい田舎の「なんちゃってリゾート」だろうとタカをくっていたが、どうしてどうして、温泉旅館みたいな土産物《みやげ》ショップもなく、海が見渡せる大きな窓が自慢の広々としたロビーは、調度品やインテリアが高級感を醸《かも》し出し、低く流れるクラシック音楽のＢＧＭが、まるで外国のような雰囲気だ。

浴衣姿にスリッパを突っかけた客もおらず、敷地内のゴルフコースを回ってきたとおぼしい客も、ビールを食らって下品な馬鹿笑いなどしていない。各地の老舗《しにせ》高級リゾートが軒並み左前になって俗化し、急激に下品になっていくのとは逆に、この新興リゾートはふんだんに金を使って、敷居の高さを強調した高級感を演出している。

まだ午前中で、バーも開いていない。

ビーチに面したカフェテリアに入ってみたが、気取ったカクテルと、腹に溜まりそうもない軽食程度しかメニューには載っていない。仕方なく窓際の席で盛大にタバコを吹かしながらビールを呷《あお》り、クラブハウスサンドウィッチを食べていると、見るからに派手な女が近づいて来た。

てっきり「喫煙はご遠慮ください」と言いに来たホテル関係者だと思ったら、その女は、なんと「吉崎美和子と申します」と名乗った。

「佐脇さんですよね？　鳴海署の名物刑事でらっしゃる。私は、うず潮新聞からテレビに出向して放送記者をしています」

「ああ、お噂はかねがね」

かねがねというより、先刻ひかるから名前を聞いたばかりなのだが、その吉崎美和子の全身に、佐脇は無遠慮な視線を這わせた。

長身で涼しげな美女。スレンダーだが曲線は豊かで、胸元の谷間を強調するように、ワインレッドのジャケットの下から覗《のぞ》く白いセーターの襟《えり》ぐりは深くて、谷間をキッチリ見せている。しかし、巨乳を売り物にして、明るいおバカぶりとお色気を全面に出す磯部ひかるとは好対照に、シックなファッションで、クールビューティぶりを発揮している。

「私の噂？　ひかるさんが何か言ってました？　いい噂ではないんでしょうね」

そう言って微笑《ほほえ》んだ美和子は、ここいいかしら、と返事も待たず、佐脇のテーブルに同席した。

「私、取材の下見で来たんですけど……番組の中で紹介することになれば、それは無料で

CMを流してもらうようなモノだからって、ホテル側がいろいろと便宜を図ってくれちゃって……日帰りで充分なのに、部屋を取ってくれたんです」

美和子は切れ長の目で、佐脇をじっと見つめた。

「こうしてお目にかかれたのもなにかのご縁です。どうでしょう？　この場所では伺い難いあれこれを、お部屋で」

ひかると比べれば理知的と言える端整な顔に、一瞬、まったく別の女の、淫らともいえる表情がよぎった。

この女、オレを誘っているのか。

「オレはね、自分が半端者だと判ってる。そういう半端者が警察っていうところで生き残るには、自分ってモノを正確に判っている事が必要でな。で、オレはイケメンでもないし巨根でもない。その上、オレだけが知ってる極秘情報ってものは、ない。あんた、オレに接近しても、まるで得るところはないぜ」

「そうでしょうか？　ウチの局には佐脇さんと懇意にして、ネタを貰《もら》ってる者もいるようですけど」

ひかるのことだ。

「判ってるだろうけど、たとえばの話、昔から警察とヤクザは持ちつ持たれつ。一線を越えれば捕まえるが、そうじゃなければ黙認されてきた。警察とマスコミだって同じことだ」

　エロオヤジ状態の佐脇は、品定めする目で美和子をじろじろと無遠慮に見た。

「で、マスコミ側のあんたは、オレがトクする何かをくれるのか？」

「ですから、それを含めてゆっくりお話ししたいということで……私の部屋、最上階で、とても眺めがいいんです。部屋にミニバーもあるので、ここよりゆっくり飲めますよ」

　美和子は身を乗り出して、深い胸の谷間を見せつけるようにした。これはもう、露骨に気を惹《ひ》いている。

『吉崎美和子って女。ガツガツしてるし、ズルいし、派手でカメラ映りが良さそうだからテレビに来たけど、オヤジ転がしの典型で、それがもうミエミエで。そのくせ同僚や女子にはまるで気を遣わないサイテーの女なんですよ！』

　と、吐き出すように言ったひかるの声が佐脇の脳内に響いた。

　彼としては、美和子を欲望の対象としてではなく、変わった女だと興味を惹かれたのだが、ひかるがこうも徹頭徹尾《てっとうてつび》嫌っている女と、ややこしいことになるのも考えものだ。

「オレはもう飲んじゃったよ」

　佐脇は空になったグラスを見せた。

「ツレが居るんでな。女ってのはそういうことには敏感だから。仕事の話なら、また機会もあるだろ」

そう言うと、美和子を残して席を立ち、後ろを振り返ることもなく部屋に戻った。

「どこ行ってたの」

「腹減ったんでな。放出したタンパク質を補給してきた」

部屋では、レミが起きていてテレビのニュースを見ていた。

画面の中では、メールで連絡してきた通り、ひかるが、うず潮新聞本社前からリポートしている。

『先ほどお伝えしましたように、失踪した飯森太治郎《たいじろう》さんは、うず潮新聞で十五年にわたって論説主幹を務めており、社主の信頼も篤《あつ》かっただけに、安否が気遣われています』

「なんか、新聞社の偉い人がいなくなって一週間経ってるらしいワ」

ふ〜ん、と佐脇は興味なさそうに部屋の冷蔵庫からビールを出すと、また飲み始めた。

「なんや。また飲んでるの？」

「せっかくの休みだ。心ゆくまでアル中になるさ」

「せやけど、明日帰るんやろ？　アルコール抜いとかなアカンのんと違うの？」

レミは全裸のまま起きてきて、自分も一口飲んだ。

「だから、休みは延長してもいいんだぜ。警察からの安い給料が少々減っても、特に痛くも痒《かゆ》くもないしな。オレはオマワリという身分が大事なだけだからな」

「昔風にいうたら、居続け？　そんで爛《ただ》れたセックスに溺《おぼ》れるの？　なんや『愛のコリーダ』みたいで、めっちゃ気分出るやんか」

レミがしなだれかかってきた。佐脇も彼女を抱きとめ、本日何度目かの本番に雪崩込《なだれこ》もうとした、まさにその時、佐脇の携帯が鳴った。

「放っときいな……」

「そうもいかん」

警官の身分だけは大事な佐脇がレミを放り出して電話に出ると、若い男の声が聞こえた。

「水野です。もしもーし、私の声、覚えてますか？」

「忘れるわけがないじゃないか。オレの大事な大事な部下の、有能でハンサムな若手ホープの水野クンだろ」

「休暇ボケされてるんじゃないかと思いまして。とにかく佐脇さん、すぐ戻ってください」

「オレは明日まで有休だぞ」

「判ってますが、事件ですから」

「うず潮新聞のお偉いさんの失踪なら、ウチの所轄じゃないだろ。……お前、ここをひかるに教えたろ？」

「……仕方ないでしょう。特殊関係人なんだから。で、事件は別件です」

磯部ひかるを、まるで重要参考人の愛人のように形容したので、佐脇は噴き出した。

「それと、鳴龍会方面も、佐脇さんをしきりに探してますよ」

「オレはヤクザに追われる覚えはないがな」

「とにかく、これ以上は電話では話せません。午後にでも戻ってください」

電話を切ると、レミは帰り支度を始めていた。

「えらく察しがいいな」

「いくら都落ちしても、空気を先読みするンがプロやから。お旦《だん》が職にあぶれたら、こっちも困りますさかいに」

「さよか」

佐脇も素直に、帰り支度を始めた。

＊

成島のリゾートから直行して、佐脇は鳴海署刑事課に顔を出した。

「休暇明けの優雅な雰囲気を漂わせて出勤したかったんだがな」

負け惜しみのようなことを言いながら、佐脇は部下の水野とともに刑事課長のデスクに歩み寄った。

「佐脇君か。休みのところ済まんな」

刑事課長の大久保《おおくぼ》は、上目遣いに佐脇を見た。明らかに取扱注意の部下の顔色を窺《うかが》っている。

「お気遣いなく。別にアイスランドから呼び戻されたわけじゃない。どうせ近場ですから」

「昨日の午後四時、鳴海市二条《にじょう》町のパチンコ店『銀玉《ぎんだま》パラダイス二条店』で、立ち入り検査のために訪れた遊技産業健全化推進機構の検査要員に対し、応対に出た店側の責任者、副店長の唐木三郎《からきさぶろう》が暴言を吐き暴力行為に及ぶ事案が発生した。検査要員は胸を突かれて顔を殴打され、全治二週間の軽傷だが、暴力を振るった唐木は逃走して未《いま》だ行方不明」

大久保はそう言って捜査書類を突き出した。

「えっ？」

佐脇は驚いた。

「それだけ？」

「そうだよ」

大久保は真顔で頷《うなず》いた。

「こんなショボい事案で、オレは呼び戻されたんですか？」

「まあ、そう言うな。一見単純な事件のようだが、第三者機関である遊技産業健全化推進機構と言えば……」

「ウチの有力な天下り先ですな」

パチンコ業界関連団体は、ほぼ例外なく、警察の大事な天下り先だ。打てば響く佐脇の返答に、大久保は表情も変えずに続けた。

「そして、銀玉パラダイスと言えば、佐脇、お前のお友達がやってる店だ。お前が一声掛けて、ちょっと締めあげれば、犯人は出てくるだろ。お前がやれば簡単に片付くヤマだ。ちゃっちゃとやっちまってくれ。それと、念のために言っておくが、この事案にお前を指名したのは県警本部《ホンチヨウ》の高田《たかだ》刑事部長殿だから。直々のご指名でな」

「それはそれは。嫌な客に指名されたホステスの気持ちがよく判りますな」

大久保は履き古した靴下の匂いを嗅いだような顔になって、早くやれと二人の刑事を追い払った。

「佐脇さん。このところ、『銀玉パラダイス』への営業妨害が頻発《ひんぱつ》しているのはご存じですよね」

席に戻ったところで、水野が切り出した。

「今度の二条店以外にも、バイパス沿いの新本《しんもと》店とかニュータウン店とか港《みなと》店とか」

「ああ、知ってるよ。前から伊草にぼやかれてたんだ」

このところ、銀玉パラダイスに対する嫌がらせのような事件が頻発して困っていると、鳴龍会の伊草が、佐脇に会うたびにこぼしていたのだ。現金交換用のライターの石の偽物を大量に換金されたり、客を装った男が店内で騒いだり暴れたり、店に火をつけてやると脅迫電話がかかってきたり、とにかくありとあらゆる営業妨害を受けているらしい。

「伊草によれば、そいつは全部、関西方面から鳴海に進出してきた『じゃんじゃんパーラー・プラセーボ』、通称『じゃんパラ』を経営してるヤツの仕業だって話なんだが」

「『じゃんじゃんパーラー・プラセーボ』……ああ、最近出来ましたよね、バイパス沿いに。『一号店』って銘打ってたから、二号店も三号店も出来るんでしょうね」

水野の合いの手に、佐脇はそうだ、と頷いた。

「『じゃんパラ』は上げ潮で、この県では新興勢力としてパワフルに動いてる。下手に警察絡みの事件にすれば例の、関西に本拠がある日本最大の暴力団も絡んできて、猛烈にややこしいことになる。身内のことを内々で処理出来ないと白状するようなものだし、鳴龍会としてもメンツがあるんで、なんとか我慢してきたらしいんだが……」

佐脇は婦警に淹《い》れさせたコーヒーを一口啜《すす》ると、声を潜めた。

「今度の一件も、いい加減頭に来ていた副店長が遊技産業健全化推進機構を装った嫌がらせだと思い込んでぶち切れたのかもしれない。いや、問題の検査自体が、さる筋からの嫌がらせの一環だったのかもしれないしな」

佐脇はそう言って首を竦《すく》めた。

「オレが伊草とつるんでることは誰でも知ってるが、新興の『じゃんパラ』となると……県警の誰に食い込んでいるのか、いまのところは皆目判らんからな」

「うず潮新聞幹部の失踪事件は、無関係でしょうか？」

水野は書類を繰りながら聞いてきた。

「お前はどう思う？」

「勘ぐれば、いろんな可能性があるとは思いますが……」

「まああれだ。うず潮新聞の件は、ウチの所轄じゃないからオレたちには無関係だ。最近、うず潮新聞は、銀玉パラダイスを批判する記事を続けて載せていたから、あるいは絡みがあるかもしれんが、だからといってあの伊草が新聞のお偉いさんを消すような、そんな単純明快、かつバカ正直なヤマを踏むとは到底思えない」

佐脇は、地域暴力団・鳴龍会の若頭・伊草の明晰《めいせき》な頭脳を高く買っている。経済低迷でシノギも苦しい地域のヤクザがなんとかやっているのは、伊草の経営手腕あっての事だ。

「あの伊草なら、上場企業に入っても出世してたと思うんだがな」

学業優秀だった男が裏街道に足を踏み入れるに当たっては、それ相応の深い事情がある。それは、佐脇が悪徳刑事になった事よりはるかに深刻なもので、それもあって、佐脇は伊草と深い付き合いを続けているのだ。

「ま、うず潮新聞は、ウチから特ダネを貰ってるくせに正義を振りかざして、青臭いことも書きやがるんで、この際、何でもいいから叩かれた方が面白いんだがな」

「でも、そうなると、系列のうず潮テレビも叩かれて、現場リポーターがまず苛《いじ》められますよ」

磯部ひかるが取材先で嫌みを言われる光景が思い浮かんだが、それはお互い様だ。マスコミの警察批判に影響される一般市民は多い。佐脇も聞き込みをしていて嫌がらせをされるのはしょっちゅうだ。

「県警も、所轄のT東署も、うず潮新聞幹部失踪については、社内事情か個人的な事情ということで片付けようとしているようですよ」

水野は話をまとめてしまった。

「じゃあ、佐脇さん。唐木の件を手っ取り早く片付けてしまいましょうよ」

＊

二人の刑事は、根城にしていると言ってもいい地元・二条町にやってきた。『銀玉パラダイス二条店』で起きた傷害事件の現場に臨場するためだ。

店に入ろうとしたところに、うず潮テレビの取材クルーが近づいてきた。事前に、ひかるからインタビューしたいと連絡があったので、佐脇は取材を受けるつもりでカメラに正対した。

だが、そこにいたのは、ひかるではなく、吉崎美和子だった。

「佐脇巡査長。銀玉パラダイス・チェーンとあなたとの間には癒着《ゆちゃく》があるとの噂がありますが、そのあなたがこの事件を担当することについて、どうお考えですか?」

美和子は攻撃的な表情で、いきなり敵対的な質問をぶつけてきた。

なんだこの女は、と佐脇は内心驚いた。もともと、ひかるだからインタビューを受ける気になったのであって、マスコミに協力してやる気など、これっぽっちもない。

「ならば聞くが、おたくの局の社長は県知事の後援会に入ってるよな。そのへんの癒着はどうなの?」

美和子が牙《きば》を剝いて反論しようとした時に、佐脇の携帯にメールが着信した。

『佐脇さんごめんなさい。私が取材に行くはずだったのに、間際に局Pからの横ヤリで、あの女と交代することに。色仕掛けでねじ込んだに決まってる。ありえない。許せない!』

凄まじい美和子への怒りに満ちた文面だ。

「佐脇さん。はぐらかさないでお答え願います」

目の前の美和子は鋭い目でこっちを睨《にら》んでいる。

この女にここまで恨まれる理由が理解出来ない。成島のリゾートで据え膳を食わなかったことが気に入らないのか？

一度会っただけの相手から一方的に思いを寄せられていると思い込むほど、佐脇は自惚《うぬぼ》れてはいない。考えられるのは、ひかるへの対抗心か。いや、この女の背後には、もっと別のなにかがあるんじゃないか？

常に危ない橋を渡っている佐脇は、保身のためにいろいろと詮索する習性がある。すぐ思いつくのは、自分もろとも『銀玉パラダイス』および、そのバックにいる鳴龍会もまとめて叩きつぶそうという動きだ。自分が悪徳警官で、鳴龍会も暴力団である以上、社会から排除され潰される正当な理由はある。しかし、合法的に潰す決め手に欠けるという、その一点で、佐脇も鳴龍会も、なんとか安泰にやっている。

オレたちを潰したいヤツは山ほどいる。歴代の県警本部長や県知事はそう思っているだろうし、手柄を立てたい県警や県政幹部も手ぐすね引いていることだろう。しかし、連中に尻尾を摑まれないよう、オレも鳴龍会も利口に立ち回ってきたのだ。

とりあえず今は、この頭でっかち女の真意が何か、背後に誰がいるのかを見極めつつ、煙に巻くしかあるまい。

「癒着があるとすれば、佐脇さん、あなたの私情が入ってしまうこともあるんじゃないですか？　捜査を厳正に進める意志と自信はおありですか？」

吉崎美和子は強引に取材を進めてきた。

元々この事件を押し付けてきたのは県警の上の方であって、オレの意思じゃない、と佐脇は言ってやりたかったが、かろうじて我慢した。

だが、美和子は佐脇の沈黙をやましさの現れと受け取ったのか、ここぞとばかり押してきた。

「どうしたんですか佐脇巡査長？　答えられないんですか？　もう一度お聞きしますが、今回事件を起こした銀玉パラダイス・チェーンと、佐脇さんご自身の係わりについて、どうお考えになっているんでしょう？」

「どうお考え、と言われてもなあ。警察とパチ屋……じゃなくていわゆる遊技産業との癒着、じゃなくて、深いお付き合いか。そんなものは常識だろ。全国津々浦々、それこそ掃いて捨てるほどあるからな。だがな、あんたのニュアンスで、オレとこの店が『癒着』していたら、そもそもこんな事件は起こってなかった。警察の保護下にあるパチ屋なら、警察の手前、問題を起こすはずがない。こんなところでいいか？」

コメントを打ち切ろうとする佐脇に、美和子は食い下がった。

「どういうことですか？　意味が判りませんが」

いいか、と佐脇は噛んで含めるように説明してやった。

「だから今回検査に入った遊技産業健全化推進機構は第三者機関を名乗っちゃいるが、実際は警察の天下り先だ。本来なら店とはツーカーのはずだってことだよ。なんなら副店長に殴られた検査要員の前歴を調べてみるといい。店が出玉操作をしてるか機械を勝手に弄《いじ》くってるか、そういう立ち入り調査で普通、ここまで揉めることはない。調査が円滑にいくのも『癒着』あればこそだ。余計な配線も、入れ替えた基盤も、検査の前に元に戻しておけばそれで済むことだ。オレが言えるのはここまでだ。後は勝手に想像してくれ」

「立ち入り検査の情報が事前に店側に流れるはずだ、ということですか？」

「悪いが、これ以上はノーコメントだ。水野、後日出直そう」

「待ってください！　佐脇さん」

大股で美和子を振り切って、佐脇はパトカーに戻りながらいろいろ考えた。

この県では大手の『銀玉パラダイス』が出玉操作をしているという話は聞いていない。だが、昨今のパチンコ不況を考えれば充分あり得ることだ。しかも地元の業界は、関西の大手チェーン『じゃんじゃんパーラー』がこの鳴海に本格進出して、ホールを一気に増やすという噂にも怯えている。

出玉抜群との噂で客を釣り、進出先を席巻してしまうと言われる『じゃんパラ』に客を取られて青息吐息、いや、パチンコ業界から撤退さえ余儀なくされるかもしれない、と伊草に泣きつかれたのが、この秋口のことだ。

自動車産業に匹敵する年間三十兆円の売り上げを誇るパチンコ業界も、ここ数年はさすがにカモから金を搾《しぼ》り過ぎて収益が落ち、小さくなったパイをめぐるチェーン相互の食い合いと競争が激化している。客を呼ぼうと『銀玉パラダイス』が出玉操作に手を染めたとしても不思議はない。

それについては、伊草を〆《しめ》る必要がある。

パチンコはお上黙認の博打《ばくち》だが、客から吸い上げるにも仁義というものがある。胴元がハナから客にイカサマを仕掛けて平然としていては、さすがに法治国家の看板を掲げるのが恥ずかしいというものだ。

「おい、伊草よ。この件は、いろいろほじくり返されて痛くない腹を探られると、別の筋のヤバい話が浮かんでくる危険性があるぞ」

銀玉パラダイス二条店の調べをパスして鳴龍会本部に乗り込んだ佐脇は、若頭の伊草に迫った。

昼日中ゆえ、アルコールは抜きでコーヒーを飲みながらの、いわば『トップ会談』だ。

水野は先に帰して、佐脇と伊草の、サシの密談だ。

「それについては私も佐脇さんに同意見ですよ。ウチとしても検査要員をぶん殴った副店長の唐木を差し出して、さっさと終わりにしたいところです」

そうか話が早いじゃないか、じゃ手打ちにしよう、と言いかける佐脇を伊草は遮《さえぎ》った。

「しかし……それが出来ないんですよ」

「どうしてだ？　お前たちが唐木三郎の身柄を押さえてるんじゃないのか？」

今までは鳴龍会絡みの、組のメンツを潰《つぶ》す不祥事が起きた場合、だいたいは身内で『事情聴取』をし、『裁判』をやり、『判決』が下されて『刑罰』が執行されてきた。最悪の場合は、鳴海港に死体が浮かんだり、鳴海市郊外の産廃処理場から白骨死体が出てきたりするが、大半は大怪我をして入院するか、よその組と抗争が起きた時の突撃隊に指名され、半死半生の目に遭うのが相場だ。

「ウチもね、この件は内々で処理するより佐脇さんにお渡しして、世間様に向けてキッチリやった方がいいだろうと思って、方々に網を張って唐木の行方を追ってるんですが……巧妙に逃げられてしまいまして」

「じゃあアレか。唐木は理不尽な検査に怒って殴ったというわけじゃないんだな」

「ええ。検査は至極真っ当なものでしたから、唐木が突然激高した訳が判らないんです」

となると、事件の可能性の一つ、検査側が反鳴龍会に抱き込まれていたのでは、という説は消えたわけだ。

事務所の豪華な応接セットで、上等な仕立てのダブルのスーツを着こなす伊草は、精悍《せいかん》な顔にオールバック。貫禄があり、なかなかの男前だ。全身から発するオーラと眼力《めぢから》に迫力があり、むしろ佐脇の方がチンピラか地回りのように見えてしまう。

「そいつは困ったな。あんたも判ってるだろうが、ウチの高田刑事部長の肚《はら》としては、オレとあんたをまとめて掃除したいんだよ。だからこそオレをこの事件の担当に指名して、あんたとの癒着を明るみに出そうとしてるんだ」

ということは、うず潮テレビの吉崎美和子は、高田の線で動いているのか？

佐脇は喋りながらいろんな可能性を思い浮かべた。

「佐脇さん。ウチと、と言うより私と佐脇さんのお付き合いは、もっとも神経を使って来た部分ではあります。誰でも知ってはいますが、いざその『癒着』の動かぬ証拠となると、誰も摑んでいないはずです。気の合う者同士が仲良く酒を飲むことまでイケナイとなったら、それこそ人権問題ですからね」

とは言え、佐脇としては鳴龍会絡みの事件捜査には極力タッチしないようにしてきたし、鳴海署もそのへんは大いに気を遣って、結果的に『協力』してくれてきた。

そもそも佐脇は、時に特大ホームランをかっ飛ばすが、だいたいは三振だ。いつもホームランなら名実ともに名刑事という事になって県警内部での立場も揺るぎないはずだが、いかんせん三振が多く、問題行動も少ないとは言えないので、田舎の中の田舎、鳴海署に『隔離』されているのだ。

「なんだよ。お前に言えば唐木がすっと目の前に出てきて、オレがワッパぶち込んで一丁上がりだと思ってたのに……どうするんだ？」

「ええ……なんとか善処したいのはヤマヤマなんですが……」

いつもは歯切れ良くテキパキ処理する伊草が、珍しく煮え切らない態度で言葉を濁した。

「……おい伊草。これはアレじゃないか？　唐木が検査要員を殴ったのは、ムカついたからじゃなくて、誰かの差し金なんじゃないのか？」

ええ、と伊草は頷いた。

「その可能性は大いにあるでしょうね」

「今、一番ピンと来るのは、『じゃんパラ』だろ？　あそこが鳴海に進出するんで、銀玉と警察をモメさせておこうという作戦じゃねえのか？　ってことは、唐木が『じゃんパラ』のスパイってことか？」

「まあ……可能性としては、唐木だけが一本釣りされたとは考えにくいんですがね」

伊草は、それ以上の事を言わなかった。

「まあとにかく、唐木の身柄は、押さえ次第、佐脇さんにお知らせします。もちろん、生かしてお渡ししますよ」

伊草が頷くと、ドア番をしていた新米ヤクザがうやうやしくドアを開けた。

「お帰りはこちら、か。まあ、オレたちは今後も仲良くやって行こうや」

二人には、今日までの長い歴史がある。苦楽を共にした、と言ってもいい。

「もちろんです」

握手を求めてきた伊草の表情は、冴《さ》えなかった。

その日の深夜。佐脇とひかるは、うず潮テレビ近くのフランス料理店『仏蘭西亭《ふらんす》』で食事をした。と言っても、料理を味わうと言うより、佐脇はもっぱらひかるの愚痴を聞かされていたのだが。

「あの女の佐脇さんへのインタビュー、結局、ボツになりましたよ」

いい気味だ、とひかるはワインのグラスを空けた。料理を食べるより、ワインを飲むピッチのほうが数段速い。

「取材テープを見たプロデューサーの遠藤《えんどう》も、さすがにこれはオンエア出来ないって……そりゃそうですよね。あんな、取材テクニックなしの、県警を真っ向から敵にまわすような訊き方じゃ、記者クラブから外してくださいって言ってるようなものだもの」

だがボツと言われた美和子は別段しょげるでもなく、平然としていたらしい。

「まったく何考えてるんだか。学歴が凄くても美人でも、あんなに空気読めないんじゃ、リポーターとしちゃ致命的ですね」

ひかるは楽しそうに鴨《かも》肉のパストラミを小気味よく咀嚼《そしやく》した。

とりあえず、ひかるが強力なライバルに地位を追われることは無さそうなので、佐脇としても一安心だ。

正直、嫉妬《しっと》と不安からの愚痴を聞かされるのには閉口していたが、かと言ってくだらない女の嫉妬、などと切り捨てようものなら地雷を踏む。

県警一の悪徳刑事として強面《こわもて》と思われがちな佐脇だが、実は人の話はよく聞く。相手が女だろうが年寄りだろうがケチなチンピラだろうが、そのへんのホームレスのおっさんだろうが、年齢性別社会的地位に関係なく、これはと思った相手の話は先入観なしに、徹底的に聞く。それが事件解決に結びつくことも多いのだ。

機嫌良くワインを飲みメインディッシュも平らげたひかるは、このバルサミコ・ソース美味《おい》しい！　とバゲットできれいに皿を拭《ぬぐ》った。

美容のためにカロリーの高いサヴァランは断り、コーヒーとシャーベットを頼んだところで、彼女の携帯が振動した。

「こんな時間に……なんだろう」

眉を顰《しか》めながら短く不本意そうなやりとりの後、ひかるはがっかりした表情になった。

「ごめんなさい。佐脇さん。今からすぐに局に戻らなくちゃ」

明日の取材の件で変更があり、遠藤に召集をかけられたのだという。

「午後からの仕事だし、わざわざ今、打ち合わせするほどのことでもないのに」

ひかるとしてはこれから佐脇と自分のマンションに戻って、楽しい一夜を過ごしたいと思っていたので、不満なのだろう。

「先に寝てていいですよ。そんなに時間かからないと思うけど」

ひかるはレストランから慌ただしく出ていった。

そんな様子を見ていたオーナーシェフが、佐脇を慰めようと思ってか、「つまらないものですがお口直しに」と、バカラのボトルとブランディグラスを出してきた。

「お。いいねえ。だけど、オレは別にフラれたわけじゃないからな」

「判っておりますって」

佐脇がブランディの香りを楽しみながら食後の一服をしていると、入り口に人の気配があった。すでに営業時間は終了していて、店内は佐脇とひかるの貸し切り状態だった。

もうひかるが戻ってきたのかと入り口を見やると、近づいてきたのは見覚えのある巻き髪の、派手な女だった。

「昼間は失礼しました。ちょっといいですか?」

美和子は佐脇の返事も待たず、ひかるが座っていた差し向かいの席にさっさと腰を下ろした。

「オレに会いに来たのか?　ここにいると誰に聞いた?」

「ひかるさんが携帯で話していたのを小耳に挟みました。彼女、急な打ち合わせが入ったんでしょう?」

たしかにひかるが携帯でこの店を指定した。それをこの女は立ち聞きしていたのか。それにしても、まるでひかると入れ替わるように現れたのはどういうことか。

「しかしあんた、登場のタイミングが良すぎるな。この前のホテルの時もそうだ。なんの魂胆《こんたん》があるんだ?」

「魂胆だなんて……私、ぜひ佐脇さんにお訊きしたいことがあって、ひかるさんには遠慮してもらった……なんて言ったらどう思います?」

美和子は冗談に紛らわすように嫣然《えんぜん》と笑ってみせた。が、佐脇はその勝ち誇ったような表情を見て、この女が遠藤をそそのかし、ひかるを追い払ったのだと納得した。

そんな美和子が、単刀直入に聞いてきた。

「うず潮新聞の関係者で、ダークグリーンのベンツに乗っているのは誰か、心当たりはありますか?」

「ダークグリーンのベンツ? 趣味の悪いクルマだな」

だしぬけに意外なことを聞かれた佐脇は、目を白黒させた。

「ここは貧乏県だし、ベンツに乗るならヤーさんでも社長さんでも黒かシルバーだろうな。わざわざ趣味の悪い色に乗るのは、まずカタギじゃねえな」

そう答えつつ、『ダークグリーンのベンツ』が記憶のどこかに引っかかった。

「そうですか。では、次の質問」

「おいおい、これは記者会見か」

「あ、失礼しました。でも、そうそう長話も出来ないので……」

美和子は、手持ち無沙汰にしているシェフを見やった。多少は気配りも出来るのか、と佐脇は妙に感心した。まあ、社会人としては当然の配慮だが。

「うず潮新聞の昔のことについて、教えて欲しいんです。ウチの旧社屋……今は旧館になってますけど」

うず潮新聞の旧館は昭和初期の建築で、空襲にも耐えたアールデコの洋風レトロ建築だ。県の文化財にも指定されたので建て替えで壊すわけにもいかず、社の迎賓館《げいひんかん》兼博物館兼イベントホールとして使われている。社屋の裏にある非常階段はとても急で、非常階段とはいえ危険ではないかと、県外から取材が来たこともある。

「その階段なんですが、恐ろしいほど急で、初めて見た時びっくりしました。安全上問題があると思うのですが、今までに事故とか起きなかったんですか？」

「さあなあ。テレビ局の内情ならひかるから聞いて多少のことは知っているが、新聞社の事はよく知らないんだよ。新聞と付き合いがあるのはウチでも上層部だからな、オレみたいな不良のペーペーには縁がないんだ」

佐脇はバカラをグビリと飲んでから、このブランディを美和子にも勧めるかどうかを考えた。しかし彼女は水も飲まずに質問に集中している。

「昔のことなら、古参の社員に聞いた方が確実だろ。オタクは社員なんだろ。オレに訊くより社員に訊けよ。それに今の時代、ネットでちょちょいとやれば、いろんな情報が集まるだろう」

そう答えてから、十年以上前に事故があったような記憶があるな、と佐脇はかすかに思い出した。しかし同時に、あまり騒ぎにもならなかったな、という程度の印象も甦ってきた。

「それじゃ、うず潮新聞ってどんな会社なんでしょう？　社主はどんな人ですか？　どんなことでもいいから教えてもらえると嬉《うれ》しいんですけど」

美和子は、妙に切実な表情で訊いた。

「どうしてそれをオレに訊く？　自分の会社の事だろ？」

佐脇は、目の前にいる女の魂胆が判らない。

「オレはたしかにオッサンだが、この県の生き字引ってほどの長老でもない。それに、テレビ局の契約タレントのひかるとは違って、あんたは新聞社の正社員だろ？　ってことは就活の時に企業研究なんかもしたんだろうが？　そういうことは、オレよりお前さんのほうが詳しくて然るべきなんじゃないか？」

そう言われた美和子は、目を伏せた。

テーブル上の、エミール・ガレもどきのランプのほの暗い灯りに、つややかな巻き髪と、白い頬、長いまつげが浮かびあがっている。

「私、正規採用とは言っても、ろくに就活しないで実際はコネで拾ってもらったようなものですし……それに」

就職を頼んだ後ろ盾とも頼む人物が、突然いなくなってしまったのだという。

「だから私、うず潮グループでのこれからのことがいろいろと不安で……それで、失礼だとは思いましたが、佐脇さんとお近づきになって、力になっていただければ、と」

消え入るように言葉を切るその風情が、ひどく弱々しく儚《はかな》げに見えて、佐脇は思わずぞくりとした。

強気な女がふと見せる、隙のある弱々しさに、愚《おろ》かな男はふらふらと目が眩《くら》んでしまう。

佐脇も、オレに出来ることなら何でも、と言いかけ、次の瞬間、思いとどまった。

たぶんこれが、ひかるが口をきわめて罵《のの》っていた、オヤジ転がしの手口なのだ。佐脇はこういう手を使う女にあまり縁がなかったので被害を被ることもなかったが、自分のレパートリーにはないタイプの女が、初めて出現したわけだ。

「突然いなくなった、って、アレか？　今日ニュースでやっていた、うず潮新聞幹部失踪って、アレか？」

はい、と美和子は頷いた。

「うず潮新聞論説主幹の飯森さんです。本当に突然、いなくなってしまって。会社も困ってますけど、私も困ってしまって」

それは気の毒なことではある。佐脇は多少の情にほだされて、うず潮新聞について知っている事はすべて教えてやった。

社主は、生え抜きの敏腕の政治部記者で、戦後の県議会の汚職追及キャンペーンで、全国紙からも注目されるほどの質の高い調査報道をして、新聞協会賞を取ったことがあること。創業者一族の娘と結婚して現場を退いて経営陣に加わって以降、経営者として手腕を発揮、県内の販売網を整備して、県内随一の県域新聞の地位を揺るぎないものにしたこと。さらに民間放送ブームにも乗り遅れることなくうず潮テレビを設立して県内マスコミをほぼ独占し、うず潮グループ中興の祖と自他共に認める存在になったこと。そして、報道人としての理想を貫く社主を永年にわたり支えてきたのが、現在失踪中の論説主幹、飯森であったこと。だが最近は、その理想にも翳《かげ》りが見え、ひたすら収益を上げる営業方針に変わったとの批判のあること、などなど……。

「まあ、インターネットとかいうシロモノが普及して、ニュースでも何でも、ケータイやパソコンで、タダ同然で読もうという連中が増えてきてるからな。新聞社も購読者は減るわ、広告も取れないわで経営が大変なんだろう。恒産なきものは恒心なしとか言うらしいが、まずは食ってくのが第一、理想は二の次、ってことだな。外国の大新聞でさえ苦しいんだから、田舎のローカル新聞においておや、だ」

佐脇は世の中のすべてを切りまくる万能評論家になったような顔で、断言した。

「世の中はすべて動いている。動かざる事山の如しと言った武田信玄《たけだしんげん》だって動きまくってたろ。人の心も変わるのさと日吉《ひよし》ミミが歌ったように、人間も世情も変わるもんだ。経営しているのが人間である以上、どんな企業でも変わっていくのは仕方ないんじゃないの」

変わっていかなきゃ生き残れないしな、と佐脇は内心で呟《つぶや》いた。サバイバルに必死な伊草の顔が思い浮かんで、我が身の幸福に思い及んだ。警官という身分さえ守っていれば、世の中が激動してもなんとかなる。

「貴重なお話、ありがとうございました」

美和子は神妙に頭を下げた。

「あの、もっといろいろお話を聞きたいので、場所を変えて、というのはどうですか？」

「いいよ」

佐脇は、今度は二つ返事で応じてみせた。

「あんたのマンションとかはどうだ」

いろんな表情を見せる美和子の反応が見たかったのだ。成島のリゾートでは面倒を恐れて相手にしなかったのだが、今夜のアンニュイな表情を見ると、半分ぐらいは本気で抱いてみるのもいいかと思ったのだ。どうせこの女はなんでもいいからネタを引き出したいのだろう。

が。佐脇の浮気の虫が騒ぎはじめたところに、ひかるが戻ってきてしまった。

「なんか悪い予感がして戻って来たら……これ、どういうことですか！」

ひかるは、佐脇と美和子が仲良く差し向かいで談笑している光景を見て、卒倒しそうな形相《ぎょうそう》になった。

心底嫌いな女が、こともあろうに、自分の男と……！

「ひかるさん。男の人をあまり束縛すると嫌われてしまうわよ。じゃ、私はこれで」

涼しい顔で言い捨てて、美和子はさっさと席を立った。

その後ろ姿を見送って、ひかるはまさに切歯扼腕《せっしやくわん》という様子で悔しがった。

「何あれ、どういう意味？」

また美和子への悪口を聞かされるのか、と佐脇は辟易《へきえき》した。同時に、ひかるが疫病神《やくびょうがみ》のように美和子を忌み嫌う理由も納得した。

あの女・美和子は一筋縄ではいかない。どうやらとんでもない悪女、もしくはそれに準ずるカテゴリーに分類出来るのは確かだろう。

「まあ怒るな。あの女は聞きたいことだけ聞いて、さっさと帰ったんだ」

「そう？　アタシが戻ってくるのが遅かったら、佐脇さん、あなたはあの女とどこかにしけ込んでたんじゃないの？」

さすがは付き合いの長い女だけあって、図星を突いてくる。

「けどまあ、実際はそういうことになってないわけだし。まあ、夜は長いんだ。これからゆっくりと、な」

佐脇は、今夜の美和子が見せた魅惑的とも言える顔を思い浮かべつつ、ひかるの肩を抱き、店を出た。もちろん勘定は店の奢《おご》りだった。

第二章　悪夢の始動

『多額の借金も？　失踪の記者に横領の疑い』

うず潮新聞朝刊一面に、極太ゴチックの見出しが躍《おど》っていた。

『＊月＊日、失踪した弊社論説主幹、飯森太治郎さん（54）に、多額の借金があることを＊日、捜査関係者が明らかにした。

T県警T東署の捜査によると、飯森さんが鳴海市の金融業者などから二千万円以上の借金を重ねていたことがわかった。また、うず潮新聞の社内調査からも、飯森さんが取材費の名目で、裏付けのない多額の経費を引き出していたことが判明しており、T東署は業務上横領の疑いも視野に入れ捜査を進めている。

昭和＊＊年に地元の国立大学を卒業した飯森さんは、うず潮新聞に入社後、社会部記者として目覚ましい活躍を見せ、平成十五年からは論説主幹として論陣を張っていた。

関係者は「真面目な彼が金銭にルーズだったとは」と驚きを隠さないが、飯森さんと親しい、ある知人によると、近年ギャンブルに多額の金をつぎ込んでいたらしい。

飯森さんが自殺を図る恐れもあるとみて、警察は所在の確認に全力を上げている』

社主・勝山雅信は、刷り上がった朝刊を見て、ニヤリとした。

「失踪した、といきなり決めつけたところが秀逸《しゅういつ》だな」

社主室の巨大なデスクの前には、雅信に対して直立不動の姿勢をとる二人の男がいた。年相応に枯れた雰囲気を漂わせる白髪の男が編集局長の野上《のがみ》、対照的に脂《あぶら》ぎった、五十絡みの男が社会部長の春山《はるやま》だ。

「飯森の件はこの線で報道を続けてくれ。我が社の恥だが、無視という訳にもいかん。身内を庇《かば》っているなどと非難されては報道機関の名折れだ。とは言え、一社員のことだ。読者もさほど関心はないだろう。徐々に扱いを小さくして、フェード・アウトしてしまえ」

「はい。承知しました」

野上編集局長は最敬礼した。だが、隣の春山社会部長は憮然として腕組みしたままだ。

「おい君っ!」

春山の態度を見た野上が、慌てて肘《ひじ》で突ついた。

「主筆でもある社主じきじきのご指示だぞ」

不満げな様子を隠そうともしない社会部長を、雅信は面白そうに見た。

「春山。どうも君は、私の指示に不服のようだね」

「ええ、残念ながら、承伏しかねますね」

「君っ、な、なんということを！　社主に口答えなどとはっ！」

野上は青くなり、子供を謝らせる親のごとく春山の肩を押さえつけた。無理に頭を下げさせようというのか。

「やめてくださいよ編集局長。社主に恩義があるあなたは絶対服従なんだろうが、ボクは違う。身分的には一社員に過ぎなくても、人間としては対等だ」

「またナニを突然青臭いことを。さあ、謝るんだ、早くッ」

野上は大仰に天を仰ぎ、なおも部下に無理やり謝らせようとした。

「まあいいよ、野上。たしかに私は社主だが、専制君主でもないし社員を奴隷だとも思っていない。野上、君を全国紙からスカウトしてウチの編集局長に据えたのはたしかに私だが、君に滅私奉公して貰おうというようなケチな根性は持ち合わせていないつもりだ」

そう言ってシガーに火をつける雅信の余裕が、しかし春山を激昂させた。

「社主、あなたは主筆でもあらせられるが、その主筆自らが誤報を誘導するとは、一体どういうつもりですか？　そもそも飯森さんの業務上横領疑惑なんて、どこから出て来たんです？　少なくとも私は聞いたことがない。社の恥と言いながら、恥の上塗りをする理由が判らない。証拠はあるんですか？」

春山は社主に刃向かう恐怖を撥ねのけようとしてか、顔中脂ぎらせて熱弁を振るった。

「借金するのは罪じゃない。ギャンブルに金をつぎ込むのも罪じゃない。しかし、社の金を使い込んだとなれば立派な犯罪だ。それなのに証拠も示さず、社員を犯罪者だと報道する理由はなんですか?」

雅信は黙って宙を見つめ、シガーを吹かし続けるばかりだ。

「倫理に反しますし、正義にも反します。報道機関が正義に反する行為をして、いいんですか? いや、その前に、どうしてそういうことをするのか、その理由を伺いたい」

「春山。君は私に詰問しようというのか?」

舌鋒鋭く、汚職でも追及するような部下の態度に、さすがに社主は顔色を変えた。

「その通りです。お答えいただきたい。私たちにも、十四年前と同じ事をさせようというんですか? 今はもう、あの時とは時代が違うんですよ!」

「なんだと?」

雅信は大きな目をギロリと剝《む》いて、強ばった表情の春山を睨《にら》みつけた。

「十四年前のこととは何だ? 私を脅迫でもしようというのか? お前は」

雅信は苛立ちを隠そうともせず、声を荒らげた。

「脅迫などと……そんなつもりは……私はただ、報道機関としての正義と倫理を」

「正義と倫理が聞いてあきれる。いいか、お前が飯森から何を吹き込まれたかは知らんが、一体十四年前に何があったと言うんだ? 仮に何かがあったとして、どこに証拠がある?」

部下が怯《ひる》むのを見て、雅信はさらに高飛車に出た。

「辞表を出すつもりなら構わん。だが春山、お前がこの社で今の仕事を続けたいのなら、私に意見をするんじゃない。お前たち記者は、主筆である私の指示に従えばいいんだ。判ったな？」

勝負あった。うず潮新聞中興の祖にして、地方マスコミにこの人ありと言われた、元カリスマ事件記者の胆力が、サラリーマン言論人の正義感を完全に打ち負かしたのだ。

「春山。ウチはこれから、県内に根を張る利権と、不正を暴くキャンペーンを全社的に遂行する。まずはその第一弾が『ヤクザと警察の癒着』、その告発だ。社会部に専従デスクを置け。徹底取材で特集記事を書くんだ。お前の腕の見せどころだ。そうだろ？」

反論出来なくなった社会部長・春山は、無言で頷《うなず》くしかなかった。

「……では、編集方針も決まりましたので、我々はこれで……」

『勝山商店』のオーナーに対する忠実な番頭の如く、野上編集局長は完全にへりくだり、春山を促して退出した。

「……さすがですな。社主」

隣の部屋に続くドアが開き、北村が姿を現した。

「ここで全社を挙げてのキャンペーンとはね。世間の目を、飯森失踪事件から逸らそうというんですな。しかも『ヤクザと警察の癒着』というテーマは普遍的で、改善の見込みもない。少なくともこの県でなら、いつやってもおかしくない。だが、このキャンペーンの真の目的を知る者は、あなたと私だけ。大したものですよ」

北村の賛辞のウラにある皮肉を雅信は当然判っているが、ここは鷹揚《おうよう》に頷いてみせた。

「……あの編集局長はたしか、例の全国紙の東京本社にいた男ですよね？　ひどい誤報を紙面に載せてクビになったところを社主が拾ってやった、と」

「……あの男は政治部で、それなりに人脈があったんでな。記者としては無能だが、あの男の付加価値、早い話がオマケの部分を買ったわけだ。バカとハサミは使いようと言うことだ。むろん、当人は自分のキャリアと能力を買われたと思っているんだろうが」

「なるほど……やっぱり社主はお人が悪い。まあ能力はともかく、キャリアについては、それなりに評価された訳だから、野上氏も以《もっ》て瞑《めい》すべし、ですな」

北村は如才《じょさい》なく話を合わせた。

「一方、社会部長の春山氏は、コネを使わない通常入社以来、黙々と実績を上げてきた。その能力を社主に買われ、デスクから社会部長というエリートコースに乗った、と」

「そうだ。だがあの男は『子飼い』という立場が判っておらんのだ」

「人間、得てしてそういうもので……。ウチだって同じようなもんです」

北村は如才なく卑下してみせた。

「……しかしキミは、ウチがヤクザと警察の癒着告発キャンペーンを組むについて、どう思っているのだ？　危惧……のようなものは少しもないのかね？」

　真意を計ろうとするかのように、雅信は北村を見据えた。

「は？　何のことです？　お言葉の意味が計りかねますが」

　言葉は丁重だが、北村は人を食ったような笑みを浮かべたままだ。

「危惧など少しもありませんよ。だって、社主のおっしゃる『ヤクザ』とは、若頭の伊草が率いる鳴龍会であり、社主が糾弾しようとしている『警察』とは、伊草とつるんでいる札付き刑事の佐脇のことでしょう？　私には関係のないことです」

　北村はそう言って、デスクの上にあるケースから葉巻を取ると、断りもなく火をつけ、深く吸い込んでみせた。

「ねえ社主。そうして私を試すのはもう止めにしませんか。私と社主は一心同体。いや、考えていることがまったく同じとまでは言わないが、ことビジネスにおいては、こうなった以上、完全に共同歩調を取るしかないんですから。鳴龍会は鳴龍会でも、私が掌握する鳴龍会は、伊草の時代とは違ったモノになりますからね。警察も同じです。あの佐脇が排除されれば、いろんな意味で我々に都合のいい組織になります」

「そうだな。キミの言うとおりだ」

　雅信も相手に合わせて和《なご》やかに微笑《ほほえ》んでみせたが、釘を刺すことは忘れない。

「だが、北村。今からあんまり調子に乗るんじゃないぞ。何故ならキミはまだ、鳴龍会の実権を握っていない。我が世の春を謳歌《おうか》するのはまだ早いのではないかね?」

「おっしゃる通りです」

北村は折り目正しく一礼した。

「たしかに、私はまだ鳴龍会のすべてを掌握してはおりません。しかしこれは今後、社主から物心両面の支援をいただければ必ずや実現します。となれば、私は社主に一生頭が上がりませんから、如何様にお使い戴いても構いません」

へり下りつつ雅信を見上げるその目には、ヤクザ特有の粘着な光があった。

「義理を欠いてはヤクザは単なる暴力団です。私は、鳴龍会の組織改革においても、本来のあり方、すなわち任侠の集団であることを決して忘れぬ所存でありますよ」

「ほほう。まるでどこかの政党総裁の、所信表明演説のようだな」

雅信は車椅子を反転させて窓外に向けた。

「まあ宜《よろ》しく頼むよ」

それが、会見終了の合図だった。

万事心得た様子の北村は、深々とお辞儀をすると、社主室から出ていった。

「私は不在ということにしろ。電話も来客も取り次ぐな。用があればこちらから指示する」

インターフォン越しに秘書に命じた雅信は、そのまま沈思黙考の態勢に入った。

一人になったその顔は、他人には絶対に見せない、疲れ切った老人のものだった。

やがて夕暮れが窓外に広がった。今にも雨が降りそうな、重苦しい雲が垂れ込めている。

薄暗くなった広い社主室には、雅信が一人、ソファに深々と座っている。車椅子は使っているが、下半身が不自由なわけではない。独力でソファに移動して目を瞑《つむ》っている姿は、寝ているようにも見えるが、手には葉巻があり、時折り思い出したように吹かす。

ブランディが飲みたくなった雅信は、ゆっくりと立ち上がり、オークの戸棚からグラスとヘネシーを取り出した。

その時、ドアが控えめにノックされた。

誰も入れるなと言っておいたのに、と雅信は不機嫌になった。秘書であれば火急の用がある場合は、必ずインターフォンでお伺いを立ててくる。

ノックに応えずにいると、いきなりドアが開いて女が入ってきた。

「あ」

女は雅信がいるのに気づき、大げさに驚いてみせた。

「電気がついていないので、お留守かと思いまして」

「留守ならキミは勝手にこの部屋に入るのか」

雅信はきつい口調で言った。

「私が居るのを知ってのことだな？」

女は返事をしなかった。

「まあいい。今は誰とも会いたくない。出てってくれ」

「……失礼しました、社主」

だが女は入り口で一礼すると、後ろ手にドアを閉め、室内に入り込んでしまった。

「聞こえんのか。出ていけと言ったはずだ」

「社主。私は、今年度、本社に採用されて現在はテレビの方に出向しております、吉崎と申します。吉崎美和子です」

美和子は、一応ビジネススーツではあるが、大胆なカットのものを着用していた。胸のラインを強調する仕立てで、ジャケットの下のトップもカクテルドレスのように胸元が広く開いている。ゴージャスなスタイルに髪をまとめて化粧も濃く、記者と言うよりはタレントか、クラブのホステスという感じだ。

美和子は、微笑みを浮かべつつ雅信に近寄ると、ヘネシーを取ろうとした。

「お注ぎ致しますわ」

「いや、手酌でやる。給仕が欲しけりゃそういう店に行く」

雅信はけんもほろろに断った。

「大変失礼を致しました……」

そうは言いつつも、美和子は社主から離れようとはせず、彼がソファに座ると、当然のような素振りで、その横に同席しようとした。

「無礼だなキミは。私に何の用がある?」

雅信は美和子を正面から見据えた。たいがいの相手は、社員であろうがなかろうが、この睨みを受けると腰が引けてしどろもどろになってしまう。

しかし、美和子は気丈と言うべきか恐れを知らぬと言うべきか横紙破りと言うべきか、引き下がる様子もなく、果敢に言葉を継ごうとした。

が、雅信はその機先を制するように手を振った。

「吉崎君か。私はこういう強引なやり口は好かん。それになんだ、その、これ見よがしな格好は」

社主は葉巻の先を美和子の胸元に突きつけた。

「そのへんのバカ男なら、お前さんの、その程度のオチチに惑わされるんだろうが、私にこんな、ありふれた色仕掛けが通用するとでも思ったか。バカにするのもいい加減にしなさい」

「……そういうつもりはなかったのですが……お気に障《さわ》ったのなら申し訳ありません」

美和子は殊勝に頭を下げた。

「ですが、社主」

「くどい！」

老人とも思えない、腹の底から響く声で、雅信は警告を発した。

「私はお前さんのような礼儀知らずの相手はしない主義だ。今すぐここから出ていかないなら、人を呼ぶぞ！」

地獄から湧き上がるような声に、美和子は意を決したように対抗した。

「私、あの夜のことを知ってるんです」

それを聞いた雅信は、言いかけた言葉を飲み込むと、逆に開き直った。

「で？」

「で？　って。ですから私は、あの夜のことを……」

社主は途端にうわっはっはっはと、豪傑笑いをした。

「あの夜とは何だ？　キミはなにか奇妙な妄想をしていて、私に抱かれたから慰謝料を払えとかそういうことを言いに来たのか？」

雅信は、気味の悪いものでも見るように、美和子に向かって顔をしかめた。

「そうじゃありません。違います。私が言っているのは、先日の、飯森さんが、最後に社主に会った夜のことです」

社主は、値踏みするように美和子を見つめた。

「飯森とは始終会っていたから、意味ありげに『最後の夜』と言われてもな。そういうのは頭の悪い、脅しの常套句《じようとうく》だ」

雅信はデスクに歩み寄ると、秘書に繋《つな》がるインターフォンを使おうとした。

「お前の魂胆はなんだ？　事と次第によっては警察を呼ぶぞ」

「いいえ、それには及びません。これで失礼いたします」

女は冷静さを装いつつ立ち上がり、逃げるように社主室を出ていった。

雅信は、彼女の後ろ姿を、特に、ぷりぷりしているヒップを、面白そうに眺めていた。

＊

社主室から逃げ出した美和子は、これは大失敗だ、と唇を噛んだ。

社員にとって社主・勝山雅信は雲の上の人で、入社早々の美和子が簡単に会えるような人間ではない。だから美和子は、まず秘書室長に取り入って社主のスケジュールを聞き出し、大胆に突撃したのだった。

女としての魅力に自信のある美和子は、自分の知りたいことを探り出すには、まず当事者である雅信に会い、その懐に飛び込むのが一番の早道だろうと思っていたが、その期待は完全に裏切られた。雅信は不愉快さを隠そうともせず、美和子が何を言ってもけんもほろろにしかあしらわれなかった。

致命的な失策を犯してしまったようだ。最悪、二度目のチャンスはないかもしれない。再び社主に接近するにはどうすればいいのか。色仕掛けが駄目なら、やはり「あの晩」のことを、今度は正面切って持ち出すしかないのか。だがそれは、脅迫だと当の本人から警告を受けたのだ。

では、どうすれば。

悩みながら、新聞社の隣のビルにある、うず潮テレビの報道部に戻ると、デスクトップ・パソコンにメールが着信していた。

『急ぎで悪いが、この海外ニュースの記事を翻訳してくれ』

差出人は本社の社会部長だ。美和子は、アメリカへの留学経験があると履歴書に書き、英語も堪能であることをアピールして入社した。社会部長の春山がその経歴を買ってくれたのだが、実際はまったく違う。どうしてバレないのだろうと彼女自身が不思議に思うほど、英語はまったく出来ないのだ。留学という経歴は、完全な詐称《さしょう》だった。

だが、こんなことでパニックになったりはしない。美和子は、自分にぞっこんで下心大アリな報道部のプロデューサー・遠藤を見つけると、調子よくすり寄った。

「あの、これ、本社からすぐに翻訳して送り返してくれって頼まれたんですけど、私、これからコメント録りなので、誰かに訳していただいて、社会部長宛てに戻してもらえませんでしょうか？」

ローカル局の、それも報道部なのに、お笑い芸人の物まねかと思うほど軽いノリの遠藤は、美和子にすり寄られると、途端にヤニ下がった。

「オーいいともいいとも。お安い御用だ。誰か英語できるヤツ探すからノープロブレムだよ。美和子ちゃんはこんな雑用で、その可愛い頭を使うことはないからねー」

「わあ嬉しい！　遠藤さんってホント、頼りになるんですねえー、やっぱり大人の男の人は違うわぁ」

東京や大阪の製作会社で長年バラエティ番組のスタッフをやっていたが、たまたまこの県出身ということでこの局に流れてきた遠藤は、絵に描いたような業界人ノリだ。

「じゃあまあ、このお礼にデートでもしてよ。ザギンでシースーでもどう？」

この田舎都市にも「銀座」と呼ばれる繁華街がある。

「きゃあ！　楽しみにしてますぅ」

こちらもノリで調子を合わせながら、美和子は内心醒《さ》めていた。

この男は私が一応四大出、それも旧国立一期校という設定を忘れているのだろうか？　女とみれば誰にでも、こんなノリの対応をしていれば、こんなローカル局でも、いずれ大ヤケドをするだろう。しかしそれは自分の知ったことではない。

利用出来るものは利用する。美和子は醒めていた。何しろ今は後ろ盾もなくなり、いわば徒手空拳で、この県で、この会社で、やらなければならない大仕事があるのだから。

メールのプリントアウトを遠藤に渡して、美和子はナレーション録りをする、小さな録音ブースに入った。

原稿が置けるだけの小さなデスクに、覆い被さるようにブームスタンドから伸びた大きなマイクがある。正面にはモニターがあって、ナレーションをアテる映像が映し出される。

放送記者には自分で取材した映像に自分でナレーションやコメントを入れる仕事がある。これから彼女がコメントをつける映像は、この一週間取材して昨日編集を終えた、県内で就職活動をしている若者の姿をリポートするものだ。

地元大学のキャンパスや、スーツ量販店などでホワイトカラー系志望の若者を取材する一方、ブルーカラー系の若者たちからも話を聞いた。

『本州と橋で結ばれてから、逆に仕事が減っちまってよ。工場も統廃合で減ったし……。コンビニに正式採用されたら赤飯炊くような状況じゃ仕方ねえよな』

「東洋一」の連絡架橋が出来たら経済が活性化するとの見込みが完全に裏目に出て、T県の経済は青息吐息だ。人もカネも、橋を渡って全部、大都市圏に流れてしまったのだ。

お定まりのシャッター商店街、閉鎖された工場の映像に、淡々と補足的なコメントを足していく。

世界的な金融ショックが県の経済の息の根をとめたという趣旨の、県商工会議所の専務理事の談話も盛り込まれているが、これを取材してきたのは、磯部ひかるだ。

そもそもこの企画は、磯部ひかるが立てて企画会議を通し、すでに一部取材を始めていたものだ。しかし、遠藤の「こういう経済分野の硬派な取材は、地域密着型ほのぼの系のイメージが強い磯部ひかるより、吉崎美和子が向いている」との判断で、美和子が残りの取材とまとめを担当することになった。

ひかるは頭から火を噴かんばかりに悔《くや》しがったが、やはり知的に見えるのは自分の方だ。スーツ量販店から借り出したリクルートスーツを颯爽《さっそう》と着こなして似合っているのも自分なのだ。それは、画面の中でリポートしている美和子自身の姿を見れば一目瞭然だ。

この画を撮ってくれたカメラマンも「美和子ちゃん、決まってるね」と言ってくれたし。そもそも、巨乳の女にこういう折り目正しいファッションは似合わない。

ひかるを目の敵《かたき》にする筋合いはないが、美和子がこの県で、そしてうず潮新聞でやろうとしていることを考えれば、ひかるは邪魔だった。周囲にいる、力のありそうな男たちを満遍なく味方につけて、自分に協力させなければならない。

女王様は一人でいいのよ、いや、一人以上はいらないの。

これが、何時如何なる時でも、美和子の座右の銘だった。

コメント録りを終えた美和子は、追加の映像が欲しいというディレクターのリクエストに応じて借りたままだった黒のリクルートスーツに再び身を包み、カメラの前で締めのコメントを喋《しゃべ》った。

OKが出た後、衣裳はそのままに、ふと気になってうず潮新聞新館、別名メディアセンターに向かった。この新館には、うず潮テレビも入居している。社主室に潜入したとたんに追い出された、その後の波紋が広がっていないかどうか確認したかったのだ。

噂になっているとすれば、同じフロアにオフィスのある、幹部連中の間だろう。

そう思った美和子は、幹部の部屋が並ぶフロアに足を向けた。

エレベーターを降りて編集局長室に向かおうとした、その時。廊下にまで響く激しい口論が聞こえてきた。

どうやら声の主は社会部長と編集局長のようだ。しかし、その内容まではよく判らない。

固有名詞だけでも聞き取れないか、と聞き耳を立てた。自分が原因になっての口論かもしれない、そう思ったからだ。

が、すぐに勢いよくドアが開いて、社会部長の春山が怒りの面持ちで出てきた。

素知らぬ顔で今来たばかりという風を装ったが、美和子の姿を認めた春山は、なぜか異常なまでに驚いた。目を見開き、手に持っていた資料をばさりと取り落としたのだ。

「ああ、失敬。吉崎君か。いやその、君が、あまりにその……僕が昔知っていた女性にそっくりだったので」

驚きがさめやらぬ様子の春山は、喋らずにはいられない、という面持ちで話を続けた。

「いや、こう言っても君には何のことか判らないだろうが。しかし……どうして今の今まで気がつかなかったんだろうなあ……。顔といい姿といい、本当にそっくりだ。その、今の君の格好……そういう、地味なスーツを着ると瓜《うり》ふたつだ。いつもの君だと、服装や雰囲気が違い過ぎたからか」

「私にそっくり……その女性は、どんな人だったんですか？」

うず潮新聞に入社したそもそもの目的を考えれば、興味を持たずにはいられない。

「うん。彼女は」

それに乗った春山は、いそいそと応えようとした。が、次の瞬間、いかんいかんと首を振り、言葉を切ってしまった。

「いや、悪かった。誰かに似てるからって、そんなものは下手な口説き文句そのものだね。失礼した」

「あの……私、そのお話に興味があります。よろしければ、もっと詳しく聞かせていただけませんか？」

美和子は、無意識のうちに必殺スマイルを浮かべていた。何も考えなくても自然に躰《ひ》が動いて社会部長に接近し、密着しようとしていた。男の気を惹き、欲しいものを何でも手に入れようとする行動は、彼女のほとんど本能と化していた。これまでもずっとそういう生き方をして来て、今の、この場所に辿《たど》り着いたのだ。

「剛胆な春山部長がこんなに驚かれるほど、私が似ているというひとの事、知りたいです」

だが、社会部長は美和子のボディタッチからすっと身を引いた。さすがに、うず潮テレビの軽薄な遠藤とは違う。

「そういや、さっき頼んだ記事の英訳だが」

春山は、ひどく冷静な目で美和子を見て、一枚の書類を美和子に差し出した。先ほど、パソコンにメールされてきたのと同じ、英語の文章だ。

「今ここでやってみてくれないかね。君はたしか履歴書にTOEICが七五〇点、いや八〇〇点だったかな、そのレベルだと書いてあったから、こんなもの簡単だろう?」

「それは……」

ここに来る前に遠藤に丸投げしてきたので、そちらから訳文が行っているはず、とは言えず、美和子は言葉に詰まった。

分量はそれほどではない。渡されたプリントアウトはABCかCNNのネットニュースのものらしい。だが美和子に判るのはそこまでで、アルファベットが謎の記号にしか見えない。

美和子は無理に笑ってみせた。この社会部長には、遠藤のような色仕掛けは通用しない。すでにそれは判っていた。

「すみません。ニュースはニュアンスを正確に伝えるのが何よりも大事だと思いますので、辞書も手元にない、こういう場所でトランスレートするのはちょっと……お時間がいただけるのなら、家に持ち帰って明日の朝一番に」

「いや、もういいよ。もういい。私の思ったとおりだった」

春山の声は冷ややかだった。

美和子の心臓の鼓動が速くなった。

バレている？　私の計画はここまで？　いや、そんなわけにはいかない。こんなに時間をかけ、苦労したのに……なんとか、この社会部長もたらし込んで時間を稼がなければ。頭を使いなさい。今までに落とそうとして落とせなかった男がいる？

一人いた……あの佐脇とかいう、ムカつく中年の刑事が……。

内心焦《あせ》りまくっている美和子に、春山が、ぽつりと言った。

「吉崎君。こんなことを言って気を悪くしないでほしいんだが……君は、あの飯森論説主幹の、いわば強力なプッシュがあって入社したのだったね」

コネ、と言いたいであろうことは充分に推測できたが、それを指摘する社会部長の真意が判らず、美和子は黙っているしかなかった。

「君の履歴書そのほかを人事に持ち込んだのが飯森さんである以上、君の採用は事実上のノーチェックだった。で、悪いとは思ったが、入社後、君の履歴について少々調べさせてもらった」

辣腕《らつわん》と評判の社会部長は、獲物をロックオンした猛禽《もうきん》類のような目で美和子を見据えた。社主の眼力《めぢから》とはまた違う、射貫くような視線だ。

「……僕の言いたいことは判るね？」

判る。何が言いたいのか、充分すぎるほどに判る。だが、それを断じて認めるわけにいかない。

美和子は石のように黙り込んだ。

彼女の経歴詐称を暴こうとしている社会部長の真の狙《ねら》いが判らないのだ。単に不正を摘発したいだけなのか、あるいは、これが一番厄介だが、美和子が入社した動機に不審なものを嗅《か》ぎ取ったのか？　それとも、自分の肉体が目当てで、搦《から》め手で迫っているのか？

他の大多数の男と同じように、美和子の肉体が目当てであるならば話は早い。そこは魚心あれば水心で男の欲望を逆手にとり、有利な状況に持って行く自信は大いにある。春山がそういう男であるならば、どんなに簡単なことか。

だが、そうではないことは、もう判っていた。

「君が入社して……そして飯森さんが失踪した」

社会部長は苦しげな表情で言った。

「この二つに、繋がりはあるのか？　正直に答えてくれ。君は、飯森さんの失踪について、何か知っていることがあるんじゃないのか？」

社会部長はどうやら論説主幹の安否を心から案じている。そこにわずかな生き残りのチャンスがあるかもしれない。

美和子は反射的に、目の前に差し出された細い糸にしがみつこうとした。

「それは……知っていることがないとは言えませんが、今、私の口からは言えないんです」

必死で頭を巡らせながら、口からは言葉が溢れるように流れ出る。

「それを今、社会部長に言ってしまっていいものかどうか。それさえも確信が持てなくて」

美和子は、相手の反応を窺った。

春山は美和子の本心を見透かそうとでもいうように、冷徹な表情を崩さない。

「……もしかしたら飯森さんの安全に関わることかもしれないので……もうちょっと時間をいただけませんか。心当たりがあって、今、ちょっと調べていることがあるんです。それが判れば……」

春山の気を惹くような言葉を咄嗟《とっさ》に並べた。本当のことも微妙に混じっている。だが、ほとんどがブラフだ。美和子の武器は言葉と肉体しかない。肉弾戦に及べない以上、言葉の力を駆使するしかない。

「お約束します……判ったことは、真っ先に社会部長にお知らせしますから」

なんとかこのまま、うず潮グループに留まって時間稼ぎをしたい一心だった。もう少し時間があれば、社会部長が敵か味方かを見極めて、美和子の目的のために利用できるかどうかもハッキリするだろう。

「調べているというのは、どういうことだ？　私にもきちんと言えない事なのか？」

春山の目が鋭く光った。

「きちんと言えないということは、筋の悪い話か。そして、君も、筋の悪い方面の一員ということなのか？」

春山はぐいぐいと押してきた。相手を圧迫して追い込み、口を割らせるのが、この敏腕先輩記者の手法なのだ。

「悪い印象を持たれている、ということは私自身、よく判っています。でも……今すべてをお話しすることが出来ない、そういう事情があるんです」

この男には色仕掛けも泣き落としも通用しそうもない。美和子は、相手の目をじっと見据えて、開き直った。

「でも……どうか信じてください。飯森さんは私にとって大変お世話になった方、いわば大恩ある方です。その飯森さんのことを、私だって、本当に本当に、死ぬほど心配しているんです」

それは本心だった。演技ではなく、自然と瞳が潤んでくるのが判った。

彼女の涙を見た春山は、硬かった表情を、少し緩めた。

「そうか。まあ、今日のところは、君の言うことを信じておこう。だが……そうだな。一週間。一週間待っても飯森さんの行方が知れなければ、そして君から満足のいく説明が聞けなければ、その時はどうなるか……判っているだろうね」

経歴詐称でクビにしようというのだ。しかし、ようやくここまで来たのに、邪魔されてたまるもんですか……。

「ありがとうございます！」

美和子はパッと明るく微笑んでみせつつ、内心諦めるものかと闘志をたぎらせた。

「では、この話は終わりにしよう。それよりさきほどの昔話だが、もし君に興味があるなら、ちょっと付き合ってくれないか。そのスーツを着た君を見ていると、妙に昔のことが思い出されてね……」

美和子は春山に連れられて、会社から少し離れた場所にある、渋いバーに入った。女っ気のない、そして中年以上の男にしか似合わない、重厚な雰囲気の店だった。彼らの他には初老の紳士が二人、ナッツの皿を前に、シングルモルトを飲んでいた。

「……こんな店が、この街にもあったんですね」

「都会と違って数は少ないが、なくはない。酒は文化だからな。失礼して、いいかな?」

社主は葉巻だったが、春山はパイプを出して、葉を詰めて火をつけると、ゆっくりと燻《くゆ》らせ始めた。

「彼女が亡くなったのも、ちょうど今夜のような、空の重い夜だったんでね……」

「私に良く似ている、という方の話ですね?」

「そうだ。君を見ていると、どうにも胸が立ち騒いで仕方がなくてね。昔のことなんだが」

春山は、美和子にはカクテルを勧め、自分はアイリッシュ・ウィスキーのストレートをダブルでくいっと飲み干した。不安か恐怖か……何かを酒で紛《まぎ》らわせるような飲み方だ。

「どう言えばいいのか……君が彼女に似すぎていて、怖いくらいだ」

春山は美和子に向き合うと、その目を覗き込んだ。

「君は、何者だ? 何をしようとしてる?」

「……私は別に……その、どなたかに似ていると言われただけで」

「いや、さっき君はどうして重役フロアにいたんだ? 編集局長にでも会いに来たのか? しかし君のような一介の新人が、何のために? 君には何か魂胆があるんじゃないのか?」

春山は有無を言わせないキツい調子で美和子を詰問しようとした。

だが、次の瞬間に、強ばった彼女の顔を見ると、張り詰めた空気を解いた。

「済まない……どうも妙だ。君を見ていると、名状しがたい気分になる」

彼は同じモルトをロックでお代わりして、喉《のど》を潤《うるお》した。

「君には迷惑な話だね。それだけ『彼女』には忘れがたい、いろんな事があったんだ」

春山は、まるで愛する女を亡くしてしまったかのような口調で言った。

……愛する女？

美和子は、春山の表情をじっくりと観察した。

だが、話を続ける社会部長の顔にあるものは、個人的な感情とはまた違うようだった。

「彼女は、とても真面目な女性だった。真面目すぎるあまり不器用なところがあって、それで苦労することも多かっただろう。立ち回りがうまいとか要領がいいとか、そういう生き方とは、およそ対極にあるタイプだったが、人柄の純粋さは見る人が見ればわかった。ふさわしい職場に恵まれさえすれば、かけがえのない人材として長く、穏やかに勤め上げることも可能だったろう。だが……彼女にとって不運なことに、わが社はそういう場所ではなかったんだ」

「その方と私が似ていると？」

春山は頷いて、速いピッチでグラスを空けた。

「性格が、とは言わない。だが外見は、今の君をみると瓜二つと言っていい。声も似てるね。中身は大違いのような気もするが」

「その人は、亡くなったんですか？　そうですよね？　取材中の事故か何かで？」

いいや、と春山は首を横に振った。

「事故は事故だが、社内でのことだ。旧館の非常階段、君は知ってるか？　あそこから落ちて、な。昔の設計で、勾配が急すぎて、以前から危ないと指摘はされていたんだが、まさか落ちて死ぬとは……普通では考えられない事だ」

美和子は、食い入るように社会部長を見つめ、質問した。

「旧館には、資料館とともに、社主の部屋があるんですよね？」

「それは以前から同じだ。そして彼女は、その夜、旧館に行ったんだ。時間外だが、社主に呼ばれたのかもしれない。社主は彼女を気に入っていたからね」

春山はどうしてこういう事を自分に言うのだろう、と美和子は疑問を感じた。

人の本心を探ろうとしている、この男自身が、何かを隠している。

美和子はそれを感じたが、春山が追及の手を緩めたように、自分もしばらくは成り行きに任せようと決めた。

そんな美和子の気持ちを知ってか知らずか、春山は酔いが回り始めている様子だが、懸命に適切な言葉を探している様子だ。

「いや、気に入っていた、という表現は正確ではないな。もっと切実というか……執着、とまで言うと言い過ぎか。とにかく、社を代表する上司が、若手のホープを薫陶《くんとう》するというニュアンスではなかった。仕事に男女の感情が混じると面倒だ」

社会部長は、意味深な事をほのめかしていた。

「社主はね、どういうものか、真面目で地味な女性が好みでね。遊ぶのなら玄人《くろうと》相手にすればいいんだが、真面目で地味で知的な玄人って、存在しないだろ。そりゃ商売を真面目にやって頭も切れるおねえさんはたくさんいるが、地味じゃあ水商売で売れっ子にならないもんな。だからまあ、社主の目は必然的に社内に向いてしまったわけだ」

酒の力を借りないと話せないかのように、春山は速いピッチで強い酒を飲み続けた。つまみもナッツ類ばかりで、酔いを抑えるつもりもないようだ。

「社主は、ジャーナリストとしては凄い人で、尊敬すべき人物なんだが……昔から英雄色を好むとか言うだろう？　あのタイプなんだな。そうじゃなきゃ『うず潮新聞、中興の祖』と言われるほどの成功は収められなかったろうし、女性が、あの人のパワーの源泉になっていたのも事実だと思うんだが……」

春山は、社主が過去に、今でいうセクハラで、多くの女子社員を退職に追いこんでいたことを語った。

「で、社主がご執心だった『彼女』という方が……亡くなったんですよね？　もしかして、そのことと関係が……」

美和子の問いに、春山は答えなかった。ここまで話しておいて、肝心なところで、貝になってしまった。

ここから先は、お互い腹の内を見せ合わないと進めない、と言う事か？

だが、春山が黙り込み、美和子の問いに否定もしなかったことが、そのまま答えになっている。

美和子は、「社主の好みは真面目で垢抜《あかぬ》けない、地味な女性」というデータをしっかり脳裏に焼き付けた。

第三章　パチンコの闇

「こういう事を愚痴るのは、ヤクザとしちゃ格好つかないんですがね」

佐脇に酒を勧めながら、伊草が口火を切った。

「例の『じゃんじゃんパーラー』ですけど、どうやら、客寄せにとんでもない手を使ってるみたいで。あっちがマトモな商売してるんなら文句を言う筋合いはないんですが。あそこは協会にも入ってないから、仲間内で〆《しめ》る訳にもいかず……」

「こいつはコワモテの伊草サンらしからぬ弱気ぶりじゃねえか?」

佐脇のホームグラウンド、鳴海市で一番いかがわしい歓楽街・二条町の一番高級な「サパークラブ」で二人は会っていた。もちろん佐脇が接待される側だ。

相変わらず伊草は恰幅《かっぷく》のいい身体を高級ダブルスーツに包んでいて、血色もいい。美味《うま》いものをふんだんに食い美酒もたらふく飲んでいるいい証拠だ。

「見たところ順風満帆って感じだがな。景気良さそうにゴルフで日焼けか。この不景気に、結構なご身分じゃないの」

「佐脇さん。我々の商売は男を張ってるンで、貧相じゃやってられないンで。無理してでも景気良さそうにしてなきゃならんのです」

言われてみれば、伊草はさっきから女が飲むような弱いカクテルしか飲んでいない。胃でも悪くしているのか、顔色の悪さを日焼けでごまかしているのか？

「しかしこのサパークラブってのは、なんだ？　サパーってほどの料理は出ねえな。ツマミの種類が多いクラブって事か？」

わざと下品に振る舞いつつ、佐脇は店の中を観察した。食事がしやすいようにテーブルは高めに設えてはいるが、着飾ったホステスが客に侍《はべ》っている風景はよくある高級クラブと同じだ。

「食事なら寿司でも洋食でも何でも出前取れますよ」

伊草は早く相談に乗って欲しくてたまらない様子で、佐脇にビールを注いだ。

「なんだ。今夜はねえちゃんが寄ってこないな」

他のテーブルにはホステスがいるのに、二人の席には誰も近寄らない。

「ちょっと大事な話がありますんで、私が遠慮させてるんです」

「なんだそれは。話を聞くまでオアズケか。どうやら聞いて楽しい話でもなさそうだな。だったらオレはお前さんの『大事な話』とやらを金輪際聞かないことにするぞ」

佐脇が本心で言っているのではないことを見抜いている伊草は、ハイハイと頷いた。

軽くいなされた佐脇は、ニヤニヤ笑いながら顎《あご》をしゃくった。

「まあいいや。話せよ」

恐れ入ります、と頭を下げた伊草は、低い声で語り始めた。この男はいまどきの経済ヤクザらしく現代的な経営手腕を発揮してはいるが、基本的に昔風な任侠の気質を根っ子の部分で持っている。だから佐脇に対しても、きっちり一線を画すところがある。

「『じゃんじゃんパーラー』の件がどうした？」

「あの店が出来てから、ムチャクチャ客を取られるんで、いろいろ調べたんです。出玉率とか交換率とかはまあ、我々に突っ込まれないように、業界内の暗黙の基準で収まってるんで特別ワリがいいってんじゃないんですが……驚くべき飛び道具を使ってましてね」

そこで意味ありげに言葉を切った。

「……店ン中で売春させてるんです。いや、店内にベッドがあるわけじゃないんですが」

以前から、大損した女客がトイレでセックスさせて小遣い銭を稼いだり、客を拾ったりということはなかったわけではない。店のトイレは自殺に使われたりもするほどなので、中で何が行なわれようと、店がすべてを管理しきれるわけではない。

「あの店のすぐ近くに、ラブホがあるでしょう？　あれ、同じ系列なんです。パチ屋が出来てからラブホを買い取ったんですが。儲けてる客のところに女を近づかせて、格安でやらせてるんで。店から送り込んだ女と同伴すれば、休憩料はタダになるって寸法で」

昔気質な伊草は、苦々しげに言った。

「女もね、パチンコで負けが込んだＯＬとか主婦なんかをメインに使ってるみたいなんで、けっこう質が高いんですよ。アレはどう見ても、店の仕込みですね。それで客がどっと向こうに」

「だったらお前のところでもやればいいじゃねえか。商道徳とか振りかざすようなガラでもないだろう。しょせんお前たちはヤクザなんだから」

そう言われた伊草は、イヤイヤと手を横に振った。

「ウチは老舗《しにせ》だし、地元密着の業界のリーダーだという自負もありますんで、真っ当な商売をしてきたという自信があります。実際、これまで、問題になるようなことは起こしてないでしょう？　ダンナ方のお世話になったことがありますか？」

それは佐脇が事前に手入れの情報を流しているからだ。しかし、鳴龍会傘下の『銀玉パラダイス』はこれまでのところ、おおむね健全にやってきたという伊草の言葉に嘘はない。

「『じゃんじゃんパーラー』は、これまたすぐ近所にサラ金の支店があるでしょ？　あれも同じ系列です。関西の連中はやることがえげつないです。パチンコ、サラ金、ラブホとくりゃ、黄金の三点セットじゃないですか。使えそうな女をパチ中にして、返せない金額を貸し込んで、売春に落として集客に使う……鬼、悪魔の所行です」

「ヤクザのお前に鬼、悪魔と言われちゃ鬼、悪魔も立つ瀬が無かろうよ」

佐脇は混ぜっ返したが、地元に根を張る地域ヤクザが、あまりアコギなことは出来ないのは本当だ。儲けだけを考え、搾《しぼ》り取るだけ搾り取って撤退してしまえばいい都会のヤクザとは違うのだ。

「佐脇さんとこには、そういう情報は入ってないんですか」

「いや、初耳だな。お前さんたちの世界のことは、民事だからな。警察は民事不介入。刑事的な犯罪が起きれば話は別だが」

「だから、売春防止法違反的なコトが起きてるじゃないですか！」

ほほう？　と佐脇はニヤニヤした。

「お前さんたちだって、この界隈《かいわい》では堂々、売春防止法違反をやらかしてるじゃないか。オレとしては、法の下の不平等になるようなことは出来ないよ」

「またまた、そんなタテマエを」

伊草は気弱げに笑ってみせた。絶好調な時のこの男は、佐脇を相手に押したり引いたり、自在な駆け引きをしてくるのだが、今はその元気すらないようだ。

「だいたいの話は判った。しかしだ、お前さんが言う通りの、店ぐるみ、系列ぐるみの犯行だという証拠はないよな」

「それは客を取ってる女を二、三人捕まえて〆れば、すぐ判ると思いますよ。連中はプロじゃない分、事件にされるのは嫌がるはずですし」

「それをオレにやれって言うんだな」

「なんとかお願いできませんかね？　我々がやると面倒な事になるんで」

伊草が言っているのは、どちらのチェーンにもバックがついているということだ。迂闊《うかつ》に事を構えれば、ヤクザ同士の抗争に発展しかねないのだ。しかも、暴対法が強化されている今の御時世、抗争を起こせば組織が壊滅しかねない。

「だから……こういう時のためのお付き合いですからね」

ようやく自分のペースを取り戻したかのように、伊草は笑ってキールを飲んだ。

「ただまあ、あんな大胆不敵なことが出来ているのも、バックに相当のお歴々が付いているからだと思うんですよ。関西の大きな組織だけじゃなくて、お上の側の、という意味ですが」

言うべきことを言ってホッとしたのか、伊草はジタンに火をつけて気持ちよさそうに燻《くゆ》らせた。

「パチンコ屋の新規開業は、いろいろうるさい事言われてなかなか進展しませんからね。しかも、店内で堂々と売春させるなんていうのは、ウチは絶対捕まらない、よしんば捕まっても微罪で終わるという強い自信あっての事でしょう。それは、現場の刑事レベルではないもっと上の……」

伊草は佐脇を見て言葉を切った。

「あ、これは失礼しました。別に、佐脇さんに力がないと言うのではなくて」

「力はないよ、オレはね。上の連中なら、そりゃ凄い力があるさ。特に許認可関係は向かうところ敵なしだ。オレの顔色を見て言うほどの事じゃない」

『じゃんじゃんパーラー』に関して、バックに付いているのは誰か？　伊草に対抗する形での県外勢力の進出だから、県警でも佐脇と伊草のつながりを面白く思わない、「出る杭《くい》を打つ」派閥の連中がバックにいるはずだ。となれば、その最有力は高田だ。

ただ、あの男はつい最近T県警に赴任してきたばかりだ。『じゃんじゃんパーラー』は数年前から進出計画を練り、土地を買い、許認可の書類を整えてきたのだから、高田が直接動いたわけではない。となれば、高田に連なる人脈……高田をT県警に呼び寄せた人物が誰なのかも探る必要がある。

警察とパチンコ業界の癒着については、当然ながら佐脇は知りつくしている。佐脇自身がその癒着のまっただ中にいて、鳴龍会から毎月それなりの見返りをせしめているのだ。

一九九〇年代に確率変動マシンが導入されてギャンブル性が一気に加速して以降、パチンコ依存症になってサラ金で破綻《はたん》し、凶悪犯罪に走る連中が目立ってきた。しかし、警察は対策を取るどころか逆にプリペイドカードを導入してそのカード会社を天下り先にし、パチンコ業界との共存共栄に血道を上げてきたと言っていい。

すでにパチンコ業界は警察の重要な天下り先であり、中央も含めた警察機構はパチンコ業界におんぶに抱っこ状態だから、業界丸ごと体制に取り込まれたと言うべきか、逆に体制に食い込んだと言うべきか。

「……どうかしましたか？　急に無口になっちゃって」

伊草が佐脇の顔を覗き込んだ。ヒラ刑事の割に影響力だけはある佐脇とは言え、さすがにこの件は荷が重いのか、と心配したのだ。

「馬鹿かお前は。オレだって考え込む時はあるんだ。お前さんが心配するように、この件は一筋縄ではいかないぞ。どの線を突つけばいいか、慎重に見極めなきゃな」

「慎重にして大胆。緻密にして大雑把、というのが佐脇さんですからね。頼りにしてますから」

伊草はお世辞抜きで、すがるような視線で佐脇を見た。

＊

その夜。

酔っぱらった佐脇は、わざと昔のテレビドラマのオヤジのように「う〜い、帰ったぞ！」と玄関口で靴を脱ぎながら怒鳴った。

いつもなら軽口を返してくるはずのひかるだが、今夜は返事がない。「おーい、いるんだろ?」とオヤジ路線の延長で怒鳴りながら部屋に入ると、ソファに座ってぼんやりしていたひかるが、ムッとした顔を向けた。

「佐脇さんさあ、アナタ、いつまでここに居るの?」

テーブルにはハイボールの缶があった。

「アパートを焼け出されて、警察の寮に入るのも味気ないから、新居を見つけるまでってハナシじゃなかったっけ?」

佐脇に恨みを抱いた放火犯の仕業で、少し前まで住んでいたアパートは全焼している。だが今日の今日まで、佐脇の居候《いそうろう》についてひかるが文句を言ったことはなかったのだ。佐脇は戸惑った。

「居ていいって言ったのはお前だぜ。無期限で」

「そうは言っても、男ならズルズル居座るってカッコ悪いって思わないの?」

ケンのある視線を向けてくるひかるに、佐脇が「いや別に……」と応じた瞬間、ひかるの目が釣り上がった。

これは、なにかあったのだ。ひかるが、というか、人間が意味なく怒るワケがない。怒るのは何か理由がある。今日何かあったからだろう。

「……どうしたんだ?　話を聞くから」

佐脇は冷静を装い、ひかるの横に座った。肩を抱いた方がいいかどうか様子を見たが、触らない方がいいと判断した。不用意に触れると怒りを倍加させる。

「あのね。ネットに、『十四年前の事件』にうず潮新聞関係者、というより幹部が関係しているっていう書き込みが出始めたの。ここ数日」

「十四年前の事件って、何だ?」

佐脇が当然知ってるつもりでいたのか、ひかるは慌てて説明をした。

「十四年前に、うず潮新聞旧館で女性社員が事故死したの。当時は純然たる事故だということで警察は処理して終わったんだけど、最近の、論説主幹失踪があったせいか、あれは事故死ではなかったって蒸し返すヒトが出始めたってわけ。そういうの、ネットの野次馬は大好きだから、食いついてきて、あっちこっちに『地方新聞疑惑の事件簿』とか面白がって貼りつける人が多くなって……」

そういえば最近、佐脇もそういう話を聞いたような気がする。十年くらい前の、うず潮新聞での事件……それは誰と話したことだったか。

「でもそれが、お前さんの不機嫌にどう繋がるんだ?」

「まあ聞いてよ。ハナシは長いのよ」

ひかるが言うには、インターネットでうず潮新聞を叩く投稿が増え始めているという。今のところ、ネットの中のごく一部の動きではあるのだが。

そこに、ある市民団体までが参戦してきたから話がややこしくなってきた。『ギャンブル依存を考える会』という市民団体が配っていたビラや会報によれば、うず潮新聞が某パチンコチェーンと『深い関係』にある、というのだ。

それもあってスキャンダルの匂いを嗅ぎ付けたネットの野次馬連中が、さらに増えつつあるという。

しかし『パチンコ業界との黒い関係』はともかく、十四年も前の、それも事故でしかない死亡事件について、うず潮新聞が根拠もなく叩かれるのは筋が違うのではないか。

ひかるは普通に疑問を感じ、批判が書き込まれた掲示板を管理しているサイトの管理人・寺脇《てらわき》を訪ねてみた。つい先だっての「T県警・警官連続殺人事件」で、佐脇とひかるに協力してくれた寺脇とは、ひかるはその後も連絡を取り合っている。

寺脇は、「ここだけの話ですが」と前置きして、今回も注目すべき情報を教えてくれた。うず潮新聞批判の書き込みが、なんと、うず潮新聞社のIPアドレスから書き込まれているというのだ。つまりそれは、うず潮グループ全社の社内LANに繋がっているパソコンから何者かが書き込んだ、という事を意味する。

「今のところこの事実を公表するつもりはありませんが、社内の誰かが書き込んだとすれば、信憑《しんぴょう》性はあると見て良いかもしれませんね。これを書いている人物には何か思惑があるようですが、正式に内部告発するつもりはないんでしょうか?」

逆に寺脇から訊かれて何も答えられなかったひかるが、うず潮テレビ報道部に戻った折も折、見慣れない女が、遠藤プロデューサーのパソコンになにか打ち込んでいるのを目撃した。

「あなた、誰ですか？　遠藤のパソコンに、何してるんですか」

ひかるが声をかけると、その女は電撃を受けたように驚いて飛び上がった。夢中で入力していて、ひかるが入ってきたことにも気づかなかったのだろう。

地味なスーツに、髪もうしろでひとつにまとめた垢抜《あかぬ》けない姿。一瞬誰かと思ったが、そのダサい格好の女が、ひかるの宿敵・美和子だと知ってひかるも仰天した。いつもの派手な格好ではなく、どうしてこんなダサい服を着ているのか。

問い質《ただ》す暇《ひま》もなく、美和子は逃げるように出て行った。ひかるが遠藤のパソコンを調べてみると、ブラウザーの履歴から、美和子が寺脇の匿名掲示板にアクセスしていた事が判明した。だが、掲示板のどこに書き込んだのかまでは判らなかった。

もしかして……うず潮グループの社内からネットに書き込んでいるのは、美和子なのか？

「でも、何のために？」

「そんなこと、居候のオヤジに判るかよ」

ついそう答えてしまったが、ひかるの真剣な表情は、これ以上ふざけた受け答えは許さないと言っている。

「……いろんな可能性があるな。いまのところ判断するには材料が足りない。ただ、オレとしては、お前さんが引っかかりを感じている『十四年前の事故』よりも、うず潮新聞と某パチンコチェーンの癒着ってほうに断然、興味があるな。なんせ現在進行形だから、生《なま》な情報も溢れてるはずだぜ。しかも同時に叩かれてるってことは、十四年前の事件と無関係ってこともなさそうじゃないか」

「……なるほど」

「要するに、お前さんが怒ってたのは、美和子が暗躍してるからか」

考え込む様子のひかるを、佐脇は押し倒した。

「お前さんがあの女を嫌うのは判る。だから、十四年前の件については、警察の内部資料を調べてみる。それでどうだ？　機嫌を直さないか？」

エロオヤジと化した佐脇の愛撫に、ひかるは躰の力を抜いた。

＊

県内に新たに進出したパチンコチェーンには、いろいろと噂があるようだが、とにかく、聞き込みをしなければ。

コトが佐脇の貴重な副収入源に絡むので、部下の水野は連れて回れない。いつものように適当な言い訳を付けて、佐脇は単独行動を取った。

まずは敵情視察ということで、くだんのバイパス沿いにある『じゃんじゃんパーラー・プラセーボ・一号店』に向かった。

彼自身、パチンコをする趣味はない。店がどれだけ客の儲けの上前を撥ねているか知っているだけに、自腹を切って損をする気にはならないのだ。

無頼を気取る佐脇だが、不思議とギャンブルには興味がない。人生で勝負に出ているから、それ以上の賭け事をする気にならないのかもしれないが、彼がギャンブルに手を出さないのは、確実に儲かるのは胴元だけと知っているからだ。

基本的にケチな男である佐脇は損をしたくない。かと言って、ローリスク、ローリターンな遊びは、薄めすぎたチューハイみたいなモノで、面白くも何ともない。だからギャンブルはやらないし、興味も抱かないのだ。

店に入ろうと近づくと、見覚えのある男が『じゃんじゃんパーラー』から肩を落として出てくるのを見かけた。

以前に傷害事件で挙げたことのある、流行《はや》らない帽子屋のオヤジだ。店がヒマでパチンコにハマったあげく身上《しんしょう》を潰し、妻子にも捨てられ自棄《やけ》になって飲み屋で大暴れしたのだ。その後店は潰れて人手に渡り、今やパチプロを名乗っているが、経済的に辻褄《つじつま》のあった暮らしをしているとは思えない。

そのオヤジが近くのサラ金のATMに直行して金を引き出そうとしているところを、肩に手をかけ、「ちょっと付き合えや」と強引に連れ出した。

「刑事さん、今は勘弁してくださいよ。午前中にやられた五万円、どうしても取り戻さなくちゃならんのです」

そのオヤジ、村山《むらやま》は口を尖《とが》らせた。

「金をドブに捨てるんなら、明日でもいいだろ。五万円も取られて、まだ突っ込むのか。お前さんを見てると、人間って案外しぶとくてなかなか首括《くく》らねえもんだなあって驚くぜ」

「ひどい言い方をする……」

村山のオヤジはめそめそと泣き出した。

「おれだって、判っちゃいるんだ。判っちゃいるけど、その言い方はないでしょうよ」

大の男を路上で泣かせてしまったのはバツが悪い。

佐脇はバイパス沿いなのに堂々と居酒屋の看板を出す店に村山のオヤジを連れて行った。

「この店は酒気帯び運転を推奨してる店ってんで、けっこう話題になってる。オレに言わせりゃ、人生崩壊を推奨してるパチンコ屋と、いい勝負だと思うがな」

佐脇はオヤジに酒を奢《おご》った。

「だから判ってるんですって。よぉーく判ってるんですよ。今までに毎年つぎ込んできた額は一千万円じゃきかない。年に何回か大当たりが出るけど、それで勝てる金は二十万もいかない。金も家族も時間も人生も、全部パチにむしられて、それでも止めることが出来ないんだ」

「そうかそうか。判っちゃいるんだな。オレも仕事柄、いろんな中毒患者を見てきた。シャブ中にアル中、セックス中毒なんてのもいるぞ。バクチだってブレーキが利かなくなれば中毒だ。競輪競馬にパチンコ麻雀とよろず見てきちゃいるが、一番始末に悪いのがパチンコやスロットにハマってる連中だな。ヤクや酒ならいずれパクられるか、カラダ壊《こわ》してアウトだし、お上の仕切る公営ギャンブルだって毎日開催じゃない。そこへ行くとパチ屋は毎日だからな。カモはムシられ放題ってことだ」

だが村山は、佐脇の言うことを聞いていない。誰一人自分を肯定するわけがなく、相手が口を開けば説教ばかりと判っているので、完全に自分の殻に閉じこもっている。

「まあ、今日はあんたを説教しようと誘ったんじゃない。あんたの人生だからな。好きにやってくれ。そうじゃなくて今日聞きたいのは、あの店『じゃんじゃんパーラー』についてだ」

佐脇は、酒の他にも料理をどんどん注文した。ここは車で来る客にも平気で酒を出す反社会的な店だが、肉も魚も安くて美味いのだ。

刺身に焼き魚、煮付けに唐揚げと、美味いものづくしがテーブル狭しと並ぶと、村山のオヤジはガツガツと食べ始めた。女房に逃げられてから、ロクなものを食っていないのだろう。

「どうだ？　少しは現実に戻ってきたか。あんな騒音バリバリ、電飾ピカピカのパチ屋に始終入り浸ってたら誰だっておかしくなる」

「すいません……おれなんかに、こんなに親切にしてくれて。おれは駄目な男だ。判っているんだ。判っているんだが」

手のかかっていない食い物は人間の感情も単純にする。妙に怒りっぽく、イラ立ち易《やす》い性格にしてしまうのだ。コンビニ飯やファストフードばかり食っていたとおぼしいこの男の場合は、泣き虫になっていた。

「ところで、あの店で、とびっきりのいい女が客引き行為をしてるって話があるんだが」

「ああ、ホントのことですよ」

オヤジはチューハイのダブルをお代わりして、こともなげに言った。

「だっておれも、誘われたかったもの。でも、おれの足元にはドル箱はないし、しけた顔してたから素通りされちまったけど……」

「店で負けが込んでた、常連の女か？」

「うーん。そういうのもいるのかもしれませんがね、一番目立ってるのは、このヘンじゃ見ないような、垢抜けた都会の女っつー感じの美人ですよ。大当たりしてドル箱を山ほど積み上げている客に誘いをかけてましたね。人間、どこに行ってもいい目を見るヤツと、カスを掴むヤツのどっちかしかいないんだなあとしみじみ思いますよ」

「お前さんの負け犬人生論には興味はねえ」

ダメ人間ほど言い訳と繰り言ばかり口にする。そういうのを聞いていると、自分まで負《ふ》のオーラに染まりそうで嫌なのだ。

「その女は……見かけるのはいつも夕方だったかなあ。髪をきちんとセットしてて、これからどちらにご出勤ですかってな感じの上玉だったな。初めて見掛けた時は、銀色の、なんかふさふさした毛皮のコート着てて。あのパチ屋の中じゃ、掃き溜《はだ》めにツルどころか、田んぼの真ん中におっ建った、あの金ぴかのショッピングセンターぐらいに目立って、浮きまくってましたよ」

さすがに毛皮のコートは目立ちすぎると思ったのか、それからはもっと地味な格好になったというが、きちんとセットされた派手にカールした明るい色の髪と、女優のようなフルメイクは、こんな田舎のパチンコ店の女性客としては明らかに目立ちすぎていたという。

「パチにハマってるのは、そのへんのおばちゃんが多いから。金も時間も吸い上げられて化粧や髪なんかに構ってられなくなるんですよ」

　そう批判する村山自身、身なりに構わなくなっているのがお笑いだが、確率変動機の派手な音や光の点滅は、一説によればサブリミナル効果があり、ドラッグ中毒に似た依存症を加速させるということも佐脇は知っていた。

「……だから、あんな上玉がパチ打ちに来てたとはどうも思えないんで……。言われてみりゃ最初から客引き目的だったんだろうな。それにしてもなあ……あれだけの女なら、何もパチ屋で稼がなくてもなあ」

　村山のオヤジもここでおかしいと思ったようで、首を傾《かし》げた。

「で、その女だが、具体的に、どんな見てくれだったか、できるだけ詳しいことを教えてくれないか」

　そうは聞いたものの、村山のオヤジのボキャブラリーは乏しくて、派手な髪、目立つ服といった曖昧《あいまい》な表現を繰り返し口にし、しばらく考え込んだ末に「キャラメルみたいな色の、ぴかぴかの革の、やたら高そうなバッグを持っていた」と、やっとこさ付け加えた。

「それと……私の記憶が正しければ、狐色の毛皮が襟《えり》についた、白いコートを着てたような」

　オヤジは昔流行《はや》ったフレーズを使った。

　それを聞いて、佐脇は何か引っかかるものを感じたが、その時は何が気になっているのか判らなかった。

不充分ながら予備知識を仕入れた佐脇は、問題のパチンコ屋、『じゃんじゃんパーラー・プラセーボ』に出撃した。既に面割れしているかもしれないが、今までこの店に足を踏み入れたことはない。派手な新規開店は知っていたが、興味がなかったのだ。

よれたダスターコートに安物のスーツという、見た途端に刑事と判る、いつもの姿で行くのはやめた。こざっぱりしたブルゾンとジーンズに着替え、佐脇にしてはオシャレな格好にいわば「変装」して入ったのだが、彼の肉体から発散されるオーラは正直だ。自動ドアが開き佐脇の姿が見えた瞬間、店員たちが反射的に身構えた。刑事というよりヤクザがシマ荒らしにやってきた、という反応だ。

店員たちが強ばった笑顔で遠巻きにする中、佐脇は何食わぬ顔で適当に台を選び、『CR波乗り天国』の前に座った。

どうせスるだけだからと、一万円分の玉を買ってハンドルを握ろうとすると、隣にいる常連らしきくたびれた男が話しかけてきた。

「あんた、見ない顔だね。ここは初めての客には出すんだよ」

男は、自分の玉は使い尽くして、タバコを吸っていた。その目は佐脇の玉の山に吸い付いている。

「判ったよ。好きなだけ取りな」

佐脇が言ってやると、男は「あんた太っ腹だね」と言いつつ、いそいそと鷲摑みにした。

「ここは、初回の客にはどっさり出して客寄せして、常連になったところで搾《しぼ》りにかかる。で、他所《よそ》の店に浮気しそうになるとまた出す。こっちも馬鹿だから、そういうの判ってるクセに、のせられちまうんだ」

ふんふんと話を聞き流しながらハンドルを握っていると、中央の小さなモニターに表示されていた大波にサーファーが乗って、すいすいと進み始めた。

「お、来たぜ来たぜ兄さん。あんた幸先いいよ」

三つ並んだサブモニターに、颯爽《さっそう》と波乗りするサーファーが並んだ瞬間、色とりどりのストロボが派手に点滅し、どどーんざざーんと波飛沫《なみしぶき》の轟音が轟《とどろ》き、なぜかハワイアン調のスチールギターの音が鳴った。

確変が発生して大当たりが来たのだ。

「波がチューブを巻いたら続けて当たるぜ」

まあ見てろと男が言った通り、立て続けに大当たりが来た。店員が飛んできてドル箱を運んでくると、じゃらじゃらと移しても移しても追いつかないほどになった。

ドル箱はみるみる積み上がり、盤面にはど派手に光が点滅して立て続けに巨大な波が襲い、サーファーがちょこまかと波に乗りまくり、スチールギターが景気よく鳴り響くと、チューリップが開いたままになって、玉はどんどん吸い込まれ、下皿には洪水のように玉が溢れ出た。

思考力を麻痺させる大音量のBGMに、目の前の台の華やかな液晶画面と、派手なライトの明滅。そしてなにより、派手なじゃらじゃら音とともに吐き出される玉の山。

これではカモになりやすい連中がハマるのも無理はない。

隣の男も、憑《つ》かれたように佐脇の大当たりを見ている。その目はオアズケを食った麻薬中毒患者そのものだ。

マカオのカジノに行ったことはある佐脇だが、正規の許可をとって営業しているカジノは音響も照明も抑えられていて、こういう、客の五感に訴えて虜《とりこ》にするような仕掛けは許可されていない。

『自分でも馬鹿だと判っちゃいるんですが、店に一歩足を踏み入れて、台の前に座ると、もう駄目で……頭ん中で何か出てる感じで……一日でもパチやらないと落ち着かなくなってくるんですよ』

パチ中の廃人・村山のオヤジの言葉が脳裏に響いた。

ドル箱はさらに積みあがり、あっという間に脇には置ききれないほどになった。そばの通路にどんどん山積みになっていく。その作業をせっせとやってくれるのは店員だ。客はただ、ハンドルを握り続けていればいい。

まさに至れり尽くせり。「お客様に大儲けして戴くお店」と大書されたポスターが嘘ではないようにも思えてくる。

と、かたわらに気配を感じて横を見ると、いつの間にか女が立っていた。

その女は、タバコを持った指先で佐脇のドル箱を差すと、彼の耳元に唇を近づけた。

「これで遊ばない？」

ハスキーな声が耳元に広がった。

おいおい本当に来たぜお約束のセリフが。

佐脇は、女をしげしげと観察した。

この女は、村山のオヤジが言っていた「謎の美女」とは別人のようだ。

すでに熟女と言っていい年齢だが、鼻筋の通った美人系。服装も「上品な毛皮つきのコート」ではなく、それなりに高そうではあるが、アニマル柄のブルゾン。髪もアップではなく、きついパーマのかかったセミロングの髪だ。

吸いかけのタバコを持つ指先には真っ赤なネイルが塗られているが、ところどころ剝《は》がれ落ちている。そんな指には天然か人造か定かではないが、大きなダイヤがこれ見よがしに輝いている。店内に立ちこめるタバコの臭いにも負けないくらいに、濃厚な香水の香りを全身から発散させて、開いたブルゾンの前から覗く花柄のプリントドレスも、いかにも高級ブランドのものらしく見える。

身なりに無頓着《むとんちゃく》で血走った目で玉を追う客ばかりのこの店では、変わった客種《きゃくだね》といえる。掃き溜めに鶴、と言っても、さほど的外れでもなさそうだ。

女は無表情に佐脇を見つめて、「ねえ、どうする?」と聞いてきた。

そのハスキーな声に、年甲斐もなく、佐脇の尾骶骨《びていこつ》がゾクゾクした。

美人系ではあるが若くもない、しかも明らかにヤバい匂いを漂わせている女なのに、いや、だからこそか、佐脇はこの女に惹きつけられてしまったようだ。

「これでって、玉を換金してってことか?」

「いちいち言わなくても、アンタもオトナなんだから判るでしょ?」

女は蓮《はす》っ葉《ぱ》な言い方をした。

「大当たりすれば、もれなくカネとオマンコがついてくる、か?」

佐脇は、女の腕を取った。

「いいだろう。最近は、どの業界もぽっと出の、素人臭さを売り物にする未熟者ばっかりだからな。筋金入りの技を味わわせて貰おうじゃないか」

佐脇は、大当たりを続け、玉を吐き出し続けている台から離れ、店員にドル箱を運ばせた。そして受け取ったライターの石とおぼしき特殊景品を、そのまま女に渡した。

「換金するのがめんどくせえ。お前が金に換えろ」

渡された女は、反射的に押し返そうとした。

「取っとけよ。あんた、売春というものをしてみたいんじゃないのか？　金銭の授受がなければ売春は成立しないからな」

佐脇にそう言われて、女は戸惑った様子で立ち竦《すく》んだ。

金に困っている女には見えない。ならば、売春はただの名目で、ホンネは誰かと後腐れのないセックスをしたいだけなのか。

「これ全部？　いいの？」

多すぎて困る、という顔になった。

「どうせ店がオレにゴマすりで出した玉だ。あぶく銭はすぐ使っちまうのがオレの主義だ」

「ああら。神田《かんだ》の生まれかなんか？」

ノリがいいのか投げやりなのか、よく判らない女をつれて、近くのラブホにしけ込んだ。

よくある娼婦とのセックスのように、手取り足取りの、男がマグロ状態のプレイになるかと思いきや、女は何もしてこなかった。

素人臭さをウリにしているのか、と佐脇は積極的に服を脱がし、唇を求めてみた。

昔からプロの女はアソコを舐めたりハメたりするのは許しても、唇にキスするのはもちろん、舌を入れるのも御法度《ごはっと》だった。しかし彼女はそのまま受け入れて、舌を絡めてきた。

「フェラはするくせに、ディープキスがダメというのは理屈に合わないと思ってたんだ」

「何のこと?」

女は佐脇の独り言に気のない返事をした。快楽を味わうのに集中しているのか。

佐脇は女を下着姿にして、うなじから下に、ゆっくりと愛撫していった。

若い女の、見てくれ優先の痩せた躰ではなく、上手い具合に脂《あぶら》の乗った、柔らかくて抱き心地のいい肉体だ。それなりに出るところは出て、締まるところも締まっている。

彼女の全身はすぐに熱くなり、軽く汗ばんで、肌が吸いつくような感触になった。

「あ、ん……」

商売と言うよりも、こういう逢瀬を楽しんでいるような女の反応に、佐脇は興味以上の欲情を刺激され、そのままセックスになだれ込んだ。

「いや……」

若い女のような声を出して、女は感じた。全身が凄《すご》く敏感になっていて、少し触られただけでも、すぐに声が出てしまうようだ。

佐脇はブラを剝ぎ取り、ねろねろと舌を這わせて胸を愛撫した。大きさはあっても芯のない乳房だが、よく言えば禁断の果実というか、デカダンな雰囲気が漂っている。

「女ってのは、果物と同じだ。熟《じゅく》してる方が美味《うま》い。だからオレはフケ専だ」

そう言って、乳首を吸いながら指で脇腹や秘部を撫で、触った。

一番敏感な場所を執拗に舌で責めてやると、女は大きな声を上げた。

「ああン……なんだか、恥ずかしい……こんなの、インランみたいで」

「みたいって、淫乱だろ？」

「違うの。こういうのが好きなの。男に買われる女っていうのが」

Mっ気があるのか？　必要に迫られて躰を売るのではない場合、その女はマゾか淫乱か好奇心ありすぎのいずれかだ。

佐脇は巧みに舌を使った。

硬くした舌先でころころと乳首を転がされるうちに、女の躰の芯は熱くなってきて、湧きあがるうねりに、全身がひくひくと震え始めた。

早くも軽いアクメになったのだ。

「ダメよ……そこは」

秘核を舌先で転がされて、女はイヤイヤをした。嫌いなのではなく、感じ過ぎるのだ。

「うるせえ女だな。注文が多いぞ」

佐脇は女の言うことを無視して、秘部に舌を這わせ、じっくりと責め始めた。

硬いが柔軟な肉片が、女のもっとも敏感な熱く濡れた秘唇を這い回り、肉壺をつんつんと突つき、指では秘毛を掻き乱す。

女の秘唇がゆっくりと興奮して、ぷりぷりと膨らんだ。それをさらに舌全体で舐《ねぶ》りあげ、唇で摘んで引っ張ったり、転がしたりしてやりながら、舌先で肉芽を突く。

それだけで女の腰は揺らめいて、唇からは熱い吐息が漏れた。

「ああん……」

時間をかけた丁寧《ていねい》な愛撫をされて、女はすっかり喜悦に酔いしれていた。

そこで女は、やっと本分を思い出したかのように、佐脇の股間に手を伸ばしてきた。

「ようやく仕事をする気になったか」

だが女はそれには答える代わりに、両脚を広げた。

「ね？」

佐脇もそれに答える代わりに、女に覆い被さった。しっぽり濡れている女壺は、つるりと彼のモノを飲み込んだ。

「おお！」

グルメリポーターが美味いものを食った時に見せる大袈裟《げさ》な表情を一瞬見せた佐脇は、箸《はし》を進めるように、ぐいぐいと腰を使った。

「あんた、なかなかのもんだぜ。よく締まってミミズ千匹で……オマンコの万華鏡や！

ってヤツだな」

佐脇は腰を使いながら、豊満な女体を貪欲に味わった。

「さっきフケ専とか言ったけど……あたし、ババアじゃないから」

「判ってるよ。口が悪くてスマンな」

佐脇は巧みに腰を使い、女を昂まりに押し上げていった。腰を動かしつつ、胸を揉み、愛撫も怠りない。しかもサプライズも忘れず、時折り、ずどんと振幅の大きな突き上げをしたり、太腿や脇腹をさあっと撫で上げたりもする。

そういう意表を突かれた快感が走るたびに、名も知らぬ女はアクメに近づいていった。

「あっ。あああっ……も、もうダメ」

「ダメって……まだオレはイッてないぞ」

佐脇は文句を言ったが、女は先に果ててしまった。

「お前が先にイッてどうする。オレを悦ばせろ！」

絶頂のあとの余韻に浸っている自称、娼婦に、彼はさらに指を這わせて煽《あお》り立てた。

彼のペニスはなおもぐいぐいと攻め立てる。

「ああ、も、もうダメ……」

そう言いながら女は、さらに立て続けにアクメに達した。

きゅうきゅうと波状的に締めてくる女芯の、柔らかいような固いような、緩いようなきついような味わいに、佐脇もついに熱いものを迸《ほとばし》らせた。

お互い、汗だくになっていた。

立ち上がった佐脇は、冷蔵庫からビールを取り出し、一気に呑んでひと心地ついた。

「あんた、これをいつもやってるのか？」

缶ビールを女に渡して、佐脇が聞いた。

「ああやって男を拾ってるかってコト？」

ビールを飲み干した女は笑い、違うわよと答えた。

「今日が初めて、って言ってもどうせ信じないでしょうけど。あの店で飛び切りのいい女が売春してるって凄い噂になってるから、私が誘ったらどうなるんだろうって思ったのよ」

女は相変わらずハスキーな声で、佐脇が火をつけたタバコを奪い取ると、深々と吸い込んだ。

妙に素人っぽかったのはそう言うワケかとは思ったが、この手の女の言うことがすべて本当とも限らない。

「まあいいや。そういうことにしておこう。見たところ、あんたカネに困ってるようには見えないからな」

「お金なら、なくはないわよ。亭主が稼いでくるから。それを私が右から左に、ドブに捨てるってわけ。月に百万は超えてるかもね」

「なるほどね。あんたもあの店の常連で、無駄金を使っているという自覚はあるわけだ」

佐脇は、この女に一段と興味を惹かれた。

「そういうことね。どうせあぶく銭だし、出どころもロクなもんじゃないんだから、あたしが銀色の玉に変えて溶かしてしまうぐらいが丁度いいのよ」

元あったところに戻してあげてるみたいなものかしら、と女はうつろな声で付け加えた。

「あんたの亭主の顔を拝んでみたいところだな」

女の顔立ちは悪くない。今はすさんでいるが、品の良さも隠しきれない。悪ぶってはいてもカタギの主婦だろうと思っていたが、そうとも言えなくなってきた。

最初は、浪費家の女房に文句も言えないダメ亭主を嗤《わら》ってやりたいだけだったのだが、そのダメ亭主がロクでもない金を稼いでいるとなると、話は変わってくる。

風俗か、金融か……佐脇が美味い汁を吸う相手、いわば「お得意様」の女房だったら、それはマズい。知らぬこととはいえ女房を寝取ったとなると仁義の問題もあるし、今後の付き合いに差し障りが出るかもしれない。

「あんたの亭主は、一体誰なんだ？」

佐脇が重ねてたずねると、女は面倒くさそうに言った。

「どうでもいいじゃないの、そんなこと。あなたに関係のない話でしょ。じゃ、する事はしたし、帰りましょう」

女には特殊景品でカネは払ってあるが、売春したことはすっかり忘れているかのような口調だった。

とは言え、女は、佐脇に携帯電話の番号もたずねなかった。女が本気でヨガっていたのは演技ではなく、売春は初めてのようでもあり、男と寝ること自体がずいぶん久しぶりらしいことは、肌合いで判った。

佐脇としては、結構いい仕事をしたと自分でも思ったのに、女には二度目につなげようという気はないようだった。執着がないのか、パチ屋にいればいつでも会えると思っているのか、それとも、すべてがどうでもいいと思っているのか。

「まあ、自惚れもたいがいにしろってことか」

女と別れてラブホをあとにしつつ、佐脇は呟いた。

女と寝れば後を引き、二度三度と求められることばかりの彼は自嘲をこめて、笑った。

＊

それから数件の聞き込みをした佐脇は一服しようと、タクシーでT市にある『仏蘭西亭』に行った。鳴海市とT市は隣同士で合併してもいいくらいだ。もうランチタイムはとうに過ぎているが、佐脇なら何か見繕って出してくれるのだ。と、車を降りたところで大きな段ボール箱を抱えたひかるが歩いてくるのが目に入った。

頭から火を噴かんばかりに怒っている。

咄嗟《とっさ》に、さっきのパチンコ屋で出会った女との買春がバレたか、と身構えたが、そうではなさそうだ。だいいち彼女は、佐脇が目に入っていないのだ。

この店はうず潮テレビの近くだから、仕事で何かトラブったのか。

おい、とひかるに声をかけて、一緒に店に入った。

「ビール頂戴。いいえ、もっとキツいお酒……ロングアイランド・アイスティーでも貰おうかな」

見た目は名前の通りのアイスティーだが、ラム、ウォッカ、テキーラとドライ・ジンがベースの恐ろしく強いカクテルだ。飲みやすいがすぐ酔っぱらうので、悪用されることが多い。しかし今日のひかるは、それをイッキ飲みしてお代わりしても、全然酔わなかった。

「私、謹慎になったの。それも無期限。高校の処分じゃあるまいし、これって事実上のクビってコトよね。お前から契約解除を言って来いって事でしょ」

ひかるはそう言って、抱えてきた段ボール箱の中を佐脇に見せた。

「私物よ。すぐに机とロッカーを空けろって。私を追い出すつもりなのよ！」

「……何があったんだ？　いきなりクビってのは無茶だろ」

「社員には出来ないけど、アタシ、契約だから。ハケンみたいなものだから」

ひかるは自嘲した。

「あの吉崎美和子のせいよ。あの女がずっと怪しい動きをしてた事は、佐脇さんには話さなかったの。悪口とか愚痴を言い過ぎててウザい女だと思われたくなかったから……でもね、今日」

昼過ぎに出社すると昨夜とは一転して、報道部の空気が、がらりと変わっていた。そして遠藤プロデューサーに呼ばれたひかるは、とんでもない事を訊かれた。

「君が、うず潮グループの社内から、社を批判する内容のことをネットに書き込んだという告発があるんだけど。新聞社幹部が殺人に加担しているとか、報道機関なのにパチンコ屋に出資しているとか……心当たりはある？」

「誰が言ってるんですか、そんなこと！」

完全な濡《ぬ》れ衣《ぎぬ》だ。もちろん即座に抗議した。だが、その嘘の告発をした張本人が誰なのか、遠藤は口にしなかったが、ひかるにはハッキリ判っていた。

美和子だ。それ以外考えられない。

昨夜、遠藤のパソコンを勝手に覗いている美和子をひかるが見とがめた時、美和子はネットに社内の極秘情報や批判を書き込んでいたのに違いない。

「それをごまかすために私に罪を着せたのよ、絶対！　ああもう、用がなくても朝イチに出社しとくべきだった！　あの女は遠藤サンをたらし込んでるから、私を悪者に仕立て上げる事なんかチョロいものよね。あたし、絶対にあの女の尻尾を摑んでやる！」

そう言うと、ひかるは三杯目を呷《あお》るように飲み干した。

「しかも、遠藤サンのところで止まってるならなんとかなると思ってたんだけど、すぐに社主に呼ばれたのよ社主に。アタシなんか正社員じゃないし、テレビの人間なのに。うず潮テレビの社長の顔だって何度かしか見たことがないのに、社主に呼ばれて。全部あの女のせいなんだから！」

「社主ってのはそんなに偉いのか？」

「偉いわよ！　この田舎じゃ県知事より偉いんじゃないの？　だって、県内のマスコミを全部、牛耳《ぎゅうじ》ってるのよ。所詮、田舎マスコミだけど、この県のことについちゃ、東京のマスコミだってウチの記事やリポートをベースにするしかないんだから。支局だって数が少なくて、独自の取材なんか事実上、やってないに等しいんだし」

酒ばかり飲ませているのはまずいと、佐脇はすぐ出来るツマミをオーダーして、取りあえずチーズとクラッカー、それにパンを食べさせた。

「社主って、博物館になってる旧館のてっぺんにいるのね！　旧館なんて蠟《ろう》人形かなんかあるんだろうと思ってたら……まあ、社主ってほとんど蠟人形みたいな感じだったけど」

クラッカーの破片を口から飛ばしながら、ひかるは機関銃のように喋った。

「キミはどうして嘘を社外に広めてるんだ？　どんな魂胆があるんだって。こんなこと、いちいち社主が追及することなの？　もちろん私じゃありませんって必死に言い張ったけど、聞く耳持たずの問答無用で。その上、これが本当に信じられないことなんだけど」

ひかるの顔は、怒りのせいか酔いのせいか、真っ赤になっている。

「ありえないわよ！　絶対に」

いきなり大声で叫んだので、佐脇は驚いた。酔いが急に回ったか。

「酔ってなんかいない！　怒ってるの。あんまり理不尽だから！」

「お前……社主に、何を言われたんだ？」

佐脇はつとめて冷静に訊いた。とにかく、ひかるを落ち着かせる必要がある。

「信じられる？　社主はね、失踪した論説主幹が私と付き合ってて、横領した会社の金をあたしに貢《みつ》いでたんだろうって言い出したのよ。ナニソレ。一体なんのこと？　どうして新聞社の偉い人と、テレビの一介の契約リポーターがそんな深い関係になれるの？　というか、私には佐脇とかいう、ヤクザより怖くてタチが悪くて執念深くて、性格も最低の男がもういるっていうのに」

「おいおい、そんなに褒《ほ》めるなよ」

佐脇としては、茶々でも入れて彼女のボルテージを下げるしかない。

「なるほど。そいつは言いがかり以外の何ものでもないな。社主はたぶん、テキトーな事をでっち上げてお前さんを降参させたいんだろう」

「何のために？　どうして私を？　私が才色兼備の、田舎に置いとくにはもったいない、掃き溜めに鶴みたいな存在だから？　そういう私に社主が嫉妬した？　私の美貌と優秀な頭脳に？」

「……それはないな」

佐脇は、なおも強いカクテルを頼もうとするひかるを制して、水を飲ませた。

「とにかく」

一息ついたひかるは、佐脇を睨んだ。

「私、しばらく自宅待機ですから。こんな濡れ衣というかナンクセというか恫喝《どうかつ》……こっちにはまったくなんの落ち度もないし、火のあるところに煙は立たないと言うけど、火なんかどこ探してもないんだし、クビになったら不当解雇で訴え出てもいいんだけど……裁判は時間がかかるし、勝訴してもそのまま潮テレビに戻れるはずもないだろうし……」

県外の他のテレビ局に移るという考えは、ない。以前はステップアップも考えたひかるだが、自分の力量を冷静に判断して、このまま地元で地道にやっていくことを選んだのだ。それに、彼女は自由に移れても、佐脇は地方公務員としてT県から離れられない。二人とも遠距離恋愛が出来るほど我慢強くもないし、意志も強くない。

「これは、社主にすべてを撤回させるしかないんだろうな」

ビールは麦のジュースだという石原裕次郎《いしはらゆうじろう》の持論をパクっている佐脇は、勤務中だがビールを飲んで、結論を出した。

「なんにしても、妙だろう。そして妙だと思えることには、必ず何かがある。何かを隠そうとしているから、妙な事になるんだ」

「で？　そういうもっともらしいお言葉はいいから、あなたは何をしてくれるの？」

有り難い教えよりも現世の利益。ひかるは藁《わら》にも縋《すが》りたいのだ。佐脇には応えて欲しい。

そんな期待は、当の佐脇には判りすぎるほど判った。男たるもの、ここでヒットをかっ飛ばさなければならないのだ。

「まあ、例によってネット書き込みにはあんまり興味がないんだが、お前さんの一大事となれば、そうも言ってられないだろうな。お前さんは明らかに罪を着せられてる。警官の端くれとして、それは断固、看過出来ない」

佐脇は考えながら喋った。

「心配するな。オレが、なんとかしてやるよ。明日には即復帰とはいかないが、お前さんの名誉回復は果たしてやる。万が一、仕事にあぶれたら、オレがお前さんを食わしてやる」

「……自信なさげね」

ひかるはちょっとガッカリした顔を見せた。しかし、うず潮グループの外部の人間である佐脇に出来ることには限界もある。無茶な手を使って強引に事件を解決する脱法刑事とは言え、オールマイティな存在ではないのだから、無理なことは無理だ。

「元気を出せよ。オレが今までに興味を持って首を突っ込んだコトで、曖昧なまま尻切れトンボになったヤマがあったか？　いつだってなんらかの決着は付いただろ？　人は死に、家は焼け、エライ奴が捕まっても、だ」

佐脇にも、俄然、興味が湧いてきた。

一介の契約リポーターを追い込んでまで、社主が隠したい事とは何か？　それは、新興パチンコチェーンとの癒着なのか、それとも十四年前の「事故」なのか。

＊

うず潮メディア・センターの裏には、社員御用達の飲食店が並んでいる。昼はランチ、夜は深夜まで酒と食事を出して、県内唯一のマスコミ社員の胃袋を満たしている。

「部長、ごちそうさまです！」

女子社員のお礼に機嫌よく片手を上げた、うず潮新聞総務部長の山下《やました》は、定食屋から出て喫煙ＯＫな喫茶店に足を向けた。ゆっくり一服してから仕事に戻るのが山下の日課だった。

「山下さんですか」

背後から声がかかって、そうですがと振り返りかけた瞬間、頭頂部に激しい痛みを感じて、そのままへたり込んだ。

ぼんやり霞《かす》んでいく山下の目には、金属の長い棒のようなものを持った男が立っているのが見えた。

男は、その後は無言で何度か山下の頭に金属棒を振り降ろした。

自分でも驚くほどの量の生温かな血が、流れてきた。

止めてくれ、と叫んだつもりだったが声にはならず、目が見えなくなった。倒れ込んだ地面からは、男が走り去っていく足音が響いてきた。

＊

仏蘭西亭を出て、佐脇はひかるとタクシーに乗り込んだ。怒りをぶちまけ、言いたいことを洗いざらい吐き出してしまったひかるは、急に酔いが回って人事不省になったのだ。

佐脇はひかるをマンションまで送り届け、ベッドに寝かせてから、T県警T東署に向かった。ここが、十四年前の事故の所轄署なのだ。

「おやおや、珍しいお人が」

東署庶務係の男は、以前の鳴海署勤務時代にいろいろ飲み食いさせて手なずけていた。

「資料庫を見たい？　しかし佐脇さんは今、鳴龍会絡みの暴力事件をやってたはずでは？　ウチに関係ないでしょうと言わんばかりの口調だ。昨今は書類の管理がうるさくなって、過去の捜査資料を簡単には漁《あさ》れなくなってきている。

「冷たいことを言うなよ。あんたとオレの仲じゃないか。まさか、稟議《りんぎ》書出してから来いなんてつれないことは言わないよな？」

佐脇は相手の肩を叩くと、そのまま資料庫に籠《こも》った。十四年前に起きた、うず潮新聞旧館での事故について調べるためだ。

警察は、とにかく書類が多い。役所である以上、警察も「書類製作所」であることに変わりはなく、何かというと文書に残す。警察官が作成する書類の数は実際、半端ではない。最近は文書作成支援ソフトもいろいろあるが、それにしても人一人が死んだとなれば、夥《おびただ》しい書類が作成され、保管される。事件にまつわるものであれば、裁判が終わり刑が確定しても、再審ということもあるから迂闊《うかつ》に処分できない。

自分が関わった事件ならともかく、他人が担当したヤマの場合、ファイルされた書類だけではなく、捜査メモや整理されて使われなかった現場写真なども全部チェックしなければ捜査の全貌は把握できない、と佐脇は思っている。捜査員も人間だから、思い込みや希望的観測から無縁ということはなく、重要な痕跡を見落としたり解釈を誤ったりすることも多いのだ。だから捜査ミスや冤罪《えんざい》が発生する。

ファイルの他に、段ボールに乱雑に詰められたメモなどを探し出していると、携帯電話が鳴った。酔っぱらって寝ているはずのひかるからだった。

「今どこ?」

「東署の資料庫だ。お前さんの無実を立証するために、地道な努力をしているところだ」

「東署!?」

ひかるの声が裏返った。

「ね、ね、署内の動きはどう?」

「どうって、だからオレは資料庫の中で……」

ああそうか、とひかるの声は冷静になった。

「今テレビで、うず潮新聞の経理担当の……総務部長が暴漢に襲われたってNHKのニュース速報が。頭を殴られて意識不明だって。これ、所轄は東署でしょ？」

それを聞いて、佐脇は独房のような資料庫から出て、署内の様子を窺った。

たしかに、事件発生時に特有のバタバタした雰囲気はある。

佐脇は、探し出した捜査資料をすべて手近の箱にまとめて入れると、そのまま階下の刑事課に顔を出した。

「おい。うず潮新聞の総務部長が襲われたって？」

部屋から出てきた顔見知りの刑事に声をかけると、相手は、そうだと答えた。

「ついさっきだよ。頭をガツンと。頭頂部を鈍器でな」

「容態はどうなんだ」

「救急車の中で意識を失って、今、県立中央病院で緊急手術中だ。頭蓋骨骨折による脳内出血。重体だ。もういいか？　おれは応援で現場に行くんだ」

呼びとめて済まなかった、と佐脇は礼を言い、再びひかるに電話した。

「おい、新聞社の総務部って、なにをやる部署なんだ？」

「会社の雑務一般と……人事と財務よね。新聞を作ったり番組を放送したりする会社だと、それ以外の仕事は『雑務』とか言われちゃうけど、会社としては肝心な部分でしょ」

判った、と佐脇は電話を切って、タクシーを拾おうとした。借り出した資料をもって、鳴海署に戻るためだ。ひかるのマンションに直行して、一緒に捜査資料を洗えば効率がいいのだが、部外秘で個人情報の詰まった捜査資料を民間人、それも報道関係者に見せるのは重大な服務規程違反だ。雲行きの怪しいこの御時世だから、誰かに突っ込まれる材料は作らないに限る。

と、その時、彼の目の前に車が止まった。このあたりでは誰も乗っていない、真っ赤なフィアット・チンクエチェントだ。

「どちらに行かれるんですか？　乗っていきません？」

窓から顔を出したのは、美和子だった。さすがはマスコミ、中途採用でも正社員ならローンを組んでこんな分不相応なイタ車に乗れるのか、と佐脇は感心した。

「署に戻るんだ。タクシーで行くからいいよ」

「まあ、そうおっしゃらずに」

美和子は微笑んだ。以前のような露出が多くてボディラインがハッキリ判る服ではなく、別人かと思うほど地味なものを着ていた。

「これから取材か？」

顎《あご》で服を示すと、美和子は、ええまあと答えた。

「どうですか、今夜、お時間いただけません？　私、佐脇さんに、いろいろとお話ししたいことがあるんですけど」

「オレは自分を買いかぶる悪い癖があるんだが……あんた、またオレにコナかけてたりするのか？」

「いけません？」

　美和子は開き直った。

「ご存じかどうか知りませんけど、ひかるさん、かなりマズい状態なんですよ。局Pはまだしも、社主の心証を害しちゃったみたいで……これ、決定的でしょ？」

「そういうことをわざわざ言うためにオレを呼びとめたのか？　キミんとこの総務部長が暴漢に襲われて意識不明の重体だってのに、呑気なもんだな」

　そう言われても美和子は怯《ひる》まない。

「総務は裏方ですし、警察がもう動いてるんですから、私に出来ることなんてないですよ。私には私の仕事がありますし」

　クールな本性を隠す気もないらしい。

「それより佐脇さん。ひかるさんとコンビ解消して、私と組みませんか？　気の毒だけど、あの人はもう、うず潮テレビを辞めるしかないですよ。リポーターじゃなくなったあの人なんて、ただの巨乳ねえちゃんでしょ？　私と組んだほうが、何かと佐脇さんのお仕事にも都合がいいんじゃありませんか？」

「オレは、公私混同するタイプなんでね。仕事で付き合うだけじゃ収まらないぜ」

「結構ですよ、私は。望むところだと言ってもいいです」

美和子はまったく腰も引けないし、怯《ひる》みもしない。図々しいくらいに根性が座ってい
た。

「これは話が合うねえ。実利で動けないやつはバカだと、オレは思ってるからな」

佐脇は美和子を持ち上げた。

「だが、オレにはもう一つ座右の銘がある。実利だけで動くやつは、それに輪をかけたバカだ。そしてオレは、自分ではバカではないと思ってる。意味は判るな？」

佐脇はちょうど通りがかったタクシーを捕まえると、さっさと乗り込んだ。

後ろを振り返ると、美和子の真っ赤な車はまだ止まったままだ。

車内で憤然としているあの女の姿が目に浮かんで、佐脇はしばらく笑ってしまった。


鳴海署の自分の席がなぜか居心地の悪い佐脇は、職員食堂の、いわば指定席ともいうべきテーブルに陣取った。そこで蕎麦《そば》やカレーやパンを食べながら、数時間にわたって、十四年前の「事故」に関する捜査資料を精力的に読み込んだ。

——十四年前の一月の、夜九時頃。

うず潮新聞旧館五階の非常階段から、若い女性社員、奥山《おくやま》淳子《じゅんこ》が地上まで転落し、病

院に運び込まれたが、頭を強く打っており、意識不明のまま三日後に亡くなった。奥山淳子は五階分を一気に転落して、頭部と全身を何ヵ所にもわたって強打していた。彼女がどうしてその時間に、勤務場所でもない旧館の、それも非常階段にいたのかは不明のままで、誰かに突き落とされたのか、それとも自分で足を滑らせて転落したのか、目撃者が誰もいないために不明。普段使われていないとはいえ、現場の非常階段は非常に急で、しかも構造上改築が無理なので、これとは別に安全な非常階段を設置するよう、消防署から指導を受けていた。しかし旧館は戦前に造られて県の重要文化財に指定されており、美観の問題もあって、『危険な非常階段』は当時から放置されており、現在もそのままだ。

佐脇は、うず潮新聞旧館の見取り図を見た。五階には、社主室がある。経営幹部の部屋は新館にあるので、旧館は事実上、社主のためのビルという形になっている。

事故があったその夜、社主は五階にいたのか？　事情聴取に答えて、社主はその時間、社会部長だった飯森太治郎と車で移動中で、旧館には不在だったと述べている。これは飯森の話とも一致したし、二人が行ったという料亭『剣沢《つるぎさわ》』の女将《おかみ》や仲居の証言とも一致して、アリバイは成立している。

非常階段下に倒れていた奥山淳子は、大きな物音に気づいた警備員と、階下にある「うず潮新聞資料館」の学芸員に発見されて、救急車が呼ばれた。

身体の傷の状態は、現場の状況にも一致しており、解剖所見とも一致した。

以上の事から、T県警T東署は、この件を、奥山淳子がなんらかの理由で旧館非常階段から足を踏み外して転落した事故であると断定し、立件されることはなかった。

捜査資料と公式捜査報告書を読む限り、事故死であることに疑いの余地はないように思える。ただ、奥山淳子が自分で足を踏み外したのか、あるいは何者かにこの場所に呼び出されて突き落とされたのか、それを傷の状態だけから判断することは出来ないだろう。

現場が、旧館の、しかも普段は使われていない非常階段という状況には、大いに事件の香りが漂うではないか。

しかも、事故当夜に社主と一緒にいて、社主のアリバイを証言した人物が、数日前に失踪した、論説主幹の飯森だったというのも、とても香ばしい。

精査というにはほど遠いが、要点は掴んだ佐脇が刑事課に降りてくると、外はもうすっかり暗くなっていた。

刑事課に入ると、光田《みつだ》以下の同僚たちが、ニヤニヤして出迎えた。

「佐脇サンよ。またあんた、スターだぜ」

「そうか。コンスタントにヒットが出せて、演歌歌手なら食ってイケそうか?」

そう調子を合わせつつ、部屋にあるテレビを見ると、『警察とヤクザの真っ黒な関係!』という赤いタイトルが目に入った。

「何かの再放送か？」

「違う。夕方のニュースで、しかも生放送だよ。新しいお姉ちゃんのな」

画面には、あの美和子がマイクを持って立っていた。さっきと同じ服を着ている。しかも、放送している場所は、鳴龍会の本部前だ。挑発的と言うしかない、大胆不敵な中継だ。

『以前より地元暴力団と警察官との黒い噂は囁《ささや》かれていましたが、ここ数年、まるで開き直ったかのように、堂々と癒着を見せつける光景が目に付くようになってきました』

画面には、高感度カメラで撮影された、どう見てもヤクザとしか見えない男二人が、飲み屋をハシゴする光景が映し出された。それは関係者なら誰もが判る、佐脇と伊草が連れ立って歩いている姿だった。顔にはモザイクが入っているが、ガニ股気味の歩きで、ヨレたスーツを着ているのが佐脇、その隣の、長身で格好のいいヤクザが伊草だ。

『一見、ヤクザ同士が飲み歩いているように見えますが、このうち一人は現職警察官、しかも、暴力事件を扱う刑事なのです』

「撮られてるのが判ってりゃ、もっと肩でも組んで、抱き合ったりすればよかったな」

佐脇はニヤニヤした。

こんな事は今日に始まった事ではない。佐脇は伊草との付き合いを別に隠さないから、こういう姿を撮るのは簡単だ。しかし、あの女は、こういう番組を放送するその前に、オレに誘いをかけていたのか。あの時オレが応じていたら、この放送は中止になったのか？　それとも、コメントのトーンがもっと柔らかくなったのだろうか？

佐脇には、美和子という女の魂胆がさっぱり判らなくなった。

『問題の警察官と、職場を同じくする方にお話を伺ってあります。ＶＴＲをどうぞ』

画面が変わり、美和子がマイクを向けた相手は、光田だった。

『あなたの同僚の警察官がですね、その、暴力団との癒着を疑われかねない付き合いをしていることについて、光田さん、あなたはどう思いますか？』

『いやー、ほんとうに困ったことです。たった一人の悪徳警官のおかげで、たとえば私のような、真面目にやっている、その他大勢の警官までが疑われるんですからね』

インタビューを受ける光田は、これ見よがしに眉間に皺《しわ》を寄せ、困惑を通り越した、怒りの表情すら見せている。

「いつ撮ったんだ？　これ」

冷たい笑みを浮かべた佐脇が訊くと、光田も困惑した様子で笑ってみせた。

「いつだったかなあ。ちょっと前だよ。ボツになったのかと思ってたんだが……いや、これはさ、こういうふうに答えてくれって、この美人のリポーターに事前に言われてさ。おれも、どうせなら相手に喜ばれるコトをしたいしさ」

光田は佐脇に弁解を始めた。

「喜ばれるだと？　お前は老人介護のボランティアか」

「判ってるけどさ。おれはアンタみたいにマスコミ慣れしてないし」

「だからって同僚を売るか、普通？……ま、隠すようなコトでもないがな」

これは再放送かと訊いたのもまんざら冗談ではなく、佐脇にとり、伊草との関係が問題視されて糾弾されるのは始終で、すでに慣れっこになっている。佐脇自身に、伊草との『癒着』を改める気がないのだから仕方がない。

しかし、画面の中で美和子は、カメラをまっすぐに見て、はっきりと言い放った。

『このように、心ある警官も困惑している暴力団との癒着ですが、うず潮テレビとうず潮新聞は、このT県の健全な発展を願って、今後、この警察と地元暴力団との、あってはならない癒着を、粘り強く暴いて参ります』

まったくあのクソ女は……と佐脇は苦笑するしかない。マスコミ相手に本気になっては、足下をすくわれるだけだ。

しかし、マスコミ慣れしていない光田は、心配顔で悪漢刑事を見た。

「やれやれ、これからもしつこくやられるのか……お前も、ちょっとは行ないを正した方がいいんじゃないか？」

「馬鹿を言うな。行ないを正すというのは、間違った事をしてる場合だろ。オレは伊草からカネは貰っても、あいつらの悪事を庇《かば》ったことはないぞ」

小さいことはコマゴマと庇ってはいるが、大きなことに目は瞑《つぶ》らない。それは伊草も判っているから、逆に犯罪の抑止力になっている。鳴海市、いやT県全体で、鳴龍会はおおむね法に則《のっと》った（あくまでもスレスレに、だが）活動をしている。

「そいつは判ってるが……この分だと、また署長から呼び出しが来て、ケツの穴がムズムズするようなお説教をされるぞ」

光田が有り難い忠告をしてくれていると、佐脇の部下の、水野が入ってきた。

「佐脇さん。佐脇さんを取材したいと、こういう人たちが」

水野は名刺を数枚手渡した。見ると、東京の全国紙『旭光《きよっこう》新聞』と、『全日本テレビ』の記者だった。

「これはアレか？　うず潮テレビの、コレを見てのナニか？」

オヤジ独特のやたら代名詞の多い喋《しやべ》りに、水野は「は？」と首を傾《かし》げた。水野はそもそも美和子のリポートを見ていないのだ。

東京から来たマスコミ人種たちは、職員食堂で待っていた。

「最初に言っとくけど、オレはヤクザと付き合ってることを悪いと思ってないからな」

佐脇にいきなり宣言された東京のマスコミ人は手を横に振った。

「その件は今回パスします。いろいろやってると、まとまりが付かないんで」

旭光新聞の記者は一人、全日本テレビはビデオを回すカメラマンと二人で来ていた。

「どうも地元紙も地元テレビ局も無視を決め込んでいるようですが、我々に興味があるのは、論説主幹の失踪と、十四年前の女性社員事故死、そして関西のパチンコチェーンとこの地元新聞社との裏の繋がりについてなんですが……こちらに来たら、タイミング良くと言ってはナンですが、総務部長さんが襲われたりして。そっちの方面についてなんです」

旭光新聞の記者が切り出した。

「旭光新聞もこの県に支局を置いてますがね、その支局の人間が、どうしたものか使える記事をまったく送ってこない。それはいわば、うず潮新聞的価値観に染まってるからじゃないかと思ったわけで。同じ理由で、県警やT東署の担当者に訊いてもまともな答えなんか返ってこない。そこで、体制内アウトサイダーの佐脇さんに伺おうじゃないかと言う事で」

この前の連続警官殺し事件も、その根本原因の白バイ事故責任転嫁事件について、地元マスコミ、すなわちうず潮新聞とテレビはほとんど報道せず、その疑惑を根気よく取材し続けたのは中央のマスコミだった。岡目八目で遠くから見ている方が真相を見抜けるのかもしれない。いや、いろんなシガラミに無縁だから思い切った報道が出来るのだろう。

佐脇は、彼らには誠意ある対応をすることにした。とは言っても、知らないことは答えられない。

「オレは別件の担当であって、あんたらの言う件については、その三つ全部について、何も知らないに等しいんだがな」

まったく知らないわけではないが、個人的な仮説を気心も知れないマスコミの人間に話すわけにはいかない。

「佐脇さんが何も知らないなんて、そんなことは私は信じませんがね」

全日本テレビの記者がいきなり核心に切り込んできた。

「たとえば最近、この県に進出してきた関西のパチンコチェーンがありますね。そのバックには鳴龍会とは別の、これも関西の広域暴力団が付いていることは周知の事実です。暴力団同士の抗争を誘発するような営業許可を県警はどうして下ろしたのか、いや、そもそもその『じゃんじゃんパーラー』自身がどうして鳴龍会の本拠地にあえて進出する気になったのか。それについて、こんな記事がパチンコの業界紙に載っているんですよ」

全国ネットのテレビ局の記者は、佐脇に記事のコピーを見せた。

『じゃんじゃんパーラー某県に大規模進出！　バックに地方名門企業の支援か？』という見出しのものだ。

「……某人気台メーカー関係者の談話ってことですけどね、じゃんじゃんパーラーから先月大量に台の発注があり、しかもそれがプレミアムつきの人気台ばかりで、手形決済だけに資金面は大丈夫なのかと問い質《ただ》したところ、心配ない、その県きっての有力企業が非公式に資本参加したから大船に乗った気でいてくれ、という返事だったそうなんです」

なるほど。「非公式に資本参加」した「地方名門企業」がうず潮新聞社だとすれば、ツジツマは合う。

「あと、ネットに書き込まれている噂も、佐脇さんなら当然ご存知ですよね？」

この前の、佐脇が解決したT県警の連続警官殺しには、ネットでの噂が深くかかわり、最初は佐脇を叩き、糾弾する手強い敵ともなったが、最終的には県警側の嘘を暴く役割を果たして、佐脇に加勢する結果となった。だから、この記者も佐脇がネットに詳しいと誤解しているのだろう。

「知らんな。ネットとやらに詳しいのはオレじゃなくて、オレのブレーンだ」

「そうですか。そういうことでしたら、ご説明します。つまりですね、このT県のマスコミを圧倒的なシェアで独占していたうず潮グループも、インターネットのニュース記事に広告を取られて営業が苦しくなってきたと。そういう事態は私どもも中央のマスコミにも他人事《ひとごと》ではないわけですが。でもって、起死回生の多角経営をはかって手を伸ばした先が、マスコミとしては、いわば禁断の果実であるパチンコ業界ではないか、と」

「なるほど。だが同じく地元で、すでに各方面から食い込まれている鳴龍会と組んだのでは大して旨味《うまみ》がない。そこで、この地に進出したいとウズウズしていた関西の大手と組んだってわけか？」

「まあ、そういうことです。そのへんについて、佐脇さんは何か知りませんか？　鳴龍会経由で、ライバルの情報なんかも入ってくるんじゃないんですか？」

旭光の記者がクサいところを訊いてきた。

「それに、佐脇さんもおかしいと思いませんか？　うず潮グループは、飯森論説主幹の失踪にしろ、十四年前の事故をめぐる噂にせよ、自社に関係する出来事を不自然なほど報道していません。それは、いろいろと後ろ暗いところがあるからじゃないか、と、つい邪推してしまうわけなんですがね……」

下からすくい上げるような視線で、記者は佐脇を見た。

「おいおい。オレに何を言わせたいんだ？　いずれにせよ、会ったその日に大事なことをペラペラ喋るほど、オレはお人好しじゃないんだ。あんたら、まだ鳴海にいるんなら、場を改めようや。それまでに調べられることは調べておくし」

東京のマスコミがここまで言ってくるのを、突き放してはもったいない。かと言って、連中の本心がどこにあるのか見極めないままホンネで喋るわけにもいかない。

それが判るまで佐脇はさしあたり、時間を稼ぐことにした。

＊

数時間後、佐脇は一人で二条町のショットバーでウィスキーをストレートで呷《あお》っていた。

いろいろあった夜は、居酒屋で同僚とワイワイやる気分にはならないし、女のいる店で相手を口説いたり物色する気にもなれない。不景気な顔をしたバーテンだけがいる、流行《はや》っていない静かなバーで、黙って飲む。そして、一人で考える。

「オレは酒を飲むと頭が良くなるんだぜ」

と呟いてみたりする。

厄介なことになりそうだった。窮状を救ってほしいという伊草からの依頼、うず潮テレビをクビにされそうなひかる、そして、自分を名指しで宣戦布告したも同然な、うず潮テレビによる癒着摘発宣言。うち二つには、あの気に障る女、吉崎美和子が絡んでいる。

だが、佐脇にとって有利に立ち回れそうな材料もなくはない。東京から来た連中が、上手く使えるんじゃないか？　しかし、連中の真の狙いが判らない。このところ警察の不祥事が日本中で一斉にほころびを見せているような感もあるから、警察庁《サッチョウ》が不良警官を一掃する気になったのかもしれない。新興ヤクザとうず潮グループの関係を探りたい、というのは表向きで、実のところは、やはり佐脇を陥《おとしい》れるために、かつて本庁のエリートを送り込んできた連中が動き出したとも考えられる。

しかしまあ、疑心暗鬼というのはするだけ無駄だ。根拠もなく気持ちを空回りさせるより、物事をはっきりさせた上で、本気で善後策を練る方がずっといい。

末端からは見えない中央の動きを探るには、とっておきの人物がいる。以前に佐脇の部下が謎の死をとげ、それが強引に「自殺」ということにされた時、中央から送り込まれて激しくやり合い、結局佐脇が勝って中央に追い返す形になった、エリート警察官僚の入江《いりえ》だ。この男とは、好敵手という関係でもないが互いに一目置いている。時には敵から塩を送られるような付き合いが続いている。

もう深夜だが、あの男はまだ役所で仕事をしているだろう。

そう思って携帯電話を取り出したところに、見慣れない男が店に入ってきた。

まだ若く、つるっとした顔立ちだ。俳優にしていいような二枚目と言っていい。だが、なんともいえない、爬虫類《はちゅうるい》のような粘着質な光が、その目にはあった。

佐脇の側に面識はないが相手にはあるようで、その男は、近寄ってくるとヤクザ独特の、両手を太腿に置いて身体を折り曲げるお辞儀をしてから、おもむろに右手を差し出した。

「私、鳴龍会の北村と申します。以後、お見知り置きを」

佐脇は、求められた握手には応じなかった。

北村と名乗った男は、差し出したまま宙ぶらりんになった手を苦笑して引っ込めた。

「鳴龍会の窓口は、伊草のはずだが」

「窓口は一つにまとめておく必要はないでしょう？　むしろ、複数あった方が不慮の際には有効ですよ」

北村は、抜け目なさそうな表情で佐脇をじっと見つめた。

「これから申し上げることは少々キツいかもしれないので、先に謝っておきますが」

北村は低姿勢を装った。

「若頭《わかがしら》の伊草サン。あの人は、はっきり申し上げて、落ち目です。あの人はシノギを普通の会社を経営するみたいにキッチリやるんですが、それじゃせっかくヤクザをやってる旨味《うまみ》ってものがありません。一般市民からヤクザだ暴力団だと避けられ嫌われる以上、それなりのやり方で、どーんと儲けなきゃ、意味ないでしょう？　報われません。違いますか？」

「そう言う判断は自分でしろ。組の方針が気に入らないのなら盃《さかずき》を返せばいいと思うぜ」

まあまあとニヤニヤした北村は、ブラッディ・メアリーを注文した。

「私はまだまだぺーぺーですけどね、安定志向の若頭より、ヤクザらしく大胆に博打を打ちたいほうなんです。男を張ってる以上、常に勝負に出たいじゃないですか。それは佐脇さんも同じでしょう？」

北村は気取った手付きで、真っ赤な液体の入ったグラスを佐脇に向かって持ち上げた。

「どうです、ローリスク、ハイリターンでやりませんか？　この場合、リスクを負担するのは我々の方で、佐脇さんが安全なのは言うまでもないことです。どうか存分に、我々を利用して儲けてください」

「残念ながら、そういう旨《うま》い話は眉に唾をつけてかかる性質《たち》でね」

大金をちらつかせれば簡単に転ぶだろうと言わんばかりの北村の態度が、佐脇には気に食わない。こちらを舐めた言い草だと、なぜ気がつかないのか。相手をしたくない佐脇は、カウンターに金を置いて立ち上がった。

「北村サンよ。あんたの話に乗れば、こっちもヤクザとつるんで儲けようとした悪徳刑事として一生を棒に振るハメになるかもしれん。応分以上のリスクを負担することになる。というよりしくじった時は、こっちの損の方がデカいぞ。刑事なんて所詮、警官の身分あっての商売だからな」

佐脇はドアを押した。

「まあ待ってくださいよ、佐脇さん」

北村は、低姿勢だが有無を言わせない調子で佐脇に迫った。熱意のあまりか、一瞬、その手が佐脇の腕にかかった。

佐脇は、ほとんど条件反射で、北村のその手を摑んで捻《ひね》り上げた。

「あっ……佐脇さん。アンタは勝ち馬に乗る主義だったんじゃありませんでしたっけ？

今、風は明らかにワタシに吹いてますけどね」

佐脇は、手を放して、わざとゆっくり振り返って北村に相対した。芝居がかった仕草だと自分でも判って、内心苦笑した。しかしヤクザが相手の場合、こういうハッタリも必要だ。

「言っておくが」

佐脇は間を置き、凄みをきかせて言った。

「オレには、義理人情に篤《あつ》いという側面もあるんだぜ」

第四章　悪の紳士協定

「昨日さっそく、キミの密告を役立たせて貰った」

社主室に入ってきた美和子に、雅信は顔も上げず書類を眺めながら言った。

「キミの言動は押しつけがましくて気にくわないが、密告は貴重だ」

「密告というのは……響きが良くないですが」

「ウチのグループ関係者に、身内を誹謗《ひぼう》中傷するような輩《やから》が居ると判れば当然、処分しなければならない。そういう情報に関しては、私は常に、進んで耳を傾ける」

そう言って初めて顔を上げ、美和子を見た雅信は一瞬、ひどく驚いた表情になった。

今日の美和子は、服装と態度を一変させていた。以前の、男を誘うよう派手な雰囲気は、完全に消えている。それどころか、ひどく地味で垢抜《あかぬ》けない、学校の教師か、銀行員のように禁欲的なスーツと髪型だ。しかも雅信という権力者の前で萎縮しきった、というようなおどおどした様子を見せている。

「……しかし、キミは女優か何かか？　先だってとは、まるで別人じゃないか」

「あの時は……」

美和子は、追い詰められたような声を絞り出した。

「なんとかして社主に会って、お話がしたい一心で……私のような末端社員がどうすれば、興味を持っていただけるかと……考えすぎてしまいました。お詫《わ》びします」

ふん、と雅信は、さも軽蔑するように鼻を鳴らした。

だが実のところ、今日の美和子は、彼のツボをいたく刺激している。緊張のせいか、ひどく青ざめた美和子の顔色も、雅信の男性を掻き乱そうとしている。

わざと垢抜けない姿にイメージチェンジし、この前アプローチして失敗した小悪魔風の態度もやめて、控えめな、おどおどした、自信なさげな態度を美和子が取っているとは、雅信にも読み切れていない。

さらに演技なのかどうか、美和子が一瞬見せた、怯えた小動物のような表情を見て、雅信はいっそう驚き、恐怖の表情さえ浮かべて狼狽《ろうばい》した。

その動揺は、なぜにここまでと美和子が怪訝そうに首を傾げるほどだったが、雅信はなんとか感情を制御して間合いを取ると、デスク上のケースから葉巻を取り出した。丁寧にカットして火をつける。

紫煙をゆっくり吐き出すうちにペースを取り戻した雅信は、ふたたび威圧的な表情になった。

「そういえばキミは、この前、私に何か訊きたいことがあると言ってなかったか?」

高圧的に接すれば接するほど、美和子は青ざめ、よりいっそう怯えるような風情を見せる。その様子が雅信のサディスティックな部分を容赦なく刺激してくる。

どうだろうか、と雅信は考えた。この女の、今のこの様子なら、強引に押し切れば、言いなりになるのではないか。オフィスで部下の女を好きなようにもてあそぶ、という考えは、想像しただけで目の前が真っ赤になるほど雅信を興奮させた。

車椅子を常用しているが下半身がダメになったわけではない雅信は、まだ午前中だというのに、いや、午前中であるがゆえに、リビドーが激しく上昇しているのを自覚した。

「……まあ、こうやって正面から向き合っていると、まるでキミを詰問しているような感じになるな。ちょっとソファに座って話そうか」

雅信は自然さを装って、美和子を誘った。そのまま一気に最後までとは行かずとも、ある程度の段階まで進めていけば、改めて誘いやすくなる。

「で、何の話かな?」

先に車椅子からソファに移り、隣に呼んだ美和子の肩に、雅信はさりげなく手を掛けた。

その瞬間、美和子はぎくりとし、飛び上がらんばかりに怯えたが、逃げる様子はない。

相変わらずおどおどしながらも、おとなしく隣に座っている。パワハラで強制的に、という状況ではないから、彼女も意に染まぬ事をしているとは思えない。

どんな魂胆があるのか知らないが、これは、魚心あれば水心というものだ……。

突き上げる欲情のまま、雅信が美和子の胸に手を伸ばそうとした、その時。

ドアがノックされて「よろしいですか？」と言う声がした。

北村だった。

反射的に美和子が立ち上がってジャケットの裾を引っ張って正したので、雅信も社主の顔に戻って「どうぞ」と答えた。一応平静を装ったが、バツが悪い。

ははあ、という表情になった北村と入れ違いに、美和子は一礼して、素早く部屋から出て行った。

「お邪魔でしたか」

「何を言う。こんな老人に向かって妙な事を言うな！」

雅信は葉巻をいらいらと吹かした。

「……今の女は……地味な服装で見違えましたが、うず潮テレビの朝の番組にコーナーを持っている、リポーターですよね？」

北村は目ざとく指摘した。

「たしかに、ローカル枠《わく》でやっている早朝の番組に彼女は出ているが、キミはそんなに早起きをしているのか」

ヤクザのくせに、と言う言葉を飲み込んだ雅信に、北村はにやりとした。

「いまどき、明け方まで酒飲んで女抱いて博打打ってるようなステレオタイプなヤクザは、せいぜいチンピラですよ。職業的偏見ってやつは、なかなかなくなりませんね」

インテリヤクザで売り出し中の北村は携帯電話でちらりと市場の動向をチェックした。

「昨今は、ヤクザも経済の動向には敏感にならざるを得ませんので、早起きもシノギのうちですよ。テレビやネットで海外の情報が入ってきますからね。少なくともCNNと、日経ぐらいは朝イチでチェックしないと」

そういう北村は若手トレーダーと言っても通るだろう。

「でもって、経済紙や各サイトを読むBGMに、六時からの『おはよう！ 朝のうず潮一番』がちょうどいいんですよ。うん、思い出した。吉崎美和子。あの吉崎っていうのは、いい女ですね。リポートは上手くないけど、何ともいえない色気があります。スポーツ新聞のエロページみたいなもんです。彼女に注目するとは、社主もなかなかお目が高い」

「だからキミ、北村君。誤解するんじゃない。私は社主と社員として話をしていたんだ」

「隠さなくてもいいですよ。力のある男が、生殺与奪の権を握っている社内の人間に対して、好きに振る舞う。大いに結構じゃないですか。だいたい今の世の中はセクハラだのモラハラだのと、細かいことを言い過ぎます。主従の絆《きずな》や男女の繫《つな》がりは、そんな小賢《こざか》しい考えを超えた、もっと精神的に深遠なものですよね」

北村が開陳した意見は、そのまま雅信が普段から考えている事と同じだ。しかし何故か、北村の爬虫類のような睨《ね》め上げる視線で言われると、素直に肯定出来ない。

「おかしな誤解はやめてくれ。彼女からは社内情勢の報告を受けていただけだ。新聞からテレビに出向させてるんで、テレビの状況をね」

「ソファに並んで座って、寛《くつろ》いだ雰囲気で、ですか」

何もかもお見通しだと言わんばかりの北村の表情が、雅信にはひどく不快だった。そして北村はあくまでもさりげなく、聞き捨てならないことを付け加えた。

「ところで、一社員と社主という主従関係に男女の情が絡むと、ものごとは複雑になりますね。手に負えなくなったら、またいつでも御用命ください。社主には一切キズがつかないよう、どんなことでも処理いたします。このあいだのように……というより十四年前だって、私がいたら、もっとうまくやれたと自負しておりますが」

雅信は息をのんで、北村を睨んだ。

「それは……私を脅しているのか?」

「脅すなどとはとんでもない。社主と私はすでに一蓮托生。共存共栄を図っていかなければならない間柄じゃありませんか」

ぬけぬけと言い放つ北村に、雅信は言葉の真意を問いただす気力を失った。

なぜ、この男が十四年前の事を知っているのだ? 私の弱味を洗ったのか? いや、インターネットに書かれている『あることないこと』を北村も読んで、探りを入れているのだろう。乗せられて過剰に反応しては、こいつの思う壺だ……。

無反応になった雅信に、北村は怯まず、二の矢を放った。

「それはそうと、例の件はもうお口添え願えましたか?」

年下のヤクザに押されつつある社主は、ムッとした表情をもはや隠そうともしない。

「いや、まだだ。判ってる。今ここでやろう。君も、その方が安心するだろ」

雅信は感情を抑えて手帳を取り出し、番号を確認すると受話器を取り上げた。

「ああ、長官。ご無沙汰しております。うず潮新聞の勝山でございます。いやいやどうも。はあ……総務部長が襲われた件につきましては本人も、ウチもまったくの災難と言うしかなく……いえ犯人のほうはまだ……お気遣い痛み入ります」

言葉は下手に出ているが、態度は大きい。相手が応じたのにリラックスしたのか、社主はデスクでふんぞり返り、葉巻を吸いながら、口調だけは丁寧に電話している。

「地元で野暮用が多くてなかなか東京のほうには……ええ、上京の節は是非。で、ですね長官。長官にこういうお話をするのも実にナニなのですが、コトがコトなので、あんまり下の者に伝えるのもアレだと思いまして」

そこまで言うと雅信はもったいぶって言葉を切った。

「……地元の暴力組織と警察官の癒着なんですがね、国税の方から攻め込めるんじゃないかと思いまして。ええ、これはもうあってはならない事ですし、納税者の怒りも相当ですよ。連中も、国税からやられたらどうしようもないでしょうしね。この件に関しては、地元警察も割れてましてね。ええ、割れていると言っても、ご承知の通り、たった一人、問題のある警察官がいるだけなんですがね、これがちょっとナニをやらかすか判らない危険人物で、それだけに上の方も警戒して慎重になりすぎているきらいがありまして……ええ、大丈夫です。必要な情報はいくらでも提供しますよ。なんせうちは地元密着の新聞社ですからね」

雅信は余裕綽々《しやくしやく》で、葉巻を吹かしつつ喋《しやべ》った。

それを北村が少々落ち着かない風情で聞いている。手を後ろに組んで、社主室をうろうろ歩き回っている。

「ええ、もちろん、どっちも脛《すね》に傷持つ身の上ですよ。暴力団なら脱税してない方がおかしいし、悪徳警官だって裏金や賄賂《わいろ》を申告してるはずもない。国税から攻めればあっけなく本丸は陥落です。そうすれば長官、そちらの威信はまたも上がって、国民が信頼するに足る、今どき数少ない役所として……おやおや、これはいささか口が過ぎましたな、失敬失敬」

雅信は喋りながら北村に大きく頷いてみせた。

「はい、では一つよしなに……はい、ではまた」

電話を切って、社主は北村に向かってニンマリ笑った。

「今聞いた通りだ。国税庁長官には、すべてご承知戴《いただ》いた。これで大丈夫だ。そう時間を置かず脱税スキャンダルが噴き出して、他の事件はふっ飛ぶ。悪徳警官は脱税で逮捕され、否応なく懲戒免職だ。刑事の身分を失えば、どんな鬼刑事もただのオヤジだ。鳴龍会の方も、国税の家宅捜索が入れば物証は山ほど出てくる」

「そこなんですがね……鳴龍会が丸ごと倒れちまったら、それはそれで困るんですよ。勢力のバランスってものがですね」

いざ目の前に覇権が見え隠れするようになって気負いすぎたのか。それともかなり強引な手を使う事への恐れが出てきたのか。北村はいささか落ち着かない感じで言った。

「どうした？　昨夜やり合った、佐脇とかいうタチの悪い刑事に怖気《おぞけ》を震ってるのか？」

揶揄《からか》うように訊く社主に、北村は慌てて手を振った。

「いや、とんでもない。あんなチンピラ警官《デカ》にビビるほど、私は腰抜けではありませんよ。こいつはいわゆる、成功を前にしての武者震いというやつです」

疑わしそうな目をした雅信だが、まあそれはいい、と話を変えた。

「うちの新聞もテレビも、予定通り、悪徳警官排除キャンペーンを始めた。この線で県警も叩く予定だ。『獅子身中の虫を殺せ。捜査に手心を加えるな』とね。それと私だって、鳴龍会については、この地に盤石の構えで存続して貰わねば困る。丸ごと関西の広域暴力団の勢力下に置かれるよりは、小なりとは言え、また看板だけでも、独立を保ってくれたほうがいい」

「社主にそのようにお考え戴き、とても嬉しいです」

北村は深々と頭を下げた。

今まで、地元の暴力団・鳴龍会は、関西の巨大広域暴力団と友好関係を結びつつ、独立を保ってきた。『関西』にしてみれば鳴龍会は簡単に飲み込める小さな存在ではあるが、軍門に降《くだ》らずにやってこられたのは、鳴海市というシマが昔と違ってまったく魅力のある場所ではなくなった事と、巨大暴力団の中興の祖と呼ばれる人物が昔、駆け出しだった頃、鳴龍会の世話になっていたことが大きい。それが効いて、小さくて資金的にも人的にも弱い鳴龍会が『関西』に対して特別な存在であり続けてきたのだ。

しかし、それも、近年の経済情勢の影響により、関係に変化が現れてきた。

暴対法の締め付けと世界的不況に伴って、ヤクザ業界全体のシノギが厳しくなり、『関西』側も「巨大な存在故《ゆえ》の鷹揚《おうよう》さ」を示す余裕が無くなった。収益の上がるところからは搾るだけ搾るという、売り上げ第一主義が方針となったのだ。

これまで上納金の心配もなく、むしろ『親』に近い存在として盆暮れの挨拶さえ受けてのんびりした気風の鳴龍会だったが、今までの流儀が通用しなくなってきて、組内が軋《きし》み始めていた。そんなとき、自前の商売で成功した伊草が頭角を現し、自前のシノギにモノを言わせて『関西』からの独立を保つ方針を明確に打ち出した。

それに密《ひそ》かに反旗を翻《ひるがえ》したのが北村だ。無理して独立を保つことはない、改めて、五分ではなく親子の盃を交わして完全に傘下に入り、資金的にも、心理的にも余裕を持ったところで新事業（北村によればベンチャー）に乗り出すべきだというのが彼の考え方だ。

北村はこれまで、『関西』との外交関係を担当してきた。一筋縄ではいかない『関西』の幹部を相手に、押したり引いたりの駆け引きで微妙な関係を維持してきた。

なにより、鳴龍会の財政が悪化した一時期、『関西』から多額の資金を引き出して窮地を脱した功績は大きく、組長はわざわざ『舎弟頭《がしら》』というポジションを設けて北村に与えていた。それは若頭である伊草に次ぐ地位だ。

 頭のいい北村は、面従腹背を貫いて、表向きは組長の覚えめでたい伊草と対立することは避け、これまで雌伏していた。いずれ伊草の独立路線は行き詰まるから、その時に取って代わって組の実権を握ればいいと計算したのだ。

しかし、待ちの姿勢に徹していれば自動的に地位が転がり込むほど、世の中は甘くない。伊草の天下は当分続きそうだし、次期組長は伊草という空気が決定的になりつつあった。

小なりとも一国一城の主になりたい野望を秘めた北村としては、伊草が組長の禅譲《ぜんじよう》を受けるのが既定路線と化す、その前に動く必要が出てきた。

組を割るのは最悪の選択だ。狭いシマで覇権を奪い合う抗争が起きるのは必定だし、それが短期で決着する保証もない。ずるずると泥沼状態に陥れば、お互い体力を消耗したところで県警が掃討作戦を展開するだろう。その結果空白地帯となった鳴海市には、『関西』と、更《さら》にそれに対抗する関東の広域暴力団が進出してきて、格好の草刈り場、もしくは代理戦争の場になってしまう可能性が高い。

そういう絵図を『関西』の一部の幹部が描いているという風の噂も、北村の耳に入っていた。それを裏付けるように、内々に『関西』からは鳴龍会の系列化を早めたいとの打診というか、半ば命令が来たこともある。

折しも、本業が不振なのを補うべく多角経営を本格化させたいうず潮グループが、報道機関としては禁じ手であるパチンコ業界に、トンネル会社を経由して参入したいという内々の打診をしてきたのが、ちょうど同じ時期だった。うず潮グループとしてはより多くの利益を確保するためには、既存の鳴龍会とその傘下の『銀玉パラダイス』に出資するより、鳴海に新規参入する新勢力に肩入れしたいという思惑があった。

『関西』の系列会社『じゃんじゃんパーラー』はかなり強引な商売をして近畿圏では大きく儲けている。そして昔ながらのヌルいやり方を続けている鳴龍会が押さえている鳴海は、『じゃんじゃんパーラー』にとっては近場にある未開拓の金山に映っていた。

しかし県外の新勢力が鳴海でパチンコ店を開くには、地元や警察への根回しなど厄介な問題が山積している。それをすべてクリアするには、北村の力では足りない。だが、うず潮新聞の力をもってすれば……。

各方面の利害がすべて一致して、北村の『クーデター』は予定より早く動き始めたのだった。

風雲は俄《にわか》に急を告げだしたのだ。

「北村君。武者震いもいいが、自分の頭の上の蠅は大丈夫だろうね？」

社主は攻守ところを変えて、北村にパンチを放った。

「鳴龍会に査察が入って、キミは無傷で済むんだろうね？　組長も伊草も挙げられました、北村も挙げられて、そして誰もいなくなりました、ではこっちが困るんだ」

雅信は、鳴海市が空白になって関西系暴力団の草刈り場になるのを恐れている。それは北村も同じだ。

「ご心配には及びません。組織上、経理はすべて伊草が責任者で、私には権限がまったくないんです。私は使用人の立場に過ぎないので、脱税を摘発されても、法廷で負けることはありません。万一のことも考えて、その方面では実績のある弁護士を頼んでありますし」

「そうか。さすがはやり手の北村君だな」

北村に対しても、国税庁という諸刃の剣を利用して主導権を取れるかと目論《もくろ》んでいた雅信だが、どうやらそれは無理のようだ。

北村は、してやったりという表情を露骨に見せて、懐から数枚の書類を取り出した。

「で、ですね。これをうず潮新聞に載せてほしいんですがね。文化面とかどうでしょう」

それは原稿だった。パチンコの新台『CR波乗り天国』の楽しさを褒めそやす、明らかな提灯《ちょうちん》記事だ。

「これを開発した会社にウチも出資してましてね。是非ともヒットさせたいんですよ」

「しかしこれは……パチンコ雑誌に載せるべきモノじゃないのか？　ローカルとはいえ、うちはスポーツ紙でも娯楽紙でもない。うず潮新聞にはそぐわない内容だと思うが」

「何言ってるんですか。パチンコは大衆娯楽の王様じゃないですか。不況の折、手軽に楽しめるエンターテインメントですよ。競馬もギャンブルですが文化として認知されているように、パチンコも立派な庶民の文化です。どうして新聞記事としてそぐわないとおっしゃるんですか？」

「考えてはみるが……しかし、これを記事として本紙に載せるのかね？　広告……いや広告記事ということなら、なんとかなると思う。それでは駄目なのか？」

「駄目ですね」

北村はにべもなく言った。

「県内のほとんどの世帯が購読している、この県ではいわば三大紙に匹敵する権威のあるうず潮新聞の、それも文化面に載せてこそ意味があるんですよ、この記事は。……私はね、パチンコという娯楽に対する根強い偏見を、なくしてしまいたいんです。ちょっとお洒落《しゃれ》で楽しくて、危ないことは何もない、誰もが足を運べる場所、というイメージをつくりたい。もっと多くの人をホールに引き寄せるためには、そういうイメージ操作が絶対に必要だ。そのために、うず潮新聞の権威を使いたいんです。うず潮新聞のお墨付きさえあれば、まさか誰も危険な娯楽とは思わない。そうでしょう？」

北村の、爬虫類のような視線が、嫌とは言わせない、と語っている。

雅信は何も言えなくなった。飯森の死体の処理をまかせてしまい、弱味を握られた今となっては、社主としての威圧も、この男には通じない。

「そうだ！　新聞だけではなく、メディアミックスで行きましょう。あの吉崎美和子を使って、『じゃんじゃんパーラー』と『CR波乗り天国』を宣伝する番組を作ってもらえませんか？　いやいや、番組のコーナーひとつでいいんです。吉崎美和子にパチンコをやらせて大勝ちさせればいいんです。簡単なことでしょう？」

「いやキミ、それは……」

「大丈夫ですよね？　テレビのほうに話を通してもらえれば、後はこっちでよしなにやりますんで。よろしくお願いしますよ」

エスカレートする要求に難色をしめす雅信に、北村は粘着な視線で、さらに「嫌とは言わせない」というプレッシャーをかけた。

＊

録画が再生されているモニター画面の中では、吉崎美和子がパチンコに勝ちまくって洪水のように玉を出している。

『これ、す、すごいですッ！　信じられないくらい。アタシ、パチンコは今日が初めてで、今まで一度もやったことがないのに』

『それがこの台の凄いところなんです。初心者ベテラン関係なく、熱意が通じれば大波がやってくるんです！』

美和子の横から店長らしい男が口を挟む。

『でもそれじゃ、運を天に任せるって事ですか？　ベテランの人にはテクニックが通用しないワケですか？』

『イイエ違います。ベテランの方には、さらに高い次元でお楽しみ戴けますよ！』

そんな事を喋りながらも、台はぴかぴかと派手に光って大当たりが続いている。今や美和子の専属と化した店員がドル箱をひっきりなしに交換しなければ、湯水の如く湧き出てくる玉が溢れて床に流れ落ちてしまうほどだ。

『ここで、この番組をご覧の方だけに、とっておきの攻略法をお教えします！』

『え？　こんな朝から、そんなこと教えちゃっていいんですかぁ？』

『そりゃあもう、開店からずっと、出し続けますよ！』

テレビモニターの中では景気のいい話が進行し、ドル箱は無限に積み重なっていく。

『でもこんなに出たら、お店潰れちゃうんじゃないですか?!』

『それも仕方ありません！　すべてはお客様のため！』

調子のいい居酒屋みたいな口調で店長が叫ぶ。

「……思ったより凄い出来になりましたね」

モニターに見入っていた北村は、満足そうに笑った。

「これ、いつ放送するんだ？」

無表情で見ていた雅信は、近くに控えているうず潮テレビ専務に問い質《ただ》した。

「はい。早速、明朝放送する運びです」

そうかと返事したきり、雅信は黙ってしまった。

「ところで社主。現場で、取材ディレクターが店からかなりのカネを渡されたとのことで。彼によれば、多少のカネなら黙ってポケットに入れてしまおうと思ったけれど、そういう金額じゃなかったので、どうしましょうかと相談を受けているのですが」

専務は、北村の顔をチラチラ見ながら、社主にお伺いを立てた。

「そんなことまで私が沙汰しなきゃならないのか？」

「いえ、あの店とは特別なご関係のようなので、一応、お耳に入れて置いた方がと思いまして」

新聞社から横すべりでテレビ局の専務に収まった初老の男は畏《かしこ》まって続けた。

「これは、タイアップとして認識した方がいいのでしょうか？　そうならば画面内にその旨のテロップを足しておきますが」

即座に北村が割って入った。

「テロップはやめてください。タイアップじゃあ、要するに店のＣＭってことになりますよね？　それじゃあ玉が山ほど出ても当然だし、これをわざわざ放送する意味がありません。あくまで取材をしていたら玉が出た、凄い！　というのが欲しいんですよ」

北村は苛立《いらだ》ち気味に続けた。

「このくらいのこと、グルメ番組なんかやり放題じゃないですか。みんな店にカネ貰って美味《うま》い美味いって大口開けて食ってるんだから。食い物なら良くてパチンコはダメって言うのもおかしな話でしょう？」

「……カネは店に返すように、現場の者に指示しなさい。些細《ささい》なことで言いがかりをつけられたくない」

承知しましたと、まるで下僕のように最敬礼して、専務は社主室を出て行った。

「社主。何か誤解があるようですね」

専務が部屋から充分に遠ざかったのを確認して、北村が口を開いた。

「あのカネはウチからの挨拶だ。返す必要はなかったんですよ。取っておかせれば、いいじゃないですか。返したって、どうせあれこれナンクセをつける奴はつけるんですから」

「違うな。そのへんが普通の企業と報道機関の違うところだ。新聞やテレビは他人を批判する以上、自らは身ぎれいにしておく必要があるんだ」

北村はいきなり爆笑した。その大笑いはしばらく続き、なかなか収まらなかった。

「いや失礼。あんまり凄い冗談だったもので……しかし、そんな潔癖な報道機関って、この世に存在するんですかね？　あなたがたを含めて」

険悪な空気が漂った。

雅信は成り上がりのヤクザに正面から侮辱されて、一言も言い返せない。

「……君。その物言いは失敬じゃないか」

「それは社主、あなたが現実を無視した空論をおっしゃるからですよ。たかがパチンコ礼賛の記事を載せたりヨイショする番組を放送するのに、どうしてそんな倫理的抵抗を感じるんです？　不味いメシ屋をカネ貰って褒めちぎるウソには無批判なのに」

「それは……パチンコは博打だからだ」

「なるほど。その鉄火場を堂々、天下の報道機関が取り上げて宣伝するのは許せないと。

では、そんな博打業者に報道機関が出資して事業展開の手助けをするのは許せるんですか？」

　北村は露骨に嘲笑った。ヤクザの本性が現れた笑い方だ。

「……というか、それ以前の問題ですよね。あなたはいったいなにをやって、なにを私に依頼したんでしたっけ？」

　北村は見透かすような目で雅信を見た。

「判った。それ以上言うな」

　雅信は手を挙げて、北村を制した。

　殺人の跡始末を依頼した以上、雅信は北村に、もはや頭が上がらないのだ。

「ヤクザに弱みを握られると、一生搾《しぼ》られる。それはご存知なかったですか？」

　北村のストレートな物言いが、さらに雅信を打ちのめした。

　その反応の余韻を充分に味わったところで、若手ヤクザは下手に出た。

「冗談ですよ、社主。あなたは地元有数の、巨大老舗《しにせ》企業のトップのお方です。ロータリークラブの名誉会長にして県商工会議所の会頭。そんな偉いお方を、まさかチンピラみたいな口調で脅そうなどとは、この北村、毛頭思っておりません」

　北村はジェントルな笑顔を作って、だが態度は大きく、社主のデスクに腰掛けた。

「しかし、私とあなたは、ビジネスのパートナーとしては一蓮托生、もはや切るに切れない関係になっている。そういう理解で宜しいですよね?」

「……無論だ」

雅信はそう答える以外、言葉を選べない。

「では、この書類に署名と捺印をお願いできますか?」

北村はブリーフケースから書類を取り出して雅信の前に置いた。

それは、『出資確約書』と題されたものだった。

「うず潮新聞社が、『じゃんじゃんパーラー本社』に出資することを確約するものです。トンネル会社を使って出資をするというお話ですが、その額をもっと増やして、さらなる新規出店が可能になる額にしていただきたい。それと、トンネル会社とうず潮新聞社との関係を明確にしていただきたい。この書類は、あくまでも双方の了解事項を確認するためのものですから、外には漏れません。こちらとしては、社主との約束を書面できちんと残しておきたいんです」

「なるほどね」

雅信も、海千山千だ。そのへんの二代目三代目の坊っちゃんオーナーとは違う。

「君の方が書面で言質《げんち》を取っておきたいというのはまあ、当然だろうな。いざというときの、脅しの材料に使えるわけだから」

そう言って、不敵な笑みを浮かべた。

「だがな、会社組織はそうそう自由にはならんものだ。その手の確約書には、取締役会の承認が必要だ。法的根拠のない書類は、一片の紙くずに等しいぞ」

「そんなことは判ってますよ。取締役会の承認を取ればいいだけのことです。取ってくださいよ。こちらも正当な商取引としてやってる以上は、きちんとしたいんで。それともなんですか、多角経営でパチンコ業界に出資しようという考えは、社主の独断ですか？　社として億単位の金を動かすのに」

「馬鹿を言うな。あれは社としての決定だ。だが、あくまで非公式な出資ということで処理することに決めたのだ。何度も言うが、報道機関は、道義的に縛《しば》りがキツいのでな」

「つまり、カネは儲けたいが、あくまで裏で、ということですか。……まあいいでしょう。それも方便と言うことにしておきましょう。でも、出資額はもっと増やして貰いますよ」

それは出来ない、と雅信は声を荒らげた。

「裏で処理するにも限度がある。うちは資本金一億足らずの小さな会社だ。なのに資本金以上の出資を強要されたら、表に出さざるを得ないじゃないか」

「だから、そんなのはなんとでもなるでしょう。ネックになる総務部長も排除したじゃないですか。何のためにやったと思っているんです？」

ちょっと待て、と雅信は目を剝いた。

「あれは……キミたちがやったのか！」

「何を今さら……。総務部長が難色をしめしている、それさえなければ、と社主自身がおっしゃったのを忘れましたか？　要するに、財布を握っている総務部長がネックだったんでしょう？」

「言った。それは言ったよ。しかしだ。だからといって、暴力で口を封じろとまでは……そんなことは断じて言ってないぞ！」

「ところがこっちは、相手が決して口にしないが言外に求めていることを察して実行してあげるのが業務の一つでしてね。判るでしょう？　あの男邪魔だなあと社主はおっしゃる。社主は決して、その人物を殺せとか再起不能にしろとか言葉にはしない。しかし、そう願っているのは間違いない。社主は具体的に命令しなかったし依頼もしなかったから、罪に問われることはない。捕まって罰せられるのは、勝手に動いて余計なことをした我々です。しかし、結果として、目的は達せられる。こんなの、昔からよくある事じゃないですか」

雅信は、北村を凝視した。目の前にいる男から目が離せなくなったのだ。

この男は、自分とうず潮グループをどんどん追い込もうとしている。このままでは骨までしゃぶられるだろう。

「キミは、私と社を道連れにするつもりなのか……」

「なにも地獄に道連れにしようって言うんじゃありません。そんな、この世の終わりみたいな顔をされる必要はありませんよ。一蓮托生の、固い結びつきでやっていきましょう、要するにそういう事です。社主。この際、これまでのあなたを縛って来た常識とか良識ってなものを、一度御破算にしましょうよ。名門新聞社がヤクザと組む？　パチンコのようないかがわしい業界にかかわる？　それが社主はお嫌なんでしょうが、そんなことを言っている場合ですか？」

それは、北村に言われるまでもないことだ。

公称三十万部。県内のシェア八割。しかしこの数字は実態と大きくかけ離れている。この田舎の県でも、インターネットの影響は大きく、また、世界を襲った経済危機の余波で、広告収入が激減しているし、新聞の購読契約数も激減している。

それは北村に指摘されるまでもなく、最高経営責任者たる雅信の、最大の苦痛の源泉だった。

一方、今の御時世で、誰もが喉から手の出るほど欲しい現金を、それも多額に握っている産業がパチンコ業界だ。

この業界は日陰の存在で、すべてを警察に握られているために、台のメーカーはともかく、ホールは株式の上場すら出来ないでいるが、それゆえの旨味もある。

台をいじれば還元率の操作も自由自在、客に七割程度還元する公営ギャンブルが慈善事業に思えるほどで、還元率を四割から二割に絞っても、依存症になった客は店にやってくる。台に仕掛けたＢロムで打ち子に玉を出させて、それを名目上換金したことにすれば、脱税もやり放題。今の法的にグレーな状態が、儲けるには最適な環境をつくり出している。北村に力説されるまでもなく、雅信も具体的な数字を調べ上げていた。

　そして北村も『じゃんじゃんパーラー』の新規出店で、うず潮新聞の資金と看板が欲しい状況にある。

「この業界も射幸心を煽りすぎて、客を殺し過ぎてしまいましてね。客の自殺も増えたし、車に子供を閉じ込めて脱水症状で殺してしまった事件の続発も痛かった。総じて、売り上げも店舗数も減ってます。具体的な数字を上げれば、売り上げは平成七年が三十兆九千二十億だったものが、平成二十年では二十一兆七千百六十億で九兆円も減ってますし、同時期で店の数も五千八百三十一店減ってます。しかも、警察や政治家の連中はヤクザ顔負けのずうずうしさでこの業界にたかってきますしね。だから私らもここらで大きな勝負に出て、新たな展開をして、客を呼び戻す必要があるんです。それには、やっぱり地方の名門新聞という看板が、裏でも表でも大いに役立つんですよ。今や全国紙も全国ネットのテレビもパチンコの広告で溢れてるし、提灯記事や提灯番組の花盛りじゃないですか」

　数字を諳《そら》んじた北村は、全国紙の該当記事のコピーを社主のデスクに置いた。

「必要ならテレビ番組のＤＶＤも持ってこさせます。とにかく、古ぼけた言い回しで恐縮ですが、赤信号はみんなで渡れば怖くないんですよ。中央のマスコミだって、良識はとっくの昔に棄ててるんです。まあ、社主も、違う意味でお棄てですよね？」

北村はブリーフケースから別の分厚い書類を取り出した。

「これは、うず潮新聞から『じゃんじゃんパーラー』への出資の増額が承認されたという取締役会の議事録です。実際に取締役会を開いて承認して貰うに越したことはないんですが、それを理由に引き延ばされてるのもこちらとしては困るのでね。カネは生き物ですから、必要な時に必要な量を注入してやらないと、死んじまいます。何が死ぬって？　社主と私が、ですよ。早い話が」

北村は勝手に捏造《ねつぞう》した議事録を取り上げると、雅信に押しつけた。

「のんびりやっていたら伊草に感づかれて妨害されるでしょうし、私だってどうなるか判りません。こういう事は先手必勝。既成事実を積み上げた側が勝ちなのは、百戦錬磨の社主ならお判りですよね」

では、よろしくと言い残して、北村は出て行った。

あくまで礼儀正しいが、論理的にも実践的にも、外堀も内堀も容赦なく埋めて攻め込んでくる北村に、雅信は抗しようもなかった。

あの男にいいようにされてしまうのか。晩節を穢《けが》すとはまったくこの事だ……。

後悔と自己嫌悪に押しつぶされそうになりながら、戸棚からヘネシーを出してグラスに注いだ、その時。

ドアがノックされた。

北村が戻ってきたのか。

「入りたまえ。鍵は開いたままだ」

そう声をかけた雅信だったが、ドアから入ってきたのは、美和子だった。

この前、彼の心を奪った時と同じ、地味な服を着て、前回にも増しておどおどした態度を見せつつ、恐れながら、という風情で社主を見ている。

北村にプライドをずたずたにされた直後だったこともあり、美和子の社主を恐れ敬って止まないこの風情は、なんとも雅信の心を癒して余りあった。

「あの……私、社主にお詫びをしなくてはならないことがあって……」

のっけから美和子はしおらしく謝ってみせた。

「なんのことだ?」

「磯部ひかるさんが、社の批判や内部情報を、ネットに書き込んでいた件ですけれど」

美和子は弁解するように話し始めた。いわく、私はそのことを遠藤プロデューサーに相談する十日以上前から知っていたけれど、なんとか彼女に思い直してほしくて色々説得したのだが、彼女は聞く耳を持たなかった。彼女が契約解除になるのを見るのは忍びず、かといって放っておくこともできないと思い悩むうちに、ネットではどんどんその話題が広がり、収拾がつかなくなって……遠藤さんに打ち明けるのが遅すぎました、全部私のせいです……。

「待ちなさい。それは別にわざわざ謝りに来ることでもないだろう？　その、磯部とかいう、うず潮テレビのリポーターについては契約解除を前提にした自宅待機にしたし……上司に密告するのが遅れたからと言って、事態が著しく悪くなったわけでもない」

相手が弱いと、よりいっそう、嵩《かさ》にかかって牙を剝きたくなる。雅信のサディスティックな性癖は、北村に立ち向かえなかった鬱憤《うつぷん》もあって、今や美和子一人に向けられていた。

「で、キミの本当の魂胆を言いなさい。そんな、とってつけた理由は私には邪魔なだけだ！」

苛《いら》ついて、つい大きな声で怒鳴った。

びくっとして肩をすくめた美和子はその瞬間、瞳を伏せて幾粒もの涙を零《こぼ》し、ふっくらとした唇を震わせた。

猟銃を向けられ怯えて立ちすくむ牝鹿のようなその姿を見て、雅信は、美和子の真の狙いをうすうす感じ取った。

もしかしてこの女は、わざと怒られに来ているんじゃないのか……？　怒鳴られることで、私の歓心を買おうとしているのではないのか？　私の性向を察知して、ＳＭクラブでの M 嬢のように、私の好みに合わせてるんじゃないのか？　いいだろう。それならばそれで……。

開き直った雅信は、自分の中のどす黒い欲望が大いに刺激されるのを自覚した。尾骶骨の下あたりでオスの衝動がどろり、と動いた。

「その、磯部ひかるとかいう女の件は、すぐに私に知らせるべきだったな。職務怠慢だ」

口調が、さらに威丈高になった。

「……申し訳ございません」

美和子はいっそう縮《ちぢ》こまり、身の置きどころもない様子で、またも涙を零した。だが、彼女の化粧は一向に崩れていない。その高度なメイクのテクニックに、雅信は気づいていない。

「キミを解雇するつもりはない。が」

「ありがとうございます」

美和子の顔がぱっと輝くのと、雅信が言葉を継ぐのが同時だった。

「……しかし、これから私に忠誠を尽くす誓いを立てて貰おうか」

雅信は、自分に対して完全に無力で、一切抵抗できない相手を思うさま翻弄《ほんろう》する、パワハラの黒い快感に酔い始めていた。

「何をすれば……私はどうすればいいのでしょうか？」

上目づかいにおどおどと雅信を見つめるその潤んだ瞳と不安げな視線が、ゾクゾクするほど雅信を刺激した。

この女にならば何をしても大丈夫だ。

そう確信した瞬間、猛烈な嗜虐《しぎゃく》欲に全身を鷲づかみにされた。

「君の『本気』を判断出来る事だな……何をしてもらおうかな」

雅信は腕を組み、怯えたように立ちすくむ美和子を、その顔から爪先まで値踏みするように眺めた。

薄い化粧に口紅の色も無く、伏せたまつげが白い頬に陰を落としている。整った美貌を黒ブチの眼鏡が引き締め、それがまた男心をそそる。髪も、つい先ごろまでの派手な茶色から黒のストレートに戻り、ほの暗い灯りにつやつやと照り映えている。シャンプーの、ほのかな香りまでが漂ってきそうだ。

「何……をすればよろしいですか？　私の本気を示すために」

「……今、身につけている下着をはずして、こちらに渡してもらおうか」

傲然《ごうぜん》と言い放ってみせたが、そこまでのことに応じるだろうかと雅信は半信半疑だった。

だが、一度スイッチの入ってしまったどす黒い欲望はもう止まらない。

うず潮グループの最高権力者からの「命令」を聞いた瞬間、美和子は耳までを真っ赤に染めた。

「出来なければ、それまでだ。私はいろいろとキミの才能に目をかけて来たつもりだが、それもナシだ。解雇しないまでも、販売店ででも、汗を流して貰おうか」

唇を嚙んだ美和子は、黙って後ろを向くと、チャコールグレイのタイトスカートをたくしあげ、下着を脱いだ。

ヘネシーを舐めながら眺めている雅信は、表面上しごく平静を装っているが、実際には興奮の極致にあった。こんなにエキサイトするのは久々だ。もしかすると、十四年ぶりかもしれない。

完全に頭に血が昇り、心臓は苦しいまでにドキドキと大きな鼓動を打っている。あまりに興奮して、美和子がパンストを脱ぐこともなく、パンティだけを手渡したことに気がつかなかった。

彼女に渡されたパンティはプレーンなコットンの白だった。体温を残し、まだあたたかい手触りがゾクゾクする。

雅信は努めて厳しい表情を崩すまいと苦い顔のまま、クロッチの部分を広げてみた。

そこは、案の定、ぐっしょりと濡れていた。

「これを見なさい。キミは真面目そうな顔をして、どういうことだ？　社主の私に謝りに来て、あの部分を濡らしているというのは……キミは、叱られるのが好きな変態かね？」

美和子は無言のまま俯《うつむ》いた。

白いうなじが見えたのが、余計に雅信の劣情を刺激した。

「しかも……ただ濡れてるんじゃない。白くてねっとりしているじゃないか。まともな女が、こういうことになるか？　淫乱女が、男が欲しくてたまらない時に漏らすヤツじゃないか！　キミは私に叱咤されながら、こういう風に、下着を濡らしていたのか」

雅信は露骨に軽蔑《けいべつ》の表情をしてみせた。

「申し訳ありません……私は駄目な女です。でも……どうしてこんなになってしまうのか」

「それがキミの性分だからだ」

雅信は事務的にデスクの上の万年筆を取ると、美和子に手渡した。

「これを、キミの罪深い淫乱なアソコに入れてみなさい」

「えっ」

美和子は、その命令の意味が判らない、という表情をした。雅信は記事を書き直せと言うのと同じような表情で、万年筆を美和子に押しつけた。

「同じ事を言わせるんじゃない。これをキミのアソコに挿入しろと言ってるんだ」

「……判りました。そうすれば私は」

「くどい！」

一喝されて、と言うべきか、その命令を待っていたと言うべきか、美和子は羞恥に耳まで真っ赤に染めながら、万年筆を取って秘部にあてがった。

「後ろ向きじゃ何をしているのか、本当に私の言葉に従っているのか判らないじゃないか。きちんと見せるんだ！」

「ど……どうすれば」

「……自分で考えなさい」

雅信に冷たく言い放たれて、美和子は一人用のソファに座り、両脚を広げてみせた。雅信を見ながら、計るようにじりじりと広げていったが、社主は不満のようだった。

「まったく見えない。もっと頭を使え！」

そう言われた美和子は、躰を少し前にずらして、おずおずと両脚を肘掛《ひじか》けの上に乗せた。完全に下半身が雅信の方を向いた、もっとも屈辱的で恥ずかしい姿勢だ。

「それでいい。よく見える。キミの女性の部分に、挿入するんだ」

否も応もない。美和子は、秘唇の間に、万年筆を挿し入れた。

そこが濡れていたこともあって、万年筆はすぐに、するすると奥まで入った。

「ふん。一本だけじゃ蚊に刺されたようなものか。もっとだ」

雅信は、サインペンなどを数本、美和子に突きつけた。これを全部挿し入れろと言うのだ。

美和子は従順で、まさに蛇に睨まれた蛙のようだ。言われるままに大人しく、二本三本とボールペンやサインペンを、秘められた部分に挿し入れていった。

「案外似合うじゃないか。キミはジャーナリストを気取るより、こういう方面の才能の方があるんじゃないか？　なんなら、アソコからピンポン玉を飛ばす技でも覚えてみればどうだ」

雅信の目には、軽蔑の色が浮かんでいたが、その声は興奮に震えていた。美和子を貶《おとし》めて軽蔑すればするほどに、彼の興奮は増していた。

「では、そのまま、階下の新聞博物館を一周してくるんだ」

「え？」

思いがけない命令に、さすがに美和子は狼狽した。

「ペンを一本も落とすな。股間からぽとりと落としたら、恥をかくのはキミだがな。どんな変態女だと、博物館の連中に思われるだろうな」

ペンを落とさずに歩くには、相当秘部を引き締めなければならない。それは当然、別の効果を生むだろうことは容易に予測が付いた。

彼女はショックの表情を浮かべて雅信を見たが、彼が厳しい表情を崩さないのを見て、諦めたように立ち上がった。

「下着は着けるな。私も付き合ってやろう」

雅信としては、秘部にペンを挿してノーパンで歩かせるという羞恥プレイをやりたかったのだし、人前でだんだんと昂まっていく美和子の様子を眺めて楽しみたかった。

彼は車椅子に乗り、美和子を先に歩かせた。車椅子を押させるのでは、彼女の変化が見られない。

社主室のフロアの一階下に、『うず潮新聞社史資料館』と『新聞博物館』がある。明治から続く、老舗ローカル新聞の歴史を展示する場所であり、たまに美術館のように他の展示をすることもある。今日は、地元にまつわる戦国武将の遺品を並べたイベントが行なわれている。

その会場を、不自然にすぼめた内股で美和子が歩いて行く。その様子を雅信は内心ほくそ笑みながら、離れた場所から観察した。

美和子は、股間に異物を挿入されていることを悟られまいとして、必死になって内股を締めて歩いた。が、締めれば締めるほど数本のペンが秘肉に密着し、淫襞のすべてを妖しく刺激する。

最初こそ平静を装い、展示を見て歩いていた美和子だったが、やがて表情に変化が訪れた。だんだんと快感が全身を覆っていく様子が、雅信には手に取るように判った。

歩くうちに快感が背中を突き抜けたのか、彼女は一瞬、脚から力が抜け、転びかけた。

係員が飛んできて、彼女を抱き起こした。

美和子は、近くにいるはずの雅信の姿を目で追ったが、彼は柱の陰に姿を隠した。

大丈夫ですと慌てて立ち上がった拍子に、ペンが淫襞のどこかを激しく刺激したのか。

美和子はうっと呻いて躰を震わせた。

係員がよく見れば、下着を着けていない股間から、蜜液がすーっと滴《したた》り流れたのが判ったかもしれない。そして、突き上げてくる快感を懸命に耐えている腰が、左右に震える様にも気づいたかもしれない。

だが、そのすべてを知るのは雅信だけだった。

美和子は、心配そうな係員を振り切って、エレベーターに急ぎ足で向かった。

雅信も車椅子を操作して、その後を追った。

二基のエレベーターで、先に美和子が社主室に戻っていた。

雅信が部屋に入ると、彼女はソファに座って躰を震わせていた。全身を弓なりに何度も反り返らせ、わなわなと震えては、ぐったりする動作を繰り返している。

「恥ずかしい女だ……」

そう言われても、美和子は目を潤ませて荒い息をはずませるばかりだ。当然、こういうプレイをさせられたのは初めてに違いない。

「では、検査をしよう。一本も落とさずに戻ってきたのか？」

雅信はそう言って美和子に近づき、スカートを捲《まく》りあげた。

秘部に挿し込まれたペンを抜き出すのかと思いきや、雅信はそうしなかった。

「自分で取り出して、私に渡せ」

美和子は打ちのめされたような表情になり、だが、無言で言われる通りにした。

秘部から抜き出されたペンは、熱く濡れていた。

「結構。三本揃っている」

「では、私は……」

「ああ、今までの通り、うず潮テレビ報道部で頑張り給え。そして」

雅信は、ここで初めて表情を崩した。

「明日から毎晩、夜九時に、この部屋に来たまえ。これは社主命令だ。いやなら結構。出社には及ばない」

「……承知致しました」

雅信は、取り上げたパンティを彼女に投げ返した。

やっとの思いで立ち上がった美和子は、震える手で身繕いをしたが、部屋を出ていく時に、一瞬精も魂も尽き果てたという感じで、よろめいた。

その後ろ姿には、被虐の色香と、セックスの濃厚なホルモンが漂っていた。

雅信は彼女を見送ったあと、極めて美味そうにヘネシーを呷った。北村とのつながりが出来て以来あきらかに酒量が増えている。最近は手が震えたり、昼間から飲むこともあるが、そのことは考えたくなかった。

第五章　煮えたぎる地獄鍋

『うわ～。玉が止まらなくなりました！　ワタシ、今日初めてやるんですよ！　ど素人《しろうと》なのにィ～！』

早朝からハイテンションで騒ぎまくる吉崎美和子が映るテレビを見ながら、佐脇はニヤニヤしていた。

「何ニヤついてるの？　まだ六時前じゃない！」

起きてきたひかるは、時計を見て驚いた。そして、テレビを見て今度は腹を立てた。

「ちょっと。これ、吉崎美和子じゃないの？　何ニヤニヤしてるわけ？」

「この女、ムカつくが、胸はいいじゃねえか。ぷるぷる揺れて」

画面の中で小躍《おど》りしている美和子は、バストの曲線を強調する薄いシャツを着て、胸をぷりぷり震わせている。それは明らかに計算ずくだ。

「この番組、早起きのサラリーマンが結構見てるのよね……」

「チチで男を釣るのはお前さんの専売特許だと思っていたが、お株を取られたな」

言われるまでもなく、健康的なお色気は磯部ひかるのウリだ。だが、吉崎美和子には健康さというより、屈折した淫靡《いんび》な雰囲気《ふんいき》が漂っているので、逆に男をそそるものがある。あっけらかんとしたセクシーさよりも、妙にマイナスなものを漂わせた色香の方が劣情を刺激する。朝から刺激されるのを好むのは、通勤電車の中でスポーツ新聞のピンクページを熟読するのと同じ心理か。

「しかしこれ、嘘みたいに玉が出てるな」

「だって、嘘だもの」

ひかるはにべもなく言い捨てた。

「最近ヘンでしょう？　うず潮新聞が『不況だからこそ伸びる安価な大衆娯楽』とか言ってパチンコを褒《ほ》めちぎる記事を載せたりして。実際にはほとんど勝てないんだから、安価なはずないじゃんねえ」

「これは……ひょっとすると騒ぎになるかもしれんぞ」

佐脇はニヤニヤしたままコーヒーを啜《すす》った。

「県内随一のマスコミが、朝っぱらからパチ屋の提灯《ちょうちん》持ちか。こういう問題に敏感な市民の皆様が大勢いらっしゃるぞ。面白いから見物に行くか？」

「他人事《ひとごと》だと思って……。抗議とかされる側は大変なんだから。ヤクザが乗り込んでくるなら警察呼べば一応その場はなんとかなるけど、市民団体はねえ、いろいろ面倒なのよ」

すっかり目が覚めてしまったひかるは、佐脇が飲んでいたコーヒーを横から取って飲み干した。

「佐脇さん、あなた、そんな暇《ひま》じゃないでしょう？　担当している事件はどうなったのよ」

「ああ、あのパチ屋の店員がキレて検査員を殴って逃げたという事件か。忘れてたよ」

「ねえ。例の『じゃんじゃんパーラー』が出来てから、新聞もテレビも急にパチンコを褒めそやす事が多くなったけど……やっぱり癒着《ゆちゃく》だよね」

「今更何言ってるんだ。新聞もテレビも、癒着を隠す気もなくしたんだろ。これはもう、開き直ってるとしか思えねえ」

「やっぱり……そういうことよね」

ひかるは頷いた。だいたいは佐脇の言う通りだ。

「今日はたぶん、新聞社にもテレビ局にも、うるさいのが押しかけるぞ。見に行くか」

「どうせなら、春山さんにカマかけて話を聞いたらどう？　あの人なら」

「だけど、そいつは新聞社の幹部だろ？　そうそうウチウチの話はしないだろうよ。このオレにはな」

自分が取扱注意な人物であることを、佐脇は自覚していた。

自分は自宅待機だし、業務命令違反でクビにはなりたくないというひかるを置いて佐脇は車を飛ばし、県庁所在地のT市にやってきた。

朝十時頃に新聞とテレビの本社が並んで建つ「うず潮メディアセンター」に出向くと、案の定、『市民団体』が抗議に押し寄せていた。

『ギャンブル依存を考える会』から『パチンコ撲滅！　怒れる市民連合』といういかにも「痛そう」なものまでが総結集した感じで、新聞社とテレビ局の二手に分かれて気勢を上げている。

「公共電波でギャンブルを奨励するようなものを流していいのかー！」

「うず潮新聞はパチンコ業界紙かー！」

「パチンコは明白な賭博《とばく》だぁー！」

真っ赤《まか》な文字で大書された横断幕やプラカードを持った老若男女が、絶え間なくシュプレヒコールをあげている。昔ながらの伝統的デモ風景だ。

佐脇はそれを取り締まる側だが、もはや古典芸能か風物詩のような定型が完成している抗議行動をニヤニヤして眺めた。

気の毒なのは、最前線で応対させられている受付嬢だ。彼女はまったく悪くないのに、最高に尖《とが》っていきり立った連中の最初の餌食《えじき》にされている。

中でも先鋭的な連中が、親会社のうず潮新聞の方に集結して気勢を上げている。佐脇は、新聞社の受付に近づいた。

「公共の電波を使ってあんな番組を放送するとはどういうことデスカ！」

中年と言うには気の毒な、微妙な年格好の女がキンキン声を張り上げた。オカッパ頭がトレードマークで、市民団体も一応マークしている警察内部では「カッパ」と呼ばれている。

「あの……どんな放送だったのでしょう？」

事情が良く飲み込めていない受付嬢はつい訊いてしまったが、この発言が市民団体の格好のエサになってしまった。

「なんですって？　アナタ、自分のところの番組を把握してないンデスカ！」

カッパは叫んだ。一緒に押し寄せている男たちも口々に罵《のの》る。

「これだから、まったくこれだから田舎の民放はお話にならないんだよッ！」

「申し訳ございませんが、ここは新聞社なのですが……」

「お前ンところはテレビの親会社だろ！　子会社のことくらい把握してないでどうする！」

途中から割り込んできた中年男は、だから田舎のマスコミは、と目を三角にしてツバを飛ばしつつ怒鳴り散らした。この男は、横にいる中年女同様、地域で起きた問題すべてに首を突っ込む、いわゆる「プロ市民」で地元出身地元育ちの生粋《きっすい》の地元の男だ。いつもくたびれたポロシャツを着ているので、警察内部では『ラコステ』と呼んでいる。

「そうだ！　親と言えば子も同然」

脇から意味不明なことを喚《わめ》く老人もいる。

「あんたらいつも県議会の不正がどうしたとか偉そうな事を書いてるクセに、どうしてパチンコは黙認どころか肩入れするんだ！　おかしいだろ！　ああもう。お前じゃ判らん！　上司を出せ！」

「そうです！　あなた方は憲法に違反してるんですよ！　パチンコは憲法違反です！」

「……え？　刑法違反じゃなくて？」

突然話が大きくなったので、ラコステは目を丸くして思わず問い直したが、カッパは平然としている。

「ええ、憲法違反です。日本国憲法第二十五条第一項、すべて国民は、健康で文化的な最低限度の生活を営む権利を有する。第二項、国は、すべての生活部面について、社会福祉、社会保障及び公衆衛生の向上及び増進に努めなければならない。どうです。立派な憲法違反じゃないですか。パチンコは国民から健康で文化的な生活を奪っています！」

カッパは謳《うた》うように言った。

「いや、それを言い出すと、話がややこしくなるから……」

『同志』であるラコステも及び腰になるほどの牽強《けんきょう》付会《ふかい》と論理の飛躍だ。

「とにかく、こんな違憲行為に、どうして言論機関たる新聞社やテレビ局が加担するんですか！　我々はぁ、このぉ、憲法違反を断固としてェ、糾弾《きゆうだん》するぞーッ！」

それがキーワードだったのか、「糾弾するぞ！」というシュプレヒコールが湧き立った。受付嬢が泣きそうになり立ち往生していると、奥から中年の男が小走りに現れた。社会部長の春山だ。佐脇も何度か取材されて面識程度はある。

「わたくし、社会面の責任者です。お話の概要は受付から聞いております。みなさんのおっしゃることは、ごもっともです。落ち着いて話し合いましょう」

のっけに「理解ある姿勢」を見せられた抗議側は腰砕けになった。それでも、振り上げた拳《こぶし》を容易に下ろせない最前列の二人は、「ごまかすな！　そんな態度で丸め込まれないぞ！」と声を荒らげた。

「まあまあお待ちください。社会の公器としての新聞の本分は、不偏不党で事実を正確に報道し、権力側の不正を監視することだと理解しております。その上で、昨今の、お疑いを招いてしまったあれこれにつきましては、私の目の行き届かなかった事として、心よりお詫《わ》び申し上げます」

春山は身体をくの字に曲げて、深々と頭を下げた。

「申し訳ございませんでした」

企業の謝罪は、日本の場合、まず謝る。誠心誠意謝って、その後に事情説明なり弁解なり言い訳なりをすれば、空気は和《やわ》らいでコトは丸く収まる。しかし、最初を間違えておざなりな謝罪をしてしまい、事情説明を優先すると、途端に事態が紛糾する。その意味で、春山の謝罪は満点をつけられる。

市民団体側も軟化して、春山の言うことをまずは聞こうか、という雰囲気になっていた。だがそこに、すべてをぶちこわす人物が現れた。吉崎美和子だ。

「部長。謝ることはありませんよ。そうやって簡単に謝るから、どうでもいい事にいちいち抗議されるんじゃないですか。もっと、毅然《きぜん》とした態度を取ってください」

ツカツカとやってきた美和子は、高飛車な態度で言い放った。

「なんですか、その失敬な態度はっ！」

憲法大好きオバサンのカッパがここぞとばかり食いついた。

「あなた方はですねえ、マスコミとしてですねえ、その、第四の権力の座にいるという認識があるんですか！　憲法で保障された言論の自由の上にアグラをかいて、好き勝手してもいいんですか！」

キンキン声が新聞社の一階ホールにわんわんと響いた。だが美和子も一歩も引かない。

「好き勝手ですって？　冗談じゃないですよ。だいたい、そういうあなた方はなんですか。市民だから何を喚いてもいいんですか？　何が憲法違反ですか。何かというと違憲違憲ってバカの一つ覚えみたいに。どうせならもっとネタを増やして出直してください！

「なな、なんですって!」

消費者は王様。何があっても穏便に無難に済まそうとする風潮から、抗議に行けば下へも置かない扱いを受けることが多くなり、それに慣れてしまったプロ市民団体の彼らは、美和子の、のっけから喧嘩を売るような物腰に逆上し、キレた。

「バ、バカの一つ覚えとはなんですか。日本国憲法を侮辱《ぶじょく》するのは許しませんよ! だいたいアナタ、何様なんですか? 社会面の責任者という方を差し置いて……アナタは相当偉い方なんでしょうねえ」

「私は全然偉くありません。しかし抗議なさるあなた方こそ相当偉いんですね? クレームをつけさえすれば、そして声が大きければどんな無理も通るってワケですか? もしかして、モンスターなんとかっていうアレですか?」

「これ、吉崎くん。ここはひとまず謝って。いいから。疑われるような記事を載せ、放送したのは事実なんだから」

春山が小声で、だが必死に美和子をたしなめた。だが美和子は声を落とす気配もない。

「だったら、私たちが謝るべきは視聴者であって、今ここに居る人たちにではないと思います。抗議が趣味のこの人たちに謝っても、どうせ無意味ですから」

美和子は平然と言い放ち、謝るどころか、さらに不穏な発言へと暴走を開始した。

「あなた方、どうせウチの新聞取ってないでしょ。田舎新聞とかバカにして読んでもいないクセに、ちょっとカンに障る記事が載ったらこうして押しかけるワケですか……っていうより、私の顔を見て誰だか判らないんですか？」

美和子はバカにするように首を突き出して周囲にぐるり、と視線を巡らせた。

「判りませんか、まだ？」

「なにをスター気取ってるのよ！　バカじゃないの？」

「あなた方、本当に私の顔、判らないんですか」

カッパは鼻先で嗤ったが、他のメンバーの間にはざわめきが広がっていた。

「だ、か、ら、アタマおかしいんじゃないのアナタ？　セレブ気取りはやめなさい」

「判りました。アナタには抗議する資格ナシ！　はい、退場！」

女は、目が点になった。

「ちょ、ちょっとアンタ、ナニ言ってるの？」

なおも抗議し続けようとする女に、ラコステが耳打ちすると、カッパの目はいっそう見開かれた。

「そうです。私が、問題の番組で『じゃんじゃんパーラー』のリポートをしたんです。吊《つる》し上げる番組も見てないクセに、あなた、ナニを抗議してるんですか？　知りもしない事柄を抗議するって、どういうことですか？　もしかして、見なくても中身が判ってるエスパーですか？」

中年女は完全に言葉に詰まった。優位に立ったと見てとった美和子は、ここぞとばかり相手を集中攻撃し始めた。

「だいたいねえ、何でもかんでも抗議すれば相手は謝ると思ったら大間違いですよ。あなた方プロ市民は、もうすっかりクレームつけることがクセになっていて、相手を謝らせる快感に酔ってるだけでしょう！　パチンコ依存とどこが違うんですかそれ？　偉そうに、人のこと言える立場ですか？」

カッパは悔しそうに絶句したままだったが、隣のラコステが怒りでぶるぶる震え始めた。

「こっ、この生意気なクソ女が！　言わせておけばいい気になりやがって……」

男の周囲でも、美和子への敵意が一気に上昇して、なにやら一触即発の不穏な空気が立ちこめてきた。

「おいおい、やばいぞこれは」

職業柄、物事の潮時が判っている佐脇は、ここで見物の輪から前に進み出た。

社会部長の春山も、もはや微妙というより危険なものを察知して必死になっている。

「おい君！　張本人が開き直ってどうするんだ！　ここはまず皆さんのご意見を聞くという姿勢が大切だ」

「ですから、聞くべき意見なら聞きますけど、批判のための批判なんて、全然意味ないじやないですか。見てないものを批判するって、古いフレーズを使えば、『どんだけ〜』ですよ。ばっかばかしい！」

美和子が吐き捨てるのと同時に、ラコステの拳が美和子めがけて振り下ろされようとした。周囲も、男を止めるどころか、一緒になって美和子に摑み掛かろうと、わっと前に出てきた。

「はい。両方とも、そこまでだ」

男の拳が美和子の顔に炸裂《さくれつ》する寸前、その腕が摑まれた。

佐脇が割って入ったのだ。

「オレは警官だが、官憲の横暴とか言うなよ！　暴力事件を未然に防ぐのも警察の仕事だ。下がって下がって！　頭を冷やせ！　昔みたいに騒乱罪で捕まえるぞ！」

「貴様ポリか？　正当な抗議活動の邪魔をする気か！」

このままでは格好が付かないラコステはなおも吠え立てた。

「警察は出て行け！　パチンコ屋と癒着してる警察に用はない！」

「出て行けーっ」

抗議集団の中からシュプレヒコールがわき上がった。

「……あ、こいつ、ヤクザとつるんで旨い汁吸ってる汚職刑事だ！」

誰かが佐脇の正体を見破った。

「ワイロ貰ってテレビにも抱き込まれてるのか!」

「悪徳刑事、死ね!」

「ワルデカ、死ね!」

佐脇の登場は、騒ぎを収めるどころか逆に火に油を注いでしまった。

「うるさい! とにかくみんな、外に出ろ! 家宅不法侵入で捕まえてもいいんだぞ!」

多勢に無勢。暴動寸前の集団の矛先《ほこさき》は美和子から佐脇に変わった。

春山は、美和子の腕を強引に引っ張ってそそくさと奥に戻ろうとしたが、何故か美和子は好戦的な態度を崩さず、その場を立ち去ろうとしない。市民たちもさらにヒートアップした。

「テレビも新聞も警察もグルだ! みんなでパチンコ屋を守って生き血を啜《すす》ってるんだ!」

「おい黙れ! 静まれ!」

丸腰の佐脇は怒鳴るしかなかった。

「とにかくオレはアンタらの邪魔をする気なんかないよ。お互い、とことんやってもらって大いに結構。結構なんだが、この女は殴られたらアンタを訴えるぜ。で、オレは一部始終を見ていた関係で、先に手を出したのはアンタだと証言しなきゃならなくなる。口で罵るだけなら名誉毀損だが、ぶん殴ったら暴行になるからな。下手すりゃ実刑食らうんだぜ」

　アタマに血が昇っている抗議集団は、だが佐脇の警告を無視して、殴りかかってきた。

「馬鹿野郎！　オレを殴ると公務執行妨害も付くぞ！」

　このままではタダでは済まなくなると踏んだ佐脇は鉄拳をかいくぐり身体を掻き分けて玄関ロビーの壁にある屋内消火栓《せん》に走った。消火用の放水ホースが仕舞ってあるところだ。

　佐脇が警報ボタンを押し切ると、途端に、ジリジリジリと警報が鳴り響いた。

　集団の足が止まった。

　扉を開いて消火ホースを引っ張り出すと、ノズルの先を市民たちに向ける。

「これ以上言うことを聞かないと、放水するぞ！」

　拳銃強盗がピストルをあちこちに向けて威嚇するように、佐脇はノズルをあちこちに向けながら消火栓に手を掛けた。

「パトカーや制服が来るまえに解散しろ。オレはヤクザ同然のオマワリだが、その分、ハナシも判るぜ。制服が来たら、この騒ぎ、なかったことには出来なくなるぜ。全員、署に連行されて事情聴取だ。新聞社が訴えたらその場で逮捕になるぜ」

　佐脇の手が、消火栓のバルブを少し廻した。ホースが順々に膨らんで、ノズルが水を吐き出し始めた。

「逃げるなら今のうちだぜ！」

カッパとラコステは顔を見合わせると、行きましょう！　と叫んだ。

「こんなバカ、関わるだけ時間の無駄だわ！」

「そうだ！　その通り！　だからあんたら、とっとと帰れ！」

遠くから早くもパトカーと消防車のサイレンが聞こえてきたので、抗議集団は浮き足だって、わらわらと逃げ出した。

三十秒後には、玄関ロビーに残っているのは、佐脇と春山と美和子、そして受付嬢だけになった。

「……どうも、佐脇さん」

春山が声をかけた。

「騒ぎになるのはウチとしても好ましくなかったので、助かりました」

騒ぎを大きくした美和子は、離れたまま、ツンとして佐脇を睨むように見たが、そのまま踵《きびす》を返して奥にひっこんでしまった。

「……ウチの吉崎は、どうも血の気が多いのか、世間知らずというか、口の利き方が判ってなくて」

春山は保護者のように頭を下げた。

「で、佐脇さんはどうしてこちらに？　まさか抗議団体と一緒に」

「いや、抗議団体を応援もしないし捕まえに来たんでもない。早い話が、野次馬ですな。おたくの朝の番組を見て、きっとこれは何かあるだろうと高みの見物に」

佐脇はそう言って、春山に囁《ささや》いた。

「……ちょっと話を聞かせて貰えないか？　いつもはオレがおたくらから取材されてばかりだが、たまには攻守ところを変えるのもいいだろ」

春山は、真意を測るように佐脇を見た。

「こういう騒ぎが起こるについちゃ、火のないところに煙は立たないだろ？　パチ屋との癒着にしても、あの連中が騒ぐには多少の理はある」

「多少どころか、大アリですよ。こう言ってはなんですが、連中の追及は甘いですね。大甘。もっと調べれば動かぬ証拠なんかいくらでも見つかるだろうに……その点、左の人はまだまだですな」

「社会部長たるアンタが、そんなこと言っていいのか？」

「そんなことって、私は何も言ってませんよ。あの方たちの主張に理解を示しただけです。ヤバい刑事の見え透いた誘導尋問に易々と引っかかるほど、私はバカじゃないです」

春山は腹にイチモツある。しかも今、それを堂々と公言した。癒着を否定しないで開き直ったからには、かなり鬱憤《うっぷん》がたまっているのだろう。

どこをどう突けば春山が本音を吐き出すか、佐脇が攻めどころを考えていると、携帯が鳴った。

「佐脇さん？　すぐ署に来て下さい！」

水野の声が響いた。

「国税局が来てます。マルサですよ！」

＊

Ｔ国税局の査察部による税務調査、いわゆるマルサが鳴海署、それも刑事課に入ったのは前代未聞の椿事《ちんじ》だった。

署には国税のワンボックスカーが横づけされて、段ボールを持った係官が慌ただしく出入りしている。

一報を受けた佐脇が急いでやって来たのを待ち兼ねるように、鳴海署署長の篠井《しのい》は胸ぐらを掴む勢いで食ってかかった。

「キミはどこまで迷惑をかければ気が済むんだ！　始末書、いや、辞表を書いて貰うよ！」

「ちょっと待って下さいよ。マルサが入ったイコール脱税でクビですか？　我々だって令状取ってガサ入れしても見込み違いがあるじゃないですか。署長は、警察よりも国税の方が格段に捜査能力が高く、絶対に間違いは無いとおっしゃるんで？」

「そうは言わん。そうは言わないが、警察が家宅捜索を受けるなどと言うことは……T県警始まって以来の屈辱だ！」

「ですから、マルサが完全な空振りだった場合、どうするんです？　私は辞表はもちろん、始末書も書きませんよ。むしろ国税を糾弾してやる！」

さっき会ったばかりのプロ市民団体のシュプレヒコールが耳によみがえった。

「そ、それも困る。とにかくキミはこれを……完全に冤罪《えんざい》だと言い切れるのか？」

鳴龍会の伊草から、毎月なにがしかの金を貰っていることは事実だ。そのほかにも、佐脇が情報を流して代償を得ている相手が、いちいち覚えていないほどある。裏金だから、もちろん確定申告に計上していないし、そもそも自分で確定申告などしたこともない。すべてを炙《あぶ》り出されれば、佐脇は間違いなく複数の罪で逮捕起訴され有罪が確定するだろう。

ただ……炙り出すことが可能だろうか？

マルサの来襲にパニックになっている署長を、佐脇は冷たく突き放した。

「ま、アンタは自分のクビでも洗ってればいいじゃないですか。ご自由に」

そこへ、うず潮新聞とうず潮テレビの取材班が駆けつけた。その後には、全国紙や県外テレビ局の支局の連中も続いている。

「やあ、来やがった来やがった！　じゃ、署長、マスコミの方はヨロシク！」

上司を上司とも思わない佐脇は、篠井の肩をぽんと叩いて刑事課に上がって行った。

「おいおい。お前はいったいナニをしでかした?」

刑事課長の大久保が、さっそく署長と同じように食いついてきた。

「これじゃ仕事にならねえよ! 市民の安全を守れねえよ!」

刑事課のロッカーや書類庫は全部開け放たれ、佐脇に関係あるかどうかは一切無視して手当たり次第に書類がごっそり段ボール箱に詰められて運び出されていく。

「なるほど。オレたちもガサ入れの時は、取りあえず全部運んで来るけど、国税も同じことをするんだな」

「他人事のように感心するな! 全部お前のせいだろ!」

大久保が言うとおり、佐脇はまるで他人事《ひとごと》のように眺めていた。自分のデスクやロッカーが全部開けられて、何もかもが箱詰めされている。

「鳴海署刑事課の佐脇巡査長ですね?」

査察を指揮していたリーダーの男が、捜査令状を見せながら佐脇に近付いてきた。

「私、T国税局の調査査察課長、平井《ひらい》と申します。納税の件で些《いささ》かの疑義があります。鳴海税務署までご同行願えますか?」

「いやだね」

佐脇はあっさり断った。

「令状もきちんと読ませないで任意同行かよ。お前、素人か?」

「いやいや、捜査のプロにこれは失礼なことを」

エリートの典型のような風貌の平井は慇懃《いんぎん》に頭を下げ、佐脇に令状を渡してじっくり読ませた。

「詳しくは、税務署で伺いたいのですが」

佐脇は令状を突き返した。

「ガサ入れは強制でも、任意同行なんだろ? だったらオレは忙しい。断る」

即座に断られるのは稀《まれ》なようで、平井は思わず目を剝いた。

「おい佐脇。おとなしく行ってこいよ……」

大久保はコソ泥に対するように佐脇に言った。

「お上《かみ》に手間を取らせるな」

「冗談言うな。馬鹿」

上司に平気で馬鹿という佐脇に、国税局の面々は驚いて二人を注視した。

「どうせ自宅っつうか居候先にも行ってるんだろ? あいつ、驚いてるだろうな」

佐脇がひかるに電話すると、興奮した声が響いた。

「そうよ! もう滅茶苦茶よ! 警察のガサ入れもこれと同じようなことしてるの? ずいぶん無茶なことするわよね!」

映画を見てマルサは正義の味方みたいに思ってきたけどサイテーだ、とひかるは叫んだ。

「まあ、そっちにはオレ関係の荷物はほとんどないが、連中が欲しいというモノはみんな渡してやれ。オレは鳴海署で国税局の親玉とやり合ってる」

電話を切った佐脇は、平井にハッキリと言った。

「話が聞きたいなら、ここの食堂でやろう。どうしても税務署に行かなきゃならんという理由がないだろ」

事情聴取する場所の件でやり合っても消耗するだけだと判断したのか、平井は鳴海署の会議室を借りることを逆提案して、交渉が成立した。

聴取の席では想定していた通り、鳴龍会やその他からの裏金について訊かれた。

ニヤニヤしながら佐脇は答えた。こういう小馬鹿にした態度は相手を刺激するとは判っているが、自分が国税を相手にしているというナンセンスな事態を考えると、どうしても笑いがこみ上げてしまうのだ。

「私は警察官ですよ。ヤクザや風俗業者から金を受け取るわけがないじゃないですか」

佐脇は、最初から全面否定する作戦に出た。考えてみれば、カネを受け取ったという証拠はないはずだ。銀行口座に振り込まれた事はなく、現金を受け取って佐脇が領収書を書いた記憶もない。そのカネも、だいたいが手にしたその日に使ってしまっているはずだ。

だから、銀行には警察からの給料の振り込みの記録しかない。その給料がほとんど手つかずのまま溜《た》まる一方なのが不自然ではあるが、質素倹約に努めているし、自分は少食だし、現在は居候で家賃も払わず、衣服にも金はかけていない、また、行きつけの飲食店では客同士の喧嘩を仲裁してやったり筋の悪い客を追い払って感謝されることが多く、メシを食べて支払いをしようとしても受け取ってくれないことが多いから、などとシラを切った。

平井は一応、そうですかと頷きつつ、質問顚末書（査察における供述調書にあたるもの）を作っていった。

署名指印を求められて読み返したが、ほとんど中身のないものになっていて、読みながら笑わずにはいられない。

「おい。こんなもの、正式な書類にするのか？　問い：鳴龍会から裏金を貰っているか？　答え：貰っていません。問い：取り締まり対象者からリベートを貰っているか？　答え：貰っていません。こんなのばっかりじゃないか。はばかりながらオレたちは、もっとそれらしい調書を作ってるぜ。文才の差かな？」

馬鹿にされた平井は言い返したりはして来ないが、頬がぴくぴくと引きつっている。

「まあ、押収した書類の分析が進み次第、佐脇さんもこの顚末書を訂正したくなると、我々は確信しておりますが」

「そうかそうか。何を思うのも自由だからな。まあ、頑張ってくれ」

昼を過ぎて査察官たちは引き上げ、佐脇は食堂に行ってカレーライスとかき揚げソバを食べた。

どうして国税の査察が入ったのか、その理由についてだいたい想像はつく。さらに今日の夕方のニュースや夕刊で、佐脇が脱税警官、汚職刑事として吊し上げられるであろう事も予測がついた。地元の世論を握るうず潮グループは、佐脇と鳴龍会の黒い繋がりを「暴いて」糾弾する最高のネタを得たわけだ。

田舎マスコミの見え透いた猿芝居だ。こっちもいっそカメラの前で「ごめんねごめんね～」と心にもない謝罪をしてやろうかと思うほどだ。

佐脇が、カレーをかき込み、ソバを啜っていると、食堂の空気がにわかに張り詰めた。何事かと振り返ると、数人の男が入ってきて、ずんずんと佐脇に向かってきた。他ならぬ、県警刑事部長の高田と、その手下だ。

いかにも官僚風でエリート臭をぷんぷん漂わせた中年一歩手前の高田とは、前の事件で負傷入院していた佐脇のところに、辞表を書けと言いに来た時以来の対面だ。あの時は人事異動で警察庁《サッチョウ》から異動してきたばかり、肩書も県警本部長付という、よく判らない身分だったが、その後すぐに正式に刑事部長に着任した。

その後、会議などで顔をあわせる機会があったはずだが、およそ会議というものが大嫌いな佐脇は欠席を続けて、会う機会がなかったのだ。

「やあ、佐脇巡査長。お久しぶりです」

高田は自分から佐脇の隣の椅子に腰をおろし、部下にカレーを買ってこさせた。

「私が佐脇さんと会う時は、どういうわけかいつも面倒な事が起きていますね」

このところ問題続きのT県警には、トラブルバスターとして立て続けにエリート警察官僚が異動してきて、それぞれ佐脇に挑んでいるのだが、今のところ勝利を収めた者はいない。

「今度はマルサですか。巡査長も凄《すご》いですね。さながら不祥事のデパートだ」

「わざわざ嫌味を言いにお出で下さったとは奇特なことですな。警視正殿」

高田はそれには答えずに、部下が運んできたカレーを一口、口に運んだ。

「ふむ。たまにはこういうチープなカレーもいいですね。インド人もビックリだ。本物とは似ても似つかぬ味だが、この食堂で独自の進化を遂げたというべきか」

高田は、タマネギとジャガイモしか浮かんでいないカレーを一口食べてやめた。

「ところでアナタもこのカレーと同じですね、佐脇さん。アナタは刑事の職務をまったく独自の解釈で遂行し、本来の姿とは似ても似つかぬものに進化させてしまった。いや、進化という表現が適切かについては、大いに議論の余地のあるところでしょうが」

筋金入りのエリートともなると嫌味もアカデミック風味になるものか。返事をする気にもなれず、佐脇は無言でソバを完食し、カレーに取りかかった。

「それはそうと、アナタに一任した捜査の進捗状況についてですが。まさか忘れてるわけじゃないですよね？　他のことに首を突っ込んでる暇があったら、本業に励んで下さい」

「判ってますよ」

暴力を振るって逃げている唐木については、事実上、伊草に任せてしまっている。ヤクザなら、ヤクザの世界の中でなんとかして警察に差し出すのが昔からの暗黙のルールだ。うず潮新聞とパチンコ業界絡みのあれこれもあり、唐木の件は疎《おろそ》かになっていた。

「佐脇さんはあの件を、単なる暴力事件と軽く見ているのではありませんか？　きちんと調べれば、そうじゃないことは判るはずですが？」

「さあ？　単純な暴力事件だとしか思えませんが」

佐脇はトボケて、スプーンを皿の底に派手に当て、耳障りな音を立てつつカレーを全部すくい取った。しかしそんな嫌がらせにも、高田は表情をまったく変えない。

「私はね。マスコミの動きは気にならないんですよ。うず潮グループが、警察、というかある警察官をほとんど名指しで叩いてますがね。マルサの動きについても同様です。まあ、佐脇さんが脱税で起訴でもされれば話は別ですがね。そうなったが最後、佐脇さんは刑事じゃなくなりますから。ですが、そうなるまでは、仕事はキッチリ頼みますよ」

佐脇は、少し手をつけただけでそっくり残している高田のカレーに目をつけた。「いいですか、それ？」と聞き、返事も待たず皿を引き寄せて食べ始めた。

「警視正殿のお口には合わないかもしれないが、この値段でこの味は良心的だからね」

あからさまに話の腰を折られても、高田の説教、牽制、あるいは脅しは終わらない。

「佐脇さん。私は気にしないと言ったが、きちんと仕事しないと、マスコミのキャンペーンが効いて来ますよ。我々だって、『世論』を無視出来ませんからね。やりたくもない内部監察だって、する羽目になるかもしれない」

「結局、それが狙《ねら》いなんですよね？　ま、国税がいつも正しいとは限らないのは、我々が誤認逮捕を根絶出来ないのと同じ。軽々に内部監察とか言って、あとで恥をかくのは偉い人ですからね。くれぐれも慎重になされることですな」

佐脇はそう言って、高田のカレーも全部平らげると、大きなゲップを一つした。

「いや、内部監察は脱税の件ではない。キミと鳴龍会の繋がりの件だ」

耳を貸す素振りも見せず席を立ち、食堂を出て行こうとする佐脇の背に高田は言った。

「悪徳警官糾弾！　の世論が高まれば、今度こそ、膿《うみ》を絞り出さなきゃいけなくなる」

「ほほう」

ふてぶてしい笑みを浮かべて振り返った佐脇は、おそれ気もなく言い返した。

「膿を出す、ねえ。ではあなた方と他の筋の繋がりはどうなりますか？　どうせなら、上も下も関係なく大掃除したら如何です？　『世論』とやらにはその方が大受けでしょうよ」

では、と佐脇は歯をシーシーやりながら食堂を出た。

＊

その夜。ガサ入れを受け、マスコミにも叩かれたゲン直しに、とりあえず派手に遊んで気分を変えようと、佐脇はフランチャイズの二条町に出かけた。ここなら店の奢りで無限に飲み食い出来るし女も抱ける。

……だが、強気で上司も国税も突っ撥ねた佐脇だったが、『反佐脇』の効果はじわじわと出始めていた。うず潮グループによる「悪徳刑事・佐脇追放」キャンペーンのせいなのか、県警からの裏のお達しがあったのか、あるいは国税当局からの無言の圧力があったのかは定かではないが、顔パスだった店から出入りを丁重に断られると、心穏やかではない。

「佐脇さん。申し訳ないんですが、しばらくお出まし戴《いただ》かない方が宜《よろ》しいのではないかと……」

昔ながらの曖昧《あいまい》宿の主人は、申し訳なさそうに頭を下げた。この店には、警察の手入れの日時を教えてやり、その対価として店の女をよりどりみどりで抱いていた。鳴海では、この種の店は、みかじめの額はそれぞれだが、一様に鳴龍会の息がかかっている。

「それは伊草からの指示か？」

「ええ、まあ。佐脇のダンナのほとぼりが冷めるまで、店を閉じてもいいって話で」

警察に派手に手入れを食らって廃業に追い込まれるより、しばらく休んで様子を窺う方が得策だと踏んだのだ。佐脇色を一掃するのが目的とすれば、手入れが入った場合、徹底的な取り締まりになることは必至だと読んでいるのだろう。

「クビが確定してオレが警察を追いだされたら、どうするんだ？」

「それはもう……新たに佐脇さんの席に座るお方に肩入れするだけです」

商売がかかっているから、この連中はクールだ。いざとなれば義理人情など介在させることもなくドライに身の振り方を考えるだろう。だが一転、佐脇の失脚が「なかったこと」になれば、今度はてのひら返しが災いする。だから真剣に状況を読み、先行きを予想する。この連中の動きを見れば、パワーゲームの帰趨《きすう》はほぼ的中する。

「で、お前の読みはどうなんだ？　オレはオマワリをクビになって、ソープの用心棒にでも身を落とすのか？」

佐脇としても、自分の明日を占う意味で興味津々だった。

曖昧宿の主人は、目の奥で嗤《わら》った。

「それはないね」

「そうか？」

佐脇の声は心なしか弾んだ。

「これだけ悪いことをしてきた人が、どうして警察をクビにもならずやってこれたか。それを考えれば判るでしょう?」

「しかし、これまでにオレを潰そうとした奴らは馬鹿だったが、今度の連中はすこぶる利口かもしれないぜ? 追い落としのメンバーに、新顔が加わったことでもあるし」

「新顔」とはうず潮グループのことだ。今までも何度か「悪質警官告発キャンペーン」を打たれたことはあったが、その都度失脚したのは佐脇ではなく、県警内部でも遣り方が垢《あか》抜《ぬ》けない小ワルたちだった。落とし物のカネを横領したり、地下賭博場を黙認して胴元からかなりの金をせしめていたり、覚醒剤の密売を黙認して金を取っていたり。あからさまな違法行為を黙認どころか手まで染めていては、いずれ捕まる。佐脇は、せいぜいがこの店のような売春宿に情報を流す程度だ。汚いカネは、広く薄く集める。チリも積もればそこそこの額になる。下手に欲をかいて悪事に大きく荷担し、巨額のカネを一ヵ所からガッポリ取ったりしようものなら、ごまかしようのない証拠が残ってしまう。

「佐脇のダンナは、とにかく巧妙だもの。小ずるいから。警官、いや人間の風上にも置けないから。その手口にも磨きがかかって、ちょっとやそっとじゃ、バレないくらいのものになってるからね」

「そんな手の込んだことはしてないんだがなあ」

褒められた佐脇はまんざらでもない。

「小悪党のお前らに太鼓判を押されたのは、自信を持っていいってことなのかな」

店の出入りを断られたのに、佐脇は上機嫌で引き上げた。だが、ごく普通に酒を飲もうと思い、暖簾《のれん》をくぐった居酒屋にまで入店を断られたのには、大いに凹《へこ》んだ。

「おい。ちょっと栓を閉めすぎてやしないか?」

佐脇は携帯電話で伊草に苦情を言った。

「タダで女を抱くのはナニだろうが、自腹で酒を飲もうとしても断られたぜ」

『その店としちゃ、佐脇さんが財布を取り出しても、金は取れませんよ。今までの成り行きがあるんだし。それに、佐脇さんが財布を出すのはポーズでしかないって判ってるし』

形だけなのに本当に金を取ったら、あとで何をされるか判ったもんじゃない、と店としてはビビッているのだと伊草は説明した。

「それじゃお前、オレは地回り以下の、頭の悪いチンピラも同然ってことか?」

『まあ、そんなもんですね。現状では』

伊草もハッキリと言い切った。

『世間の評価はって事ですよ。そう思わせておいた方がいいんじゃないですか? 馬鹿を演じた方が相手を騙《だま》せますよ……佐脇さんは、そのへん、妙なプライドがあるから損してるな。抜き身の、キレるヤバいヤツと思わせたいのは判りますけど、その発想が、まさにチンピラそのものですよ』

「……なるほどね」

伊草に痛いところを突かれた佐脇は、いささか目から鱗《うろこ》が落ちたような心境になった。

「判ったよ。そういうことなら、しばらくは引き籠りにでもなってみるかな」

『ひかるさんと仲良くやっててもいいんじゃないですか』

「ところがあいつも色々あって、今はそういう雰囲気じゃないんだ」

『佐脇さんも身辺にわかに急を告げてきましたね。まあ、私もしばらくはおとなしくしてます。ウチの中も、ちょっとね、関ヶ原《せきはら》前夜みたいな感じになってきたんで』

そういえば伊草は大河ドラマが好きだ。

「まさか北村が家康《いえやす》で、お前が石田三成《いしだみつなり》の役どころか？　それだと天下を取られちまうじゃないか」

この前、北村に挑戦的なことを言われた件はすでに伊草に伝えてあった。伊草も自分の部下が離反していることは察知している。

『ですから、そうならないように、慎重にやるんですよ。関ヶ原な状況をなんとか本能寺《ほんのうじ》に変えて。北村を家康じゃなく信長《のぶなが》にして』

こんな歴史おたくには付き合いきれないと思った佐脇は、電話を切った。

まあ、こうなったら伊草の言うとおり大人しく家に帰って、自宅待機状態で苛々《いらいら》しているだろう、ひかるの機嫌をとった方がいい。

佐脇はそう判断した。特に今日はマンションにまで国税局の査察が入った以上、巻き添えになった形のひかるは、さらに怒っているに違いない。

何か土産《みやげ》を買って帰ろう、と二条町界隈をぶらぶらした。しかしこの辺は鳴海の中でももっとも低俗なフーゾク街だ。土産になるようなものは、ない。

じゃあバイパス沿いの店にでも、とタクシーを拾おうとして、ある看板が目に飛び込んできた。

『オトナのデパート・えろちか』

ピンクのボードにストロボが光る、嫌でも目に入るど派手な看板だ。

セクシーで派手な下着でも買ってやれば、ひかるの気分も紛れるかもしれない。もしくは、なにか物凄くスケベな性具でも買って帰って笑いの種にするも良し、使って実践に励むも良し。最近はどんなモノが流行《はや》っているのか、考えてみれば全然知らない。

佐脇は、その店に近づいた。

五階建てのビル全部がアダルトグッズの店になっている。地下はエロゲー、つまり成人向けゲームの売り場。一階はエロ本と写真集。二階はエロビデオとエロＤＶＤ。三階はアダルトとＳＭグッズ。四階は女装関係。五階は事務所か。

本物の女で実践に及べないのか、あるいはむしろ本物じゃない方がいいのか、若い連中が結構出入りしている。

佐脇はエレベーターで三階に行ってみた。

そこそこ広いフロアには、一面、アダルトグッズが並んでいた。この世で人間が考えつく限りの、すべての性具が揃っている、という壮観さだ。バイブにローター、ディルドにオナホール。イボ付きコンドームにアナルセックス関係、浣腸関係。ＳＭ関係はパーティションで仕切られている。

何を買おうかと物色していると、奥から女の声が聞こえた。こういう店に女が来ていることに佐脇は驚いた。しかもその女は「一番……大きなバイブを見せてください」などと、とんでもないことを言っている。しかもそれが、聞き覚えのある声だった。

まさか、と思いつつ声のする方に足を向けると、そこにいたのは果たして……吉崎美和子だった。真面目な取材の時に着ているのと同じ地味なビジネスス一ツ姿で、この女はバイブを買いにきたというのか？

地味で清楚なこしらえの美和子は、今朝とは違って、真面目なＯＬにしか見えない。

若者とは言い難い年格好だが、若作りをした店員が、大きな声で訊き返した。

「一番大きなバイブですかぁ？」

店員は彼女を品定めするようにじろじろと見ている。美和子はおどおどしている。

「お客さんがお使いになるんですよね……って、アナタ、見たことあるんだよなあ」

彼は美和子をじろじろと見て、思い出そうとしている。

「あっ、そうだ。テレビの人だ！　アナタ、テレビに出てるでしょう？」

「あの……それは言わないで……誰にも内緒にしていただけませんか」

「どうしようかなあ……テレビに出てる綺麗なおねえさんがウチにバイブ買いに来たなんて、美味《おい》しすぎる話だもんなあ」

美和子がここでバイブを買って帰ったという話は一気に広まるに違いない。

「サイズは……一番大きなの、でしたよね」

店員は陳列ケースから、巨大なバイブを取り出した。

「どうですか？　これなんか如何でしょう？」

スイッチを入れると、ペニスとそっくりなバイブはくねくねと卑猥《ひわい》な運動を始めた。

「あの……そっちを見せていただけませんか……」

「え？　これですか？　この、突起のあるヤツ？」

わざとなのか、店員は店中に聞こえるように大声で繰り返し、ケースから別のバイブを取り出した。

それは黒光りする巨大なもので、三本の突起がついていた。

「一番デカい、ここをお客さんのあそこに入れるんです。そうすると、その前に付いている小さい突起がお客さんのクリトリスに当たって、もう一本はアヌスに入るという、パーフェクトな製品。優れものですよ。男なんかいらなくなりますって。へへへ」

コードの先についたスイッチを入れると、三つの突起が、それぞれうねうねと卑猥に動き始めた。

「でも、こんなデカイの、お客さんに入りますかね。いえね、使ってみたら入らないって、返品されても困るんで、これはまず、お試しいただいてから買って貰いたいですね」

「試すって？」

店員は、にやにや笑いながら美和子をじっと見た。

「ここで入れてもらうしかないんですけどね。ウチは試着室とかないし、トイレを使われると、万引きされることも多いんで」

美和子の表情は凍りついた。

店内には、佐脇以外にも数人の男がいた。みんな知らん顔して商品を眺めているが、その実、興味津々で成り行きに耳をそばだてているのは明らかだった。

佐脇は、ちょうど物陰になり、美和子から直接見えない位置に立っていた。

「なんなら、お手伝いしますよ」

店員はバイブをカウンターに置き、美和子の側に寄ると、呆然と立ちすくんでいる彼女を、近くの椅子に座らせた。

「バイブは初めてですか？　どう使うか判りますよね？」

ええ、と美和子は、消え入りそうな声で答えた。

「さ、片脚をあげてください、こうやって」

店員は彼女の片脚をとって、肘掛《ひじか》けの上に乗せさせた。地味なスカートがたくし上がった。佐脇の居る場所からは、それ以上は見えない。

どうしてここまでのことが許されているのか、店員は美和子の股間でもぞもぞと手を動かし、彼女も抵抗はせずになすがままだ。

他の客は、興味津々で、じりじりと距離を詰めて、二人のまわりに集まってきた。

「ほら、その手を離して……パンティを脱いで貰わないと、入りませんよ」

店員は穏やかならぬことを口走りつつ、股間を押さえている美和子の手を無理矢理引き剝がそうとしているようだ。彼の片手には、すでにスイッチを入れたバイブが、うぃん、うぃんと卑猥にうねっている。

「ああ、恥ずかしい……」

美和子のおどおどした、だが明らかに欲情しているような声が店内に響いた。

「あ、あの……入れるなら、早く。そんな……まわりを何度も突かないで……」

「はいはい。おや？　お客さん……すでにここ、準備ＯＫですね。もう、ぐっしょぐしょじゃないですか」

店に偶然居合わせた客達は、いきなり始まった「生のショー」を見ようと固唾《かたず》を飲み、いっそう二人に近づいた。

「い、いや、み……見ないで！　こ、こんなになっているのに！」

美和子が悲鳴を上げたが、それがかえって男達の劣情を刺激してしまった。客たちは無言だが、全員がどす黒い劣情のオーラを立ちのぼらせ、離れる気配はまったくない。

止めに入るべきかどうか、佐脇は躊躇《ちゅうちょ》した。状況がよく判らない。店が客に強制的に猥褻な行為をして、なおかつそれを不特定多数に見せているのか、あるいは、客が自らの性癖をあからさまにしてるだけなのか。

美和子の性格を考えれば、一方的にこんなことをされて黙っているようなタマではない。

そして女の客にチョッカイを出すアダルトショップもありえない。この店員が異常なのか？　それにしては、シチュエーションが一種のプレイのように思える。

羞恥《しゅうち》プレイ……それだ！　と佐脇は思った。

佐脇は店内を見渡した。プレイなら、当然、今の美和子の反応を見て楽しんでいる相手がいるはずだ。

だが、店の客は本当に偶然に居合わせたようなヤツばかりだし、この店員がプレイの相手とも思えない。しかし、相手ではないとしても、絡み方が妙に粘着だ。

これは、どういうことだ……。

佐脇の存在を知らぬげに、店員はなおも美和子をバイブで凌辱《りょうじょく》しつつ、しかしあくまでも建前としては『商品の説明』を続けた。

「判ります？　ここをこういうふうにくじると、いっそう感じるでしょう？　リモコンで強さの調節も出来ますよ」

「ああっ！」

店員は、バイブでじわじわと彼女の秘めやかな場所を蹂躙《じゅうりん》している。今や店員が手を動かすたびに、ぐちゅぐちゅと湿った卑猥な音が、店内に響きわたっていた。

美和子が本当に嫌なら、冗談じゃない、と席を立って帰るはずだ。強姦のように自由を奪われているわけでもないし、ほかの客に助けを求めることも出来る。

これは……やっぱりプレイなんじゃないか？　美和子と店員の間でシナリオが出来ているか、もしくは、美和子を羞恥に追い込むため、誰かがすべてを仕組んでいるか。

「その上でですね、このバイブの二ヵ所責めを……」

店員は腕にぐっと力を込めて、巨大なバイブを美和子の内部に埋めはじめた。

「う、うぁぁ……」

美和子は声にならない呻きを漏らした。が、そこには苦痛だけではなく、甘い喘ぎも混じっている。

「さあ、全部、ずっぽりと、根元まで入りましたよ！」

バイブの全長が彼女の秘部に収まったようで、モーター音が更に強くなった。店員がリモコンを「強」にしたのだろう。

「あああッ！　凄いっ！　こんなの……こんなのって……壊れる！　壊れてしまうッ！」

美和子は全身を激しく震わせた。細い腰が前後左右にうねうねと、円を描くようにうねり、美和子の肉襞がバイブを食い締めている様を想像させた。その円運動はやがて激しく腰を突き出し、上下させる動きに変わった。あくまで快感をむさぼろうとする、動きそのものが猥褻だった。

「あああっ……とまらない……恥ずかしいのに……やめられないのッ」

椅子の肘掛けに乗せた美和子の爪先が力をこめて伸ばされ、ぶるぶるっと痙攣した。

「あああ、あっ、イクッ！」

美和子は、あっけなく達してしまった。しかしバイブは動きを止めず、オーガズムは、さらなる新たな絶頂を呼んだ。

「いいいい……イクぅ……イクのが止まらないっ！」

美和子は絶え間なく躰を弓なりに反らせ、がくがくと痙攣を繰り返している。

彼女が二度目のアクメを充分に貪ったのを見届けたところで、佐脇は声を掛けた。

「そこまでだ！　これ以上やると公然猥褻の現行犯で逮捕するぞ」

佐脇は美和子に歩み寄った。その時、彼女が座っている椅子に向けられた、防犯カメラの存在に気がついた。

「なるほどね……」

佐脇は、逃げ腰になっている店員の腕を摑んで、「営業許可証をもってこい」とドスを利かせた。

「オレは、今話題の悪徳警官だ。ニセモノじゃない。正式にお前を逮捕拘留出来るんだぞ」

「は、はいっ！」

店員はレジの下から書類を持ってきた。

営業許可証には責任者として、北村の名前があった。

「北村は、社長か店長か？」

「あの、社長です。ここは、あの、鳴龍会の」

鳴龍会と言っても、北村個人が傘下に収めている店だった。どうりで伊草派の佐脇に縁がないはずだ。

「で？　今の一連の行為は、どういうことだ？　この女性と示し合わせてのことか？」

とんでもないです！　と店員は頭をぶるんぶるんと横に振った。

「この店では、こういうバイブの実演販売を恒常的にやっているのか？」

「いいえ、それはやってません。いくらなんでもヤバいし、実演してくれるヒトもいないし」

美和子はというと、異常なシチュエーションで異常燃焼したオーガズムの余韻に浸っている。その目は虚《うつ》ろで、バイブの抜けた下半身は、まだゆっくりと揺れている。締まったウエストに、張り付いたようなタイトスカートが艶《なまめ》かしい。

「そこのアナタ。事情を聞きたいので、ご同行願えますか」

もちろん名前は知っているが、あえて伏せて、任意同行を求めた。

「あの、これにはいろいろと事情がありまして」

公然猥褻で逮捕されてはスキャンダルになる。それはマズいと判っているのか美和子は、弁解しようとしているが、悦楽の余韻が濃厚で、きちんと頭が働かない様子だ。

「では、その事情とやらを、じっくりと伺いましょう」

とにかくここから出るんだと、佐脇は美和子を立たせた。

彼女は、支えられないと歩けなかった。桜色に染まった頬に乱れた長い髪、蕩《とろ》けるような瞳が、ぞくぞくするほど色っぽい。今まで体験し尽くしたことのないめくるめく絶頂を味わったものか、美和子は身も心も、すべてが破壊され尽くした感じだった。

佐脇は、すぐ近くにあった「レンタル・ルーム」に入った。ちょっと先に個室喫茶があるが、近くのほうがいい。

「単純に、あんたがあの店で馬鹿な真似をした、ということでもないようだな」

部屋に入って早々に、佐脇は事情聴取を始めた。

「あの店は北村のモノだな。ということは……」

「おそらく、ご想像の通りです」

恥ずかしいところを見られてしまった美和子は、目を伏せた。

「少なくとも、あんた、嫌がってなかったよな？　防犯カメラで撮った一部始終を誰かが見て楽しむという、そういうプレイなのか？　オレは物凄い想像をするぞ」

佐脇が突っ込むと、美和子は視線をそらせた。

「さあ？」

「しかしだな、テレビで少しは顔が売れてるあんたが、ああいう不特定多数が出入りする店でああいう事をやるについちゃ、単純なプレイじゃないよな？　誰に強制されたんだ？」

「……それより」

美和子はジャケットを脱ぎながら、佐脇にねっとりした視線を送ってきた。

ジャケットの下は白い薄手のブラウスだが、当然予想できたことというべきか、美和子はブラウスの下に何もつけていなかった。ほどよい大きさの美乳が、ほとんど全部透けている。シフォンのような薄手の生地を、紅い乳首がツンと持ち上げている様も、はっきり見える。佐脇は不覚にも動揺し、生唾をごくり、と呑み込んだ。

美和子はバストを突き出し、薄い布ごしに形のよい乳房を佐脇に見せつけるようにしながら言った。

「どうせ突っ込むなら、言葉より別のモノにしません？　せっかく、こういう場所に二人っきりで居るのに。私、さっきのバイブ、感じちゃいましたけど、やっぱり本物でイカないと物足りなくて。佐脇さんのモノで、思いっきり滅茶苦茶にしてもらえません？　正直言うと、あれでスイッチが入ってしまって、収まらないんです……火照っちゃって」

彼女は、佐脇の手を取ると、自分の股間に誘った。

「ほら……こんなに」

店員に奪われたのか、それとも最初からノーパンだったのか、地味でタイトなスカートの下で、美和子の股間は剝き出しだった。ぐっしょりと濡れた秘毛と、柔らかな肉襞が、美和子の興奮をそのまま表して、佐脇の手の中で熱く息づいていた。

「どう？」

白いブラウスの下で、ルビーのように紅い乳首がツンと勃っている。

美和子は潤んだ瞳でじっと見つめている。むき出しの両脚のあいだを、佐脇にぐっと押し付けるようにした。たぶん数秒後にはしなだれかかってくるだろう。

完全にお膳立は揃っている。

だが佐脇自身、爆発しそうなほど興奮してはいたが、この据え膳を食わなかった。

生温かい淫靡な空気を破るかのように、すっと立ち上がった彼は、部屋の冷蔵庫からコーラを取り出してテーブルに置いた。

「まあ、さっき、あんたがオナニーもどきの行為を店でやっていたことについては、オレは見なかったことにする。あんたの意志が働いていたんなら、二条町という場所柄、公然猥褻を指摘してもほとんど意味ないし。第一、事件にするには被害者がいない」

「あら、そうですか。店の経営者の名前を見て怖くなったんじゃありませんか?」

美和子の目が挑戦的に光った。

「それはねえなあ。オレがオマワリである限り、どんなヤクザよりオレの方が強いんだ」

逃すにはかなり惜しい据え膳だが、これだけ美味しそうな餌《えさ》には毒もたっぷり仕込まれているに違いない。美和子の魂胆が判らないという以上に、男を舐めてかかるその態度が気に食わない。

この件は、北村を攻撃する材料として温存しておく方がいい、という判断もあった。ただ、材料にするためには、美和子の恥態を撮った防犯ビデオを押収しておく必要があるが。

「じゃあ私、帰りますけど、いいんですね?」

思い通りにならなかったのに腹を立てたのか、美和子は席を立った。引き止められることを期待しているようだが、佐脇は止めない。美和子は足を止め、振り返った。

「……一つ、訊いていいですか?」

「どうぞ。公然猥褻と強制猥褻の違いとかか?」

「いいえ。殺人の時効についてです。二〇〇五年に刑法が改正されて、死刑に当たる犯罪の時効は、二十五年になりましたよね」

「ああ。しかし、二〇〇五年以前に起こった事件は、改正前の時効の、十五年が適用されるからな。それに、死刑になるかどうかは裁判してみないと確定しないぜ」

脈絡のなさそうな質問をした美和子は、そうですか、と言って黙った。

「それが何か?」

十五年。たとえば今から十五年前なら、何があっただろうか。佐脇は思い出そうとしたが、咄嗟には何も思いつかない。目下、佐脇のアタマはうず潮グループと北村の事で一杯だが、それとの絡みもなさそうに思えた。

「いいえ、何でもありません。では」

佐脇を籠絡するのに失敗した美和子は、そのまま部屋から出て行った。

「まあ、そういうわけだ。で、結局、なんにもなかったんだがな」

家に戻ってひかるにアダルトショップでの顛末を面白おかしく話したつもりの佐脇だったが、ひかるが予想外に激怒したことにたじたじとなった。

「嘘。ホントはやってきたクセに!」

「やってないと言ったろう。お前もガキじゃないんだから、くだらないヤキモチ焼くなよ」

「くだらなくて悪かったわね。他の女ならまだしも、美和子だから絶対に許せないのよ！」

「馬鹿かお前は。許すも許さないも、店でバイブ使ってオナニーしてりゃ、公然猥褻だ。オレとしては黙ってられねえだろうが。上からはしっかり働けと脅されてるし。で、その事を正直にお前に話したら、なんで怒られるんだ？」

「正直に話した？　あなたはそう言うのね。だったらこれにも正直に答えてよ」

ひかるは、佐脇に顔を近づけて、かなり恐ろしい形相で言った。

「あなたは、レンタル・ルームで誘われた時、ちょっとはその気になったでしょ？」

確かに、美和子に手を取られて剝き出しの股間に導かれ、濡れた秘部にじかに触れた時には、かなり危なかった。くびれた腰をくねらせる仕草を見た時もヤバいと思ったし、色っぽい流し目を食らった時も、クラクラしなかったと言えばウソになる。

「……そりゃ、男ってモノはお前」

「ほら！　アタシは、そういうグダグダなところが大嫌いなの！　もうちょっとオノレを律して筋を通そうという気にならないの？」

「お前、そりゃ無理だ。男の頭と下半身は別の生き物なんだぜ」

しかし、その真理は今のひかるには通じなかった。とにかく、自分をクビ寸前に追い込んだ稀代《きたい》の悪女と認識しているから、美和子に纏《まつ》わるすべての事が許せないのだ。

「しばらく、あなたとは口利きたくないし、信用もしないからね！」

ひかるはそう言うと、ドアをぴしゃっと閉めて、自分の仕事部屋にしている四畳半に籠ってしまった。

こうなると、天の岩戸を開けるのと同じくらいの努力が必要になるのは、経験で判っている。

今夜はひかると仲良く過ごそうと思っていた佐脇は、向かっ腹を立てた。しかし、現在は居候であるだけに、全面対決するにも立場が弱い。

住む場所だけではなく警官の身分も風前の灯火《ともしび》である佐脇は、言葉をぐっと飲み込んで、近所に飲みに出かけた。いくらなんでも近所の店なら出入りを断られることはないだろう。

実際、今まで、店に奢らせたことのない縄暖簾《なわのれん》は彼を温かく迎え入れた。

＊

「おい、このアマ。あのオマワリに、何を喋った？」

美和子は、北村に頬を平手打ちされた。

「別に何にも」

「じゃあどうしてついて行った？」

「任意同行求められたのよ！　店であんな事させるからっ！」

北村は、雅信に申し出て、美和子とのプレイに協力していた。彼の店でバイブを買わせて店内で試用させることを提案したら、雅信はたちまち乗り気になった。防犯ビデオでその様子をすべて録画して、後から愉しみつつ美和子を責める材料にするのだ。

しかも実はあの時が最初ではなく、すでに二度目だった。最初も同じくジャケットの下はシースルーのブラウスでノーブラ、スカートの下も剝き出しという格好をさせた上で、店内で自らバイブを装着させ、そのまま店を出たところで、外に止めたリムジンの中で待っていた雅信が責め苛《さいな》んだのだが、二度目は趣向を変えてみたのだ。

その二回目に佐脇が居合わせたのは、偶然の産物以外の何物でもない。

「で？　佐脇にやらせて罪を免れたのか？」

「あの刑事は私に手を出さなかった。ただの聴取だけでした！」

佐脇が据え膳を食った方が弱味を握れて好都合だったのだが、北村は威丈高になった。

「嘘をつくな！　お前は責められるとあそこをぐっしょりと濡らすMなんだから、わざとそういう嘘をついておれを怒らせせようとしてるんだな？　そうだな？」

「いいえ！　本当に何もなかったんです！」

だが北村は聞く耳を持たず美和子のブラウスを引きちぎるようにはだけ、スカートを捲《まく》りあげた。美和子のそこはアダルトショップでバイブを入れたあとだけに、すでにぐっしょりと濡れ、男のものを待ち焦がれてひくついていた。北村はその眺めを愉しみつつ、美和子の弾力ある尻たぶを摑んで左右に広げると、怒張したモノをずぶずぶと沈めていった。彼のモノはすでに完全に屹立している。

「あぅッ。ううう……」

公開バイブ・オナニーをさせられたあと佐脇に抱かれることを期待したが、佐脇が手を出さなかったので、美和子の恥裂はうずいていた。そこに北村の逞《たくま》しい肉棒を埋められて、彼女の躰は一気に悦楽の頂点に押し上げられた。

男根に女陰を貫かれ、押し広げられる快楽に酔いしれて、美和子は「あふう」と言葉にならない声を洩らした。

熱く濡れた女陰の感触を愉しみつつ、北村がいきなり腰を突き上げた。

「あうっ！ ううン……」

美和子の全身が痙攣した。脳天まで一気に貫くような衝撃が躰の中を走り抜けたのだ。それは程なく焼けるような快感に変わり、彼女を内側からとろとろに蕩《とろ》かし始めていた。

北村は、どこまで知っているのだろうか、と美和子は白い喉から洩れる声を押し殺しながら考えた。

雅信に取り入ったのは、美和子の思惑どおりだ。十四年前に何があったのか、その真相を美和子は知る必要があり、それには実際に手を下した雅信本人の口を、いずれ割らせるしかないと決意していたからだ。

社主の部屋での誘惑は、イマドキの高校生をたらし込むよりも簡単だった。パンティを前もって湿らせておくために、手持ちの保湿美容液をたっぷりクロッチのところに染み込ませておいたのだ。

そんな下着を手渡しただけの小細工でカッと頭に血が昇るとは、社主とはいえ、ツボさえ押さえれば、男はチョロいものだ、と美和子はほくそ笑んだ。

彼女は、学歴詐称で入社していた。大卒というのは完全な偽りで、養護施設を出たあと大した仕事にはつけず、イメクラで働いていた。しかもそれが天職のように売れっ子だった。美和子には天性のカンがあり、男には多かれ少なかれ独自の幻想やこだわりがあることそしてそれを正確に突いてやれば、思うように出来ることを知っていた。

さらに、社会部長の春山から聞かされた社主の性癖も、完全に頭に入っている。派手でセクシーな女が嫌いで、地味なおどおどした女性が好き。それは雅信がサディストで、思い通りに蹂躙でき、攻撃欲を刺激する女性に性欲を感じるタイプだからだ。

玄人の女性では駄目。文字通り、生殺与奪の権を握っている相手でなくては、雅信は男として興奮できない。だが、最近はセクハラに対する世間の視線も厳しく、また昔と違ってそんな都合のいい女性が社内にいるはずもなく、雅信のどす黒い性的嗜好を満たす手段はなくなっているはずだ。

そこに、美和子はつけ込んだのだ。

その目論見《もくろみ》はまんまと当たった。そこにヤクザの北村がプレイへの協力とM女への調教を申し出た。美和子の真意を知らない北村は嬉々として調教に取りかかったつもりでいる。

「おらおら、言うことを聞かないと、お前の恥ずかしい姿をバッチリ撮ったビデオをばら撒《ま》くぞ！ 大卒キャリアの、うず潮新聞のエリート若手女子社員が、アダルトショップでオマンコさらしてバイブオナニー！ こりゃすげえスキャンダルじゃねえか！」

絶好調の北村は自分の言葉に興奮してさらにノリノリになり、激しく腰を突き上げた。

だが、そんな脅しは美和子にはまったく恐ろしくなかった。彼女に失うものは何もない。ただ、ここまで策を弄《ろう》して進めてきた、遂げなければならない目的は達したい……。

「あ、あのビデオをばら撒くなんて……それだけは、それだけは勘弁してください……」

彼女は心底怯えるフリをして哀願してみせた。

「ふふ。じゃあ、もっと感じろ！ もっと感じて狂いまくれ！」

美和子を完全に支配した、と思い込んだ北村は、ぐいぐいと抽送を続けた。

＊

ひかるを怒らせ手厳しく拒絶を受けてしまった佐脇は、一晩飲み明かした。そのまま鳴海署に出勤するか、仮病を使って欠勤しようかと迷ったが、部屋には鬼のようなひかるがいることを思うと、まだ鳴海署で刑事課長でもからかっている方が楽しいと思い直した。

デスクに向かって、溜まりに溜まった書類を整理していると、佐脇を指名して電話が入った。

『これ、タレコミなんですけど』

電話の声はくぐもっていて良く聞こえない。

『パチンコ屋で女が客引いてますよ。銀玉パラダイス・バイパス店です』

「で、あんたは？」

『匿名希望。以上』

それだけ言うと電話は切れた。

通報があった以上、放っておく訳にもいかない。佐脇は、部下の水野に声をかけた。

「おい。売春防止法違反の摘発だ。暇《ひま》なら付き合え」

「暇じゃないですけど……いつもは勝手に動くクセに、どうしたんですか」

「また上に睨まれてるんで、しばらくは順法精神で行くのよ。内規は全部守る」

佐脇は二日酔いの頭を振りながら、銀玉パラダイス・バイパス店に向かった。例の「じゃんじゃんパーラー」とは目と鼻の先の、ライバル店だ。

一応立派な公用なので、水野に運転させたパトカーで店に乗り付けた。

「ああ、佐脇さん」

出迎えたのは顔見知りの店長だった。伊草の腹心・原田《はらだ》だ。

「お前んとこで女が客を引いてると匿名のタレコミがあってな」

「その女なら、事務所にいます」

店内で揉めたので、事務所に連れてきたのだという。

「勝っている客に売春を持ちかけたんだそうです。一切口をつぐんで、身元も名前も完全黙秘で。ウチとしては、面倒はゴメンなので、お茶でも飲ませて帰って貰おうと思ってたんですが……揉めた相手が目の前で佐脇さんに電話したもんで」

原田は一見、冴えないオヤジだが、前科三犯で近年まで傷害致死で服役していた、タフな男だ。

「揉めた相手は?」

「佐脇さんにチクったあと、そのまま店を出たようです」

事務所に入ると、女が座っていた。

「あ」

顔を見た瞬間、思い出した。『じゃんじゃんパーラー』で売春を持ちかけてきて、結局ラブホで抱いてしまった、あの女だった。

「あんた……どうしたんだ」

未《いま》だに名前も知らない女は、佐脇をちらっと見るなり顔を背けた。

「佐脇さん、誰なんですか？」

事情を知らない水野が訊いてきたが、面倒な佐脇は答えない。そもそも誰であるかを知らないのだ。

女からは、断固として誰とも言葉を交わさない、という強い意志が発散されている。

これはしゃあないなと、佐脇は、水野と店長を連れて事務所の外に出た。

「あの人は、金のためにパチ屋で客を引くような女じゃない。名前は知らないが顔見知りなんだ。誘われたって届けを出したヤツは常連か？」

「以前はよく見かけたんですが、最近は来てません。その、突き出した男によれば、女は『じゃんパラ』の常連で、そこでも客を引いていたと」

「ということは、その男も『じゃんパラ』の常連で、今日はたまたまここに来たってことか？」

「そうなんでしょうね。……この女に誘われてツキが落ちた、とんでもない下げマンだとえらい剣幕で」

女が佐脇を誘ったのも、ここではなく『じゃんじゃんパーラー』でのことだった。金に困っているとも見えなかったあの女だが、あれからも売春まがいの行為を続けていたのか？

しかし、この『銀玉パラダイス』でわざわざ突き出された、ということは、これは『じゃんじゃんパーラー』からの嫌がらせ工作の一環かもしれない。

「だが、その男は、今日に限ってどうしてこっちに来たんだ？　不自然だろ」

「それはそうなんですが……」

店長も思案顔で、店の中を眺めた。と、その視線の先に見覚えのある中年男がいた。

「ああ、あの男ですよ。あの女性をチクったのは」

店長が示したのは、パチンコで身を持ち崩した帽子店の店主、村山だった。

「判った。あいつにもオレは絡みがあるんだ。後は引き取った」

佐脇は店内の通路を進み、所在なさげにウロウロしている村山の腕を摑んだ。

「おい。ちょっと来てもらおうか」

女ではなく、自分が佐脇に目をつけられるのが理解出来ない、という顔をした村山だが、おとなしく事務所についてきた。

事務所の隣の、従業員休憩室を借りて、村山に話を聞くことにした。

刑事二人に挟まれた村山は、居心地が悪そうだ。

「正直に言います。実はその、『じゃんじゃんパーラー』に頼まれて、騒ぎを起こせって」

「まあ、どうせそんなことだろうな。パチ代ほしさに言いなりになったんだろう?」

村山は、ハイとゲロした。

「だったらこれで終了だ。お前さんが売春婦だといってるあの女性は、オレの顔見知りだ。そういうことをする人じゃない」

「はあ……でも、あのヒト、『じゃんじゃんパーラー』でも同じようなコトを」

「判ってる。もうカラクリは判ってるんだ」

村山には、こういう、他人のいざこざのお先棒を担ぐような真似はやめろと諭《さと》して、放免した。

「あの女も放免だ」

「え? でも明らかに客引き行為でしょう? そんな簡単にコトを収めるんですか」

水野は不満そうに言った。

「それにパチンコ屋での売春って、最近いろいろと噂になってますよ。ここはキッチリ追及した方が」

「馬鹿かお前は。パチ屋自体が堂々と違法な賭博をやってるんだ。それも昔ならお上の目を気にする可愛いところもあったが、今はもう、警察も上の方と完全に結託して堂々としたもんだ。パチ屋の中じゃ日本の法律は通用しないことになってるんだろ。もしかしたらあの中は日本でさえないのかもな。売春は違法だが、ショボいウリ程度でいちいち目くじら立ててんじゃねえ！」

「そうおっしゃいますけど、この店のバックにいるのは伊草さんでしょう？　伊草さんと仲良くしつつ、パチンコを批判するというのは、おかしくないですか」

突っ込む水野に佐脇は言い返した。

「だから多少の賭け事は仕方ねえ。多少の売春があっても仕方がないようにな。人間、酒も飲めば博打もするし女も抱く。そういう『悪事』は根絶出来ないし、禁止すれば地下に潜ってもっとヤバいことになる。オレたちはエリオット・ネスにはなれねえよ」

佐脇は水野に指を突きつけた。

「だが、考えてみろ。この日本でパチ屋のバックについてるのはギャングじゃないんだぜ。オレらレベルが甘い汁を吸うのは可愛いもんだ。しかし警察機構の上の方が吸い上げてるのは、甘い汁じゃなくて生き血だぜ。カモになった可哀想な連中の鮮血を啜ってるんだ」

「佐脇さん、それを言っちゃいろいろと差し障りが……署長とか、上のほうが」

「ふん。パチ屋関連にはオレらの先輩諸氏が定年後、ひとかたならぬお世話になってるからな。生活安全課の連中や署長も、パチ屋からの付け届けがなくなったら困るだろうよ。

ウチの署長が付け届けで建てた家は何軒目だ？」

「ちょっと、声が大きいですよ！」

水野は慌て、銀玉パラダイスの従業員もこっちを見たが、今さら警察の公然の秘密が広がろうが、佐脇の知ったことではない。

彼はふたたび事務所に入って、顔を背けたままの女に声をかけた。

「無罪放免だ。万事解決したから、もう帰って結構だ。今後は、紛らわしいことをしない方が身のためだぞ。しばらくはパチンコ屋に出入りしない方がいいんじゃないか？」

そう言われて、やっと女は佐脇を見た。

「無理言わないでよ。なんせアタシはパチ中なんだから。どうしたってふらふらと足が向くのよ」

＊

「吉崎君。一週間と期限を切った件だが、どうなってる？」

うず潮テレビの報道部に顔を出した春山が、美和子を捕まえて訊いた。テレビは本体の新聞に報道を頼っているので、社会部長の春山はマメにテレビの報道部に顔を出している。

「社会部の中でも、君は騒動を起こす問題社員だと評判になっていてね」

春山は、美和子の顔を覗き込んだ。飯森が失踪した件で申し開きができなければ、偽の経歴で入社したいきさつを暴露するというのだろう。

「ウチだって、その、社主にべったりの人間ばかりじゃないんだよ」

そのことでお話が、と美和子はフロアの隅にある打ち合わせスペースに春山を呼んだ。

「実はこの前、飯森さんの件で、鍵を握っているはずのヒトに話を聞いてみたんです」

うん、と春山は頷いた。

「それは誰だ?」

「鳴龍会の北村、という男です」

ああなるほど、と春山は大きく頷いた。

「あの男は、最近ウチに頻繁に出入りしている。こそこそ旧館に通ってて、守衛を通さずに裏から非常階段で出入りしているが、あんな派手な車で通ってれば嫌でも目に付く」

ダークグリーンのベンツのことだろう。

そこで美和子は、一枚の写真を取りだして、突きつけるように春山に見せた。

「こ、これは……」

美和子が北村に後ろから犯されているところを撮ったものだった。「俺に逆らうとこういうモノをばら撒く」とハメ撮りしたポラ写真の一枚を渡されていたのだ。

「北村に飯森さんのことを聞いたら、いきなり逆ギレされて、こんなことに……しかも、これをばら撒かれたくなかったら、飯森さんの名前は一切口にするなと脅されて……」

美和子はさめざめと泣いてみせた。

レイプの事実を突きつけられた春山は、途端にオロオロし始めた。

「いや、悪かった……私がキミに言ったばかりに、こんなことに……」

「北村は、本当に、何をするか判らない怖い男です」

美和子は涙を一杯溜めた目で、春山を見つめた。

「お願いです。私がレイプされたことは、警察には絶対に届けないでください。じゃないと、私……」

「判った。この件を含めて、軽はずみなことはしないよ」

春山はあっさりと、哀願する美和子の言いなりになってしまった。

「……でも、私もジャーナリストとして、このまま黙ってしまうつもりもありません。もう少し時間をください。たぶん……飯森さんは、もうこの世にはいないと思います」

目を剝く春山に、美和子は被せて言った。

「もうちょっと探ってみますから、それまで部長は何も動かないでください！」

春山は、判ったと返事をするしかない。

さめざめと泣く美和子が落ち着くのを待っていたが、しばらく躊躇《ちゅうちょ》した末に、彼はポケットから小さな封筒を取り出した。

「これは、飯森さんが姿を消す直前に、私宛に送ってきたものだ。社内で渡せばいいのにどうしてわざわざ郵送で？　と疑問に思ったんだが、中を見て、納得した」

春山はそれを美和子に差し出した。

「私の判断が正しければ、これは君が持っているべきものだと思う。あとからゆっくり、中身を確かめてくれ」

それだけ言うと、春山は席を立った。

封筒の中には、古い、小さな手帳が入っていた。そして、手帳の持ち主と思われる女性の写真も。写真の女性は美和子に生き写しだった。

＊

馴染みの店には出入りを断られ、家に帰っても自宅待機のひかるに敵意を向けられて、佐脇は居場所がなかった。

だから、警察関係のパーティがあると聞いて、招待もされていないのに会場にやってきた。鳴海で一番の高級ホテル『鳴海パークホテル』の大宴会場だ。

「困りますよ。顔パスで入れられるような、気楽なパーティじゃないんです」

受付をやっているのは、佐脇とは旧知の間柄である警務課庶務係長の八幡《やわた》だった。

「いいじゃねえか。隅っこで黙って酒飲んでるよ」

「もう、勝手なんだからホントに。普段なら絶対顔出してくださいねってお願いしても、平気ですっぽかすくせに……」

メガネで小男の八幡は、ここぞとばかりに嫌みを並べた。

「居場所がなくてもカプセルホテルとか警察の寮とか、あるでしょう?」

「どっちも独房みたいで嫌なんだよ。それにオレは閉所恐怖症だから、カプセルは絶対ダメだ」

「しかしね、今日のパーティは、マズいですよ。鳴海署の署長の写真集出版記念パーティで、本部長も来るんだから」

「写真集? 悪党どもを拷問してるところでも撮り溜めたのか?」

「ほら、知らないでしょ」

八幡は受付テーブルに大判の写真集を出して広げてみせた。素人カメラマンが記念に出したがる、毒にも薬にもならない、平凡な風景写真の数々だ。

「我らが署長は、写真がご趣味で」

「どうせ自費出版だろ? オールカラーですげえ散財したな」

「それが」

八幡の顔を見て、佐脇はすべてを察した。A4判オールカラー二百ページの豪華な写真集を、署長は一銭も懐を痛めずに出版したのだ。金の出所は……。

芳名帳を見て、ハッキリした。北村と、「じゃんじゃんパーラー本部」社長が出席しているではないか。

「ヤクザがこういう場に顔を出してもいいのか？　しかも堂々と」

たしか、暴力団関係者と公務員の接触は厳しく制限されているはずだ。こういうパーティにおいては尚更だ。と、自分のことは差し置いて、佐脇は疑問に感じた。

「取材に来てるのもうず潮関係だけですからね。もう完全に内輪感覚なんでしょ」

「どうせ内輪感覚なら、いいじゃねえか、オレも入れろ！」

佐脇は八幡の関門を突破して会場に入った。

パーティには県警幹部だけでなく、知事こそいないが県庁幹部も顔を出しており、ただの田舎警察署長が趣味の写真集を自費出版した記念パーティとは思えないものだった。

立食だが、寿司を握るコーナーがあれば天ぷらを揚げるコーナーもあり、中央では大きな肉の塊がゆっくり炙られて、それを削いで供するシュラスコも振る舞われていた。

「さっきはマグロの解体ショーもやってたんですよ」

佐脇の後ろから、八幡が声をかけた。

「それじゃ刺身の女体盛りもあるんじゃないか？」

「警察関係のパーティでさすがにそれは……」

と八幡が言いかけた時、余興のショーが始まったが、それはストリッパーのポール・ダンスだった。

「ありゃ」

八幡は驚いて口をあんぐりと開けたが、よく見ると、ダンサーはシースルーのレオタードを着ていた。しかしそれは肌色で、遠目には全裸にしか見えず、問題にされた時の言い訳にするつもりなのがアリアリと判った。

数年前に鳴海のストリップ劇場が潰れてから、こういうものは違法営業スレスレのフーゾク店でしか見られなくなっていたが、そういう店には絶対いない、スタイル良しマスク良し踊り良しのダンサーが、見事な踊りを披露した。

だが佐脇は、そちらよりも談笑しながら見物しているお歴々のほうに興味があった。

今夜の主賓、鳴海署署長夫妻は、制服を脱ぐと、モロにケチな根性が剝き出しの、田舎者夫婦にしか見えなかった。タキシードやドレス姿でも、その貧相さは隠せない。

他の列席者も俗物揃いだ。県警本部長はただ威張っているだけで中身がないのが丸出しだ。茹《ゆ》で蛸《だこ》のような真っ赤な顔で、周りの連中がぺこぺこするのに鷹揚《おうよう》に頷きつつ、機械的にグラスを空け続けている。飲み干すとすぐに近くの者がビールを注いだり別の酒が入ったグラスを持ってくる。気の利いた話をしている様子もなく、かと言って密談に勤《いそ》しむ風でもなく、ただただ機械的に酒を飲んでいる。

もっともそれは、県庁の幹部も似たようなものだ。中央官庁から来ているエリート官僚も県警本部長と同じく、まるで王族のように頷いて酒を飲み続けているだけだ。

だがその招待客の中にいる一人の女性を見て、佐脇は仰天した。

ほんの数時間前、パチンコ屋・銀玉パラダイスで売春疑惑をかけられていた当の女が、着飾って立っているではないか。そして、そばに立っているのはT東署の署長だ。

話しかけてくる人間にそつなく対応し、笑ってはいるが、その瞳はうつろだった。

「おい、あの女」

佐脇は八幡に訊いた。

「あの女は、東署の関係者の何かか?」

「関係者もなにも、れっきとしたT東署署長、富山《とやま》警視夫人であらせられますですよ」

八幡の答えにさらに驚いた。

パチンコ依存症で毎月大金をドブに捨て、あげく店内で売春まがいの真似までする彼女は……れっきとした警察署長の妻だったのか！

佐脇がパーティを面倒がらず、たまに顔を出していれば、こういう席で署長夫人に何度か会っていてもおかしくはなかったのだが。事情通の八幡が解説してくれた。

「あの富山署長が出世の鬼なのは有名ですよね。昇進試験と上の覚えを目出度《めでた》くすることだけで頭が一杯で。広域何号かの事件のときなんか、捜査に命をかけてますとばかり何日も家に帰らなくて……署に泊まり込んで『陣頭指揮』してましたが、あれは却《かえ》って大きな迷惑だったなあ。用がない下の者も帰れなくなるし、あの御仁が署で何をしていたかというと……何にもしてなかったんですからね」

　八幡は、自分が見てきたことのように喋った。

「ま、要するにスタンドプレー大好き人間ですね。幸か不幸か子供はいないそうですが」

　そういう夫だから、妻はギャンブル依存症になり、あげく売春婦の真似などという下品で危険な遊びまでするようになったのか。子供が無いのはむしろ救いだろう。

「富山サン、よくカミさんに離婚されなかったな」

　カミさんの非行は伏せて、八幡に訊いた。

「そこはそれ、男ってものは鈍感でしょ。女房にはエサさえやっておけばまず安心ってね」

　妻帯者の八幡は自分のことのように言った。

「富山署長はやり手で、とにかく金を引っぱってくるのが上手いんです。警察稼業を長くやって偉くなれば、各方面に顔が利くようになりますしね。そのカネで、カミさんには贅《ぜい》沢《たく》させてるらしいです」

　だが、自分が吸い上げた金が、その女房の手によって業者に還元されているとまでは、おそらく知るまい。あの署長がそれに気づくくらいの目配りがあれば、あの女房もあそこまで壊れてはいないだろう。

しばらく会場の様子を観察した佐脇は、彼女が署長から離れて飲み物を取りに来たところを、みはからって近づいた。

「先ほどはどうも。署長夫人」

佐脇の声にぎょっとして、彼女は振り返った。

「ワタクシ、下っ端なんで、こういう場にはあまり顔を出さないせいか、お顔を存じ上げずに大変失礼なことを……」

へりくだってみせる佐脇に絶句していた富山夫人だったが、すぐ例の投げやりな様子に戻ってしまった。

「あなたが佐脇さんだったのね。名前だけは存じてましたけど、私は、夫の仕事に疎《うと》いので、県警有数の有名人であるあなたの顔と名前が一致しなかったの」

疎いと言うより、夫の仕事にまったく関心がないのだから、知らなくても当然だろう。

なるほどね、と佐脇は小さく頷いた。

「どうするの？　あたしのパチ中とかのこと、監査室に言う？　それとも亭主に直接？」

「そんなことをする必要がありますか？」

佐脇は心外だという態度をハッキリ見せた。実際、そういうことは考えてもいなかった。

「パチンコに狂うのも、危険な火遊びをするのも、完全に個人の自由です。アナタはアナタの好きにすればいい」

佐脇は富山夫人の目をじっと見つめた。親身さが伝わる目で、これで多くのフケアリ女を落としてきた彼の必殺技「キラー・アイ」だ。しかし、今はそういう下心はない。

「とは言え、あんまり投げやりになるのは感心しませんな」

ワイングラスをいじってしばらく躊躇《ちゅうちょ》していた女は、「ねえ」と身を乗り出した。

「ウチの亭主と、出入り業者の癒着の話、聞きたい？」

「伺えることならなんでも伺いたいです。今、それに関係ある件をやってますんで」

佐脇はここで、ふと疑問に思ったことを彼女に訊いてみた。

「しかし御亭主は、こう言っちゃナンですが、アナタが今の暮らしを続けるための大事な金づるでしょう？　そんなヒトを、なぜ売り渡すようなことを」

「そうね。私が『警察《かいしゃ》』を憎んでいるのと同じくらい、あなたが、あの業種を嫌っているのが判るから。そういうことにしておかない？」

結構です、ぜひ聞かせてください、と佐脇は応じて、落ち着いて話が聞けそうな場所を探した。このパーティ会場では、富山がめざとく見つけて邪魔に入るだろう。なんせ佐脇は、過激な反主流派なのだ。

「隣に控え室があるけど、出入りがあるから使えないし、ラウンジだって人目があるし……いいわ。言葉で話すより一目瞭然の、証拠を送ってあげます。役に立てていただければ幸いだわ」

夫人はそう言って頷いた。

「いやしかし。ことによってはご亭主が大変なことになるかもしれないが、いいんですか」

佐脇の方が狼狽《あわ》てた。破滅願望、あるいは筋を通したいなどの、使い古された言葉では説明出来ないような不気味さを、夫人に感じてしまったのだ。

「そうね。自分から離婚を言い出せないから、かも。自分でもびっくりしてるけど、嘘の暮らしも長く続くと、ある日突然、もういい、って気持ちになるものなのね」

これでも約束は結構守るほうなの、アテにしないで待っていて、と言い残して夫人は背を向け、挨拶がわりか軽くグラスを持ち上げ、佐脇から離れていった。

それが潮時と感じて、佐脇も早々に退散することにした。

帰り際に富山警視をチラと見ると、亭主は妻の行動には一切無関心な様子で、相変わらず注がれるままに酒を飲み、ガハハと豪傑笑いをしていた。

パーティ会場ではほとんど何も口にしなかった佐脇は、そのまま二条町のショットバーに足を向けた。ここはいつも自腹で支払っているところだし、鳴龍会とは無関係なので、出入りを拒まれることはない。

ここで出来る唯一の料理であるオムレツを肴《さかな》に、彼としては珍しくシャルドネなど飲んでいると、携帯電話が鳴った。

『やあ、佐脇さん。今晩は何を飲んでいるんですか』

相手は、かつての好敵手で、今は微妙な関係にある警察庁のエリート、入江だった。

『バックにジャズが流れてるんでね……鳴海署じゃないだろうと』

「ご明察だね。ダメ男だから、居場所が無いんだよ」

『私もそうですよ。だから、必要もない残業をして、まだ役所にいます』

「残業してれば自動的に残業代のメーターが上がるだろ。やっぱり頭のいいヤツは違うね。タダ暇を潰すだけじゃなく、同時に金も儲けてる」

ははは、と入江は乾いた笑い声を出した。

「で、入江警視殿、今夜は何のお説教ですか」

『佐脇さんにお説教なんて、とんでもない。現場の師として尊敬してるんですから』

「心にもないことをしゃあしゃあと。どこまでいっても食えない男ですな、あんたは」

入江と電話で話すと、冗談なのか嫌みなのか判らないような会話が延々と続いてしまう。以前、入江が鳴海署に刑事官として乗り込んできた時は食うか食われるかの対決になったが、ハッキリと勝敗がつき、入江が東京に撤退してからは、敵である佐脇に塩を送ってくれるような関係になっている。今のところ、塩は佐脇の輸入超過状態で、入江の本心がどこにあるのかは判らないが、そういう、いわば腐れ縁に近い存在になっている。

『いや、ちょっと電話したのは、他でもないことです』

ひととおり嫌みの応酬が済んだあと、入江は声の調子を変えた。

『毎度のことですが、こっちから見ていても、あなたは危なっかしすぎます』

「今度はナンですか？　パチンコ絡みのことですか」

『そうです。自分で判ってるなら、どうして案配良くやらないんです？　そういうバランス感覚こそが、佐脇さんの数少ない取り柄なのに』

入江が地獄耳とはいえ、こうして中央の警察庁にまで知れ渡っていると言うことは、警察とパチンコ業界の癒着を快く思わず、またそれを隠そうともしない佐脇の言動が、それなりに警察組織内部でも波紋を呼んでいると言うことだろう。

『佐脇さん。あなたは、警察という組織を正面から敵に回そうとしてるんですよ。あなたの考えも判らないではないが、もうちょっとやり方を工夫しないと』

「そうか。例の業界は、中央レベルで食い込んでるんだよな。デカい金が動くんだもんな」

『そうです。だから、佐脇さんレベルで動いても、どうにもならんのですよ。だからといって放置しろと言ってるんじゃないんですが』

軽々に動くと身を滅ぼすぞと言う警告だ。それは充分判っている事なのだ。

『それとですね、この前やられたマルサですけど』

「お前さんはなんでも知ってるんだな」

『当然でしょう。国税と警察はお友達ですから。で、マルサの結果の暫定速報が来てるんですがね、知りたいですか』

「もちろん知りたいよ。試験の結果は一刻も早く知りたいのと同じだ」

『そうですか』

入江は意地悪く、有名司会者が正解を口にするのを焦らすように、わざと間を置いた。

『佐脇さんはどう思います？』

「……はぐらかすなよ。お前さんが根性悪いのは知ってるが、こういう局面ではすんなりいこうぜ」

ははは、とまた乾いた笑い声がした。

『試験といえば佐脇さんも、たまには昇格試験とか受けたらどうです？　それはともかく。国税は、振り上げた手をどう下ろそうか思案してるところですよ』

ということは、完全なシロということか。

『悪徳刑事、ワイロ刑事、裏金刑事、ヤクザと密着刑事、とさんざんやった手前、何もありませんでした、じゃ国税も引っ込みがつかないでしょう？　連中が面目を施せるような「お土産」がないものか、かなり高いレベルで検討してるところだそうですよ』

「はあ……」

佐脇は、気が抜けた。連中の鼻を明かして愉快、というより、徒労感が募《つの》った。

『まあ、思うに、佐脇さんに対するワイロは、店の勘定をタダにする、というのがメインで、金銭の授受も、現金ベースでしょう？　しかもその金額が、ハッキリ言って……』

「チンケな額で、損金扱いというか、まあオレも帳簿のことはよく判らないが、要するに雑費として処理出来る範囲って事だろ。まあ、オレが受け取るワイロなんて、そんな程度の可愛いもんよ。お前さんたちエリートとは桁《けた》が違う」

『その代わり、チマチマと回数も多いから、まとめれば結構な額にはなりますよね』

「それでも東京や大阪の超高級クラブで豪遊したり、海外旅行に行ったり、マンション買ったり、高級車を乗り回したりは出来ないぜ。田舎は都会とは貨幣価値が違うんだ」

『いいじゃないですか、田舎でお大尽やるっていうのも。東京で儲けて田舎で使えば、理想的でしょうな』

意図的なのか、入江は話をはぐらかした。

『まあとにかく、牽制するようなことも言いましたが、私は、佐脇さんの考えには基本的に賛成ですよ。昔からのシガラミがあるとは言え、パチンコとソープは日本の二大違法産業ですからね。このままじゃ法治国家の名が泣くというもんです。……ですが、佐脇さん。その向こうに、なにがあるんです？』

さすがは入江。佐脇の本音を突いてきた。

『佐脇さんのことだ。単純に、違法だからパチンコを叩きつぶせみたいな無茶なことを考えてる訳じゃないですよね。パチンコをどうこう言うのは、その向こうに本丸があるからだ。そうでしょう？』

「……さすがですな。その頭脳を、どうして警察行政にもっと生かせないんですか？」

『それは上に言ってください。ま、有能すぎると日本ではやっかまれて潰されます。佐脇さんも同じでしょう？　地方と中央の違いはあっても』

「ま、あんたにウソを言う理由もない。たしかにそうだよ。パチンコ業界うんぬんは、いわば攻撃の手段でしかない。今追ってるテキのアキレス腱だからだ」

『そのテキとは……？』

「それがあんたに判ればエスパー認定してやろう」

ははは、とまた笑い声がした。

『失礼。まあ、はっきり言わないところを見ると、けっこう手強い相手なんでしょうな。しかし、パチンコ業界を攻め道具にすると言うのも難儀な話ですな』

「まあ、早い話が、テキの金づるが新規参入したい県外のパチンコチェーンなんだ。で、オレとしては、それを妨害したい。さりとて、テキはこの県のエラい人たちと結託してるんで、チンピラ警官がそうそう妨害は出来ない。何か方法がないか、考えてるんだが」

『ああ、そういうことですか』

入江の声が明るくなった。

『そのパチンコチェーンは、おたくの県内に、新規出店したいんですね？　ならばその出店をやめさせれば、一番手っ取り早くダメージを与えられますよね』

「そうだな。それが出来れば、デカいだろうな。しかし、テキは許認可を握ってる県警や公安委員会のお偉いさんとツーカーなんだ。簡単に許可が下りて店は建ってしまうよ」

あははは、とまたも笑い声が響いた。それは乾いたものから、本気で愉快そうなものになってきた。

『それなら簡単です。実に簡単だ。判りませんか？』

「判らんよ。オレはあんたほど頭が良くないからな。もったいぶらずに教えろ」

『現場の刑事さんのクセに、法令に疎いですな。そんなことでどうするんです』

「だから！　オレは試験勉強は嫌いなんだ」

佐脇は苛立って声を荒らげた。

『判った判った。判りました。おたくの県条例がどうなってるか判りませんが、多くの地方の条例では、学校や病院、公園などの施設から「百メートル以内」にパチンコ屋が在ってはいけないことになっています。つまり、言い換えれば』

「……パチンコ屋の新規出店予定地の百メートル以内に、公園を作ってしまえばいい。そういうことか？」

『まさしく。学校や病院は作るのは大変だけど、公園ならそうでもないでしょう？』

「おお！」

佐脇は思わず声を上げた。

「有り難うよ。毎度のことだが、恩に着るぜ」

佐脇は、勘定をカウンターに放り投げると、店を飛び出した。

第六章　最悪の獲物たち

翌日、朝一番で市民団体『パチンコ撲滅！　怒れる市民連合』の事務所に乗り込んだ佐脇は、挨拶《あいさつ》抜きで本題に入った。

「用件は、他でもない」

「他でもないって……我々を逮捕するとでも？」

応対に出たオカッパ女とラコステ男は動揺し、強《こわ》ばった顔で訊いた。佐脇を門前払いする勇気もなく、潰れた商店を改装した、粗末な事務所に上げてしまったのだ。

「今のところそのつもりは無い。ところで、外には『パチンコ撲滅！　怒れる市民連合』と並んで『ギャンブル依存を考える会』というプレートも出てたが、同じ団体なのか？」

「抗議の度合いや内容によって使い分けてますが……それってなにか罪になりますか」

「ならないよ、別に。だけど、この前、アンタらがうず潮新聞に抗議に行った時は、両方一緒だったよな？」

「それは……抗議団体が多い方がインパクトあると思って……それも罪にあたります

か？」

「あたらない」

カッパとラコステは心配そうに訊ね、佐脇はそれをすべて否定した。

「それを聞いて安心しましたが……その、他でもない用件というのは」

「どうだ、アンタら。オレと組んで、あのパチンコチェーンの『じゃんじゃんパーラー』を潰さないか」

「え」

二人は絶句した。意味が判らないらしい。

「つまりだな、あの『じゃんじゃんパーラー』は、この鳴海市に更なる出店を企てているわけだ。文字通りじゃんじゃん店を出して、旧来の『銀玉パラダイス』を駆逐して、鳴海のパチンカーを独占しようという魂胆《こんたん》なのは、アンタらも知ってるよな？　それを潰す」

「アナタ……おまわりさんですよね？　警察のヒトが、そんなこと出来るんですか？」

ラコステがおずおずと訊いた。

「だからオレには出来ない。出来るわけないだろう。表向きには。だから、アンタ方、市民の力が必要なわけだ」

『市民の力』というフレーズがツボを突いたのか、二人の顔は思わず綻《ほころ》んだ。

「いいか。パチンコ店の新規開業については県の公安委員会に許認可権がある。オレは、じゃんじゃんパーラーが提出している新規出店の許可申請書のコピーを手に入れてきた。当然、出店予定地の、正確な場所も判っている」

佐脇はコピーの束を無造作に投げ出した。

「はあ……そこにデモしろと?」

「違うよ!」

佐脇は地図を広げて、出店予定地に赤ペンで印をつけた。

「ヤツらが予定地を取得しているのは、ここだ。バスターミナルのすぐそばで、市役所にも近くて、ショボいが商店街もある。近くに『銀玉パラダイス』も既にあるが、『じゃんじゃんパーラー』はここに、駐車場スペースを大きく取った店を作ろうとしてる。オレが得た情報では、あと数ヵ所の土地も物色しているようだが、まだ具体的に書面にはなっていない」

「はあ……」

二人の市民運動家はまだ判っていない。

「ところで、パチンコ屋は、その半径百メートル以内に学校や病院、公園があると営業許可が下りないんだ。それは知ってるよな。で、この出店申請は出されたばかりだ」

「出店妨害をするのに、学校とか病院を作れと? 我々が? それは無茶だ」

二人は目を剝いた。細々と市民運動をやっているらしい実情は、殺風景な事務所の様子からも見て取れる。

「第一、百メートル以内の土地を買って学校とか病院を建てる準備を始めた段階で、連中がこっちの計画の妨害に乗り出してくるでしょう？　妨害工作が妨害されて、泥沼になってしまいます。それに、相手はパチンコ屋とは言え、ヤクザですよ。それも関西の」

二人とも明らかに怯《おび》え、腰が引けている。

「だから……ねえ、もっと頭を使おうよ、頭を」

佐脇はラコステ男のおでこをつんつんと突ついた。

「学校や病院じゃなくて、公園。公園ならカネはかからないだろ？　土地を整地するだけというのもアレなら、ブランコでも置きゃあいい」

「だけど、空き地を公園と言い張っても、きちんと公園と認められなければダメなのでは？」

カッパがもっともな疑問を口にした。

「それはそうだ。だから、公園を公園であると認めさせるには、公園として使ってくれと鳴海市に寄付しちまえば話が早い。市としては、公園を寄付されて、まさか要りませんとは言えない。で、そういう既成事実を作っちまえば、県の公安委員会がどれだけ連中に抱き込まれていようが、これはもう、どうしようもない。条例がある以上、ね」

そう言って、佐脇はニヤリと笑った。

「凄《すご》い！　完璧だ！　さすがはワルの刑事さんだ」

この案は東京の頭のいいヤツに教わったとは言わず、佐脇は自分の手柄にした。

「だけど、刑事さん。それは作戦としては完璧だが、根本の問題があるでしょうが。その土地を、どうやって工面するんです」

「そこだよ、アンタ方の出番は」

佐脇は、じゃんじゃんパーラー新規出店予定地の周りに円を描いた。

「この範囲の中に、道路に面したコーナーに土地を持ってる人物が居る。朽ち果てたボロ屋でゴミ屋敷と呼ばれているんだが」

「村山屋敷」

カッパが即答した。そのへんでは有名な家らしい。

「その持ち主は、世捨て人みたいな老人だよな？　で、この息子というのが、実にアンタらが糾弾《きゅうだん》してやまないところの、パチンコに狂って人生をダメにした大馬鹿野郎で」

二人の市民活動家は顔を見合わせた。

「ちょっと何言ってるか判らない……」

「頭を使いなさい、アタマを！」

苛《いら》ついた佐脇はつい、大声を出してしまった。

「たぶん村山老人は息子の穀潰《ごくつぶ》しぶりにガックリ来て、生きる希望もなくしちまってる筈だ。そこに、アナタの人生、まだまだ捨てたもんじゃない、アナタにはこの世に生を受けた意味がある、と持ちかけるんだ。人生の最後に、いい事をしましょうよ、とね」

ああそうか！　と、二人は顔を見合わせ、膝を打った。

「老人に、敷地を寄付させるよう、説得しろと？」

「そういうこと。だがそれは、筋としてオレが出来ないことだろ？　あくまで、一般市民同士のお話、と言うことじゃないとね。あそこなら、ブルを入れればすぐに整地出来るし。公園としては狭いが、『プチテラス』とかなんとか適当に名目をつけちまえばいいんだ」

「そう上手く行きますかね、しかし」

「しかし、なんて言ってる場合じゃない！　馬鹿かお前ら」

佐脇はまた一喝した。

「グズグズしているうちに時間が経って、公安委員会は新規出店を許可しちまうぞ。いったん許可が出たら終わりだ。裁判を起こしても勝ち目がない。これは奇策だ。奇策だけに、相手が思いもつかないスピードでやってしまわないと意味がない。判るな？　だったら、まずは行動だ！　アンタらサヨクは何だかんだと理屈が多くて腰が重くてイカン」

佐脇にどやしつけられアドレナリンを注入された形のカッパとラコステは、わたわたと立ち上がった。

朝イチで一仕事済ませた佐脇が、朝昼兼用の食事でラーメンを啜《すす》っていると、店のテレビが美和子を映し出した。一瞬、アダルトショップでの映像が流れたのかと期待したが、そうではなかった。

美和子はニュース・リポーターとしてなにかの当事者らしい人物にマイクを向けている。途中からだし、その相手の顔にもモザイクがかかり、声も変えられているので、最初は判らなかったのだが、聞いているうちに何の話か判ってきた。

モザイクのかかった人物は、誰あろう、目下、佐脇が追っている傷害犯・唐木だった。

『ある悪徳警官に裏金を渡していたんスよ。だけど……そのオマワリが要求してくる金額がどんどん増えてきて。ウチに限らず、オマワリにはカネをね、握らせてるのはまあ、普通っちゃ普通なんですけど、それだって限度ってモノがあるでしょ。袖の下ですよ袖の下』

訊いている美和子は、信じられないという表情をつくり、頷《うなず》いている。

『で、あんまり凄い額を言われたんで、上と相談してからじゃないとちょっと、って、その場は断ったんです。そうしたら、次の日、抜き打ちで検査ですよ。ウチは別に悪い事してないけど、そういうの、ヤクザ以上に悪どいじゃないッスか。カネ出さないから検査って。そういう検査って、なんのかんの重箱の隅をほじくられて違反にされるんですよ。もう、やらずぶったくりってことです』

　モザイク越しにも、唐木が憤慨して見せる様子が判る。

『で、もうオレ、カッと来て』

『それで、検査員を殴ってしまって逃げているわけですね？』

　美和子が、テレビ用につくった真剣な表情と声音で質問する。

『そういうこってす。殴る相手が違ったんスけどね。けどさぁ、オマワリ殴ったら公務執行妨害だし。あいつら、ヤクザ以上にタチ悪いんだよね。平気でこっちをハメるんだからさぁ。カネはせびるし一般市民をハメるし、もう、ひどいもんですよ』

『そんな悪い警察官がいるんですね。名前、言えますか？』

『言えますよ。（ピー）って野郎です。今やり玉に挙がってるあの刑事ですよ。ヤクザとデートしてるアイツ。最悪のヤツですよ、アイツは』

　名前の部分にはピー音が入ったが、流れからして、どう考えても唐木は「佐脇」と言ったはずだ。

　佐脇は飲んでいたラーメンのスープを噴《ふ》いた。

「なんだそりゃあ」

　もちろん佐脇は、唐木とは面識はない。会ったことはあるかもしれないが、ワイロをせびり取る仲ではない。いや、だいたいが、パチンコ屋の副店長のような下っ端から袖の下を強請《ゆす》り取るほど、自分はチンピラではない。集金の相手は、鳴龍会では伊草だ。それに、伊草とは上手くいってるから、検査を武器に脅す必要はまったくないのだ。

『ウチの店は、「裏ロム」を仕掛けてますからね。それが検査でバレるとヤバいんですよ』

『裏ロムというのは、パチンコの出玉を操作する機械のことですか?』

『そうです。イカサマをやる道具です。でもね、そのへんは(ピー)とはナアナアでしたからね。警察は知ってるんですよ。警察っつーか、(ピー)が、ですけどね』

案の定、警察批判が佐脇個人に対する批判にすり替えられている。

しかしそもそも裏ロムなら、『じゃんじゃんパーラー』の方が盛大に仕掛けている筈だ。むしろ『銀玉パラダイス』は警察との関係を穏便にしておきたいから裏ロムをほとんど使っていないと聞いている。なのに、その銀玉パラダイスを諸悪の根源のように報道するのは明らかに、うず潮テレビが事実をねじ曲げているのだ。

美和子は、誰の命を受けて動いているのだ? 北村か? それとも更にその上の方か?上の方とすれば、それはうず潮新聞の筋か、関西のヤクザか?

その両方が結託している可能性もあるだろう。

地元の独占的マスコミと、関西ヤクザが結託。

面白くない。いつもなら面白がるところかもしれないが、なんだか面倒な感じが先に立った。地元のヤクザや、阿呆な警察上層部が相手なら自分のキャパシティで対応できるが、関西の広域暴力団が控えているとなると、さすがに荷が重すぎる。

だからといって放り出すわけにもいかない。さて、どうするか？

「おい、ビールくれ」

飲みながら考えようと、グラスに注いで飲もうとした時。携帯が鳴った。

『佐脇さん。例の件ですが、大変お待たせしてすいません。あいつの居所を突き止めました』

伊草だった。声にホッとした調子がある。

「アイツって、唐木のことか」

『そうです。さっき、組事務所に電話がありまして。話がしたいと』

「テレビに出て、さんざん勝手な事を言ったから、その言い訳をしたいってか」

佐脇はコップ一杯だけビールを飲むと、伊草が指定した場所に向かった。

唐木は、鳴龍会系の建築資材会社の事務所にいた。パチンコ屋に勤める前は、ここで在庫管理の仕事をやっていたのだ。

「入るぞ」

一階が駐車場になっているプレハブの事務所には、スチール製の事務机が幾つかと社長用の大きめの机があり、部屋の中央には応接セットがあった。

唐木はソファにアグラをかいて座り、顔を伏せたまま、大きな灰皿にタバコの灰を落としていた。その前には伊草が腕組みをして、睨むように対峙《たいじ》している。

「こちら、佐脇刑事だ。お前は初めてだろ」

伊草に言われて振り向いた唐木は、俯向《うつむ》いたまま首を突き出して、横着な会釈をした。

「お初です」

「お初な奴が、テレビじゃずいぶんなことを言ってくれてたじゃないか」

「あれには……まあ、いろいろと渡世の事情がありましてね」

唐木はそう言ったっきり、タバコを吸う作業に没頭して黙々と煙を吐き出した。

「そうかそうか。で、その渡世の事情とやらを聞かせて貰おうか」

「……これって、取り調べじゃないですよね？　言いたくないことは言いませんよ」

「好きにしろ。オレが許しても、こっちの伊草サンは許さないかもしれないがな」

佐脇は伊草の隣に腰を下ろした。

その瞬間、伊草が勢いよく立ち上がったので、唐木はパニックになって手で顔を覆い、身体を丸めて防御の体勢になった。ぶるぶると全身が震えている。

「……何してるんだ。茶を淹れるんだよ」

伊草は、マメな手付きで傍らのテーブルにある急須に茶葉を入れ湯を注ぎ、三人分の茶を淹れた。本来は下っ端である唐木がする仕事だ。

「申し訳ないッス」

　茶を出されて、唐木は伊草にはぺこりと頭を下げた。その顔には、殴られた痕《あと》があった。それもまだ新しい。

「で？　お前は唐木三郎、銀玉パラダイス二条店の副店長。間違いないな？」

　唐木は黙って頷いた。

「お前は、＊月＊日の午後四時、鳴海市二条町のパチンコ店『銀玉パラダイス二条店』で、立ち入り検査のために訪れた遊技産業健全化推進機構の検査要員に対し、暴言を吐き、胸を突いたり顔を殴ったりしたな？」

　唐木は頷いた。

「このまま警察に自首するということでいいか？」

　が、今度は、唐木は頷かなかった。下を見つめたまま、じっと動かなくなった。

「犯行を認めて、オレたちとこうして会ってるのに、自首しないのか。じゃあ、何しに来た？」

「それは……」

　唐木は喋りかけて、黙ってしまった。言葉が見つからないのか、言ってはいけないことを頭の中で整理しているのか。

「おれとしては、お前を佐脇さんに引き渡せばそれでいい。じゃ、そういうことで」

伊草は腰を浮かした。が、肝心の唐木は俯向いたままで一切動こうとはしない。

「詳しいことは警察で訊くが、それじゃダメなのか?」

「……やっぱり、よす」

何が気に入らないのか、唐木は首を横に振った。

「俺は警察には行かないし、これ以上、伊草サンの指示も受けない」

「なんだとテメエ」

いつもは温厚で貫禄あるところを見せている伊草が、応接セットのテーブルを蹴った。

「オメエが出て来たから自首の段取りつけてやったんだろうがよ。それをなんだ? 往生際の悪いガキみてえにウダウダと! だから今どきの若いモンは使えねえんだよ」

「この際、年令とか世代は関係ねえでしょう」

唐木は顔を上げて伊草を睨《にら》んだ。

「簡単にレッテル貼るな」

どうやら唐木は、自首を言葉で説得されたのではなく、拳《こぶし》で納得させられたようだ。

「時代は変わったよな。俺なんかの修業時代は、殴る蹴るは挨拶代わりだったがな」

つい最近まで、中学高校の運動部はシゴキが当然だったし、そんな体育会系ノリの会社も多かった。いわんやヤクザ社会においてをやだ。だが、昨今はヤクザ稼業の厳しさに耐えかねて場所もあろうに警察に駆け込む構成員も多いし、実際、ヘマをやらかして叱《しか》った途端、その場で辞めてしまう根性無しも珍しいことではない。

「殴られて根に持ってるんじゃねえです。ただ……あんたの言葉を信じて自首しても、いい事があるのかって心配で」

「馬鹿。ケジメさえつけりゃウチはきちんとしてやる。しかしだ……」

伊草は唐木の顎を摑んで顔を上に向けさせた。

「お前、検査員を殴ったのも、今日まで逃げてたのも、最後の最後でこうして往生際悪くゴネてるのも、誰かの差し金じゃねえのか？　俺が訊いたところでは、検査員とは普通のやり取りをしていたのに、お前がいきなり殴って逃げ出したそうじゃねえか。不自然だろ。正直に言え。バックに誰がついてる？　北村か？」

唐木は伊草の腕を振り払って立ち上がった。

「あんたらは、信用出来ないんだ！　あんたらは、責任を俺に全部押しつける気だろ！」

「はぁ？」

意外なことを言い出した唐木に、伊草と佐脇は口をあんぐり開けた。

「責任ってお前、検査員を自分で殴っておいて、それ、どうするんだ？　俺か店長が、お前に検査員を殴れと指示したか？　自分のしでかしたことに妙な理屈つけて、ケツまくる気かよ、テメエは。佐脇サンにわざわざ来てもらった俺の面子はどうなる？」

ドスを利かせる若頭に、唐木は追い詰められ、冷静さを失った。

「うるせ〜っ！　お前ら、ヤクザとデカが仲良しこよしでチマチマやってればいいだろ！　こんなクソ田舎で少ない分け前を仲良く半分こして酒でも飲んでりゃ満足なんだろうが、俺はイヤだね。ヤなこった！」

「だから、お前、北村の口車に乗ったのか？　わざと警察沙汰を起こして、鳴龍会をマスコミに売ったんだな」

「いやいや伊草サンよ、こいつがそこまで考えてるもんか」

伊草は自分が頭が良くて策略家なものだから、あれこれ絵図を読んで考えるが、この唐木にそんなアタマはない。おそらく北村に焚《た》きつけられて動いただけだろう。

佐脇はカマをかけてみた。

「で？　北村とはどういう約束があるんだ？　お前がムショに入ってる間、誰か大切な人の面倒を見てやるとか、お前がムショから出て来たら北村の片腕にしてやるとか、どうせそういうコトなんだろ？」

「そうかもしれねえな。若頭、いや、伊草さんよ。アンタは落ち目だ。俺が出所した頃には天下は変わってるだろうぜ」

北村とのつながりをアッサリ白状し、おまけに空元気《から》なのかニヤリと笑ってみせる唐木の馬鹿さ加減に、佐脇は呆《あき》れた。

「馬鹿かお前。Ｖシネの見過ぎじゃねえのか？　ムショムショって勲章みたいに言うが、お前は初犯だぞ。逃走した罪が加わっても執行猶予かもしれん。相手は軽傷だしな。全治二週間なんて、かすり傷だぜ。たとえ実刑打たれても、拘置期間を引いてすぐ出所って話だぜ。つまりお前は、自分で思ってるほどデカいことやったわけじゃねえ。北村も、恩義なんざまるで感じないだろうッてっことだ」

唐木は刑事の言葉に目に見えて動揺した。立ったまま拳をぶるぶると震わせている。

「……つまり、アンタが言うのは、俺は大馬鹿者だってコトか」

「その通りだ。だから、馬鹿の上塗りはやめて、ここらでリセットしようぜと言ってるんだ」

はあ、と一気にしょげてしまった唐木は、がっくりとソファに腰をおろしかけた。

が、佐脇と伊草が顔を見合わせて苦笑しつつヤレヤレと言っているのを見て、表情が変わった。

「やめた！　やっぱりやめた！　自首もしねえし、お前らの言うこともきかねえ！」

そう叫ぶと、いきなり湯飲みやポットを収納した食器棚に飛びつき、抽斗《ひきだし》の中にあったフルーツナイフを摑んだ。

「お、お前ら俺を馬鹿にしてンだろう？　北村さんが言ってたんだ。伊草と佐脇はホモみたいにつるんでるって。鳴龍会は実のところあの二人が牛耳《ぎゅうじ》ってるんだって。オマワリのいいようにされるヤクザなんか、カスのカスじゃねえかよ！」

「まあ待てよ。オレは伊草からカネは貰うし、いろいろと旨い汁も吸わせて貰ってるが、鳴龍会は鳴龍会だ。オレごときがいいようにできる訳はないだろう？　冷静になれ」

なだめるように佐脇は言ったが、唐木はもはや聞く耳を持たない。

「警察もコロコロ方針変えやがって。そのたびに民間の俺たちはワリを食うばっかりだ」

「民間……か。警察が官製のワルなら、お前らは民間のワルか。まあ、当たらずと言えども遠からずだな」

「とッとにかく、俺は自首しねえ！　逃げられるだけ逃げてやる！」

「……おい、北村にはどう言われたんだ？　どうせこの辺で自首して、取り調べで佐脇サンの悪口を言いまくり、裁判でも俺や佐脇サンを悪党にするようなことを言いまくれとか、そんな指示を受けてたんだろ？　じゃあその通りにしろよ」

ナイフを構える唐木に伊草は手を挙げ降参のポーズを取っているが、隙あらばナイフを取り上げようとしていた。それはタックルしようとウズウズしている足の動きで判った。

「俺……正直、よく判らなくなってきた」

唐木の顔は青ざめていた。

「やっちまったことはもう元には戻せないし……あの時素直に捕まってりゃ、大したことにはならなかったのかもしれないけど……もう遅いし」

「遅くないぞ。ここでオレに捕まって、きっちり話をしてくれれば、穏便に済ましてやる」

「だから……そうやってサツは上手い事言うけど……簡単に裏切るからな！」

佐脇は、自分がそういう裏切りをしたかどうか、急いで思い出そうとした。しかし心当たりはない。上司は裏切っても、仲間は裏切らない。仲間の筆頭は伊草だし、鳴龍会の連中を裏切った覚えもない。

「お前、北村に嘘を吹き込まれてるんだ。で、お前も単純だから信じちまって。おい。オレがいつ、誰を裏切ったのか、きっちり言ってみろよ」

佐脇も、この男の隙を突くのは難しくないと感じて、一歩前に進み出た。相手が構える拳銃を奪い取ることさえあるのだ。ナイフなんか簡単だ。

「唐木よ、いろんな人間、裏切ってたのはお前だろ？　いい加減に観念しろ」

だが、追いつめられた唐木は突然錯乱した。

「わーっ！」

大声で叫びながらフルーツナイフを振り回し、近くにあったファイルや書類を手当たり次第に投げつけ、伊草と佐脇が一瞬ひるんだところを、入り口にかけてあった車両のキーを鷲掴みにして事務所から飛び出していった。

佐脇と伊草が慌てて追いかけると、唐木が鉄階段を転がるように駆け下り、下の駐車場に駐《と》めてあった大型ダンプに乗り込むのが見えた。すぐにエンジンがかかる。

「おい！　どうする気だ！　降りろ！」

佐脇と伊草はダンプの前に立ちはだかったが、唐木はアクセルを踏んだ。

大型ダンプは野獣のようなエンジン音を上げて突進してきた。

轢《ひ》かれる寸前で二人は飛び退き、大型ダンプはタイヤを軋らせて建築資材会社の駐車場を飛び出すと、左折してさらにスピードを上げた。

「あっちはバイパスだ！」

二人は伊草のメルセデスＷ２２１に飛び乗って、後を追った。

佐脇は車内から携帯を使い、鳴海署交通機動隊にバイパスの交通遮断を要請した。

「常軌を逸したヤツが大型ダンプを運転してる。絶対に止めろ！」

その間にも唐木のダンプは、前をトロトロと走っていた軽自動車に追突して水田に突き落とし、さらに車線変更が間に合わなかったバスにも激突して弾き飛ばした。

「ダンプって、すげえなあ」

佐脇は思わず正直な感想を漏らした。まさに、走る狂気に操られた走る凶器だ。

ダンプは交差点の信号も無視した。相手が相手だけに他の車はパニックになってブレーキを踏み、その後ろで多重追突事故が発生したが、唐木のダンプは無傷だ。行く手をふさがれた佐脇たちは仕方なく、別ルートをとってバイパスに先回りすることにした。

裏道を抜け、バイパス入口に到着したところで、鳴海署が検問を張っているところに出くわした。急遽調達したらしいショベルカーや警察車両の金網バス、パトカーなどを横づけして道路を封鎖している。しかし、そんなものは大型ダンプの敵ではない。

「ダメだこりゃ……」

佐脇と伊草が顔を見合わせる間もなく轟音とともに唐木のダンプが突っ込んできた。

障害物を認めた途端、爆走するダンプのエンジン音は止まるどころか拍車がかかった。テンパった唐木がさらにアクセルを踏み込んだのだ。警官たちが蜘蛛《くも》の子を散らすように逃げまどう。佐脇たちの目の前で一〇トンダンプはバスやパトカーに激突し、あっさりと弾き飛ばした。

派手なアクション映画さながらにパトカーがごろごろと横転したが、映画とは違って、そう簡単には爆発炎上しないし、警官も脊髄《せきずい》反射で撃ちまくったりはしない。

重機のアームが、かろうじてダンプの運転席を掠めたが唐木は無傷だ。据わった目つきのまま、ハンドルにしがみついている。

「検問を突破したぞ！」

ヤクザの幹部・伊草が運転するベンツの助手席に乗った佐脇は叫んだ。

遅ればせながら逃走するダンプのうしろから警官が拳銃を撃った。だが、巨大なタイヤは弾を跳ね返し、頑強な荷台は強力な防弾装置と化していた。

「佐脇さん……ちょっとあそこ。カメラが狙ってますよ」

マスコミを気にする伊草が言ったが、今この状況でなにが大事かと言えば、当然、暴走ダンプが引き起こす事故を防ぐことだ。

「馬鹿かお前は。そんなこと言ってる場合か。とにかく、追え!」

唐木が運転席の窓を開けた。なにやら叫びながら、物凄い形相でハンドルを握っている。耳をそばだてると、「佐脇が全部悪いんだ!」と怒鳴っているように聞こえた。

一〇トンの大型ダンプカーは八〇キロ以上のスピードを出して交差点に突っ込み、曲がりきれずに付近のガードレールをもぎ取り、信号機のポールをへし折って、爆走した。

「このまま横転してくれれば手間が省けるのに」

「ヤツは……どこに向かってるんでしょう?」

交差点を無理やり右折した、その先にあるのは二条町だ。

「二条町か……銀玉パラダイスの二条店があるな。もしかして……あのダンプで突っ込もうとしてるんじゃないか?」

これはまずいと佐脇は、携帯電話で各署に警報を出した。

「暴走ダンプが二条町に向かってる。銀玉の店に突入する可能性がある。なんとしてでもダンプの進行を食い止めろ! 店の客も避難させろ!」

佐脇は、この車がパトカーではないことに歯がみした。赤色灯を回してサイレンを鳴らし、他の車を蹴散らして現場に先回りしたいが、それが出来ない。

「ええい面倒な！　これは緊急事態だ。警官のオレが乗ってるんだからなんとでもなる。いいからぶっ飛ばせ、伊草！　ぶっ飛ばして唐木の先回りをするんだ！」

伊草は無言でアクセルを踏んだ。

ヤクザの幹部が乗る車と言えば、今はたいがいがメルセデス・ベンツだが、この車はただ高級なだけではなく、安定してかっ飛ばせる高速性能を誇っている。この車のハンドルだけは他人には絶対握らせない伊草も、スピード狂として知られていた。

軽いGとともに佐脇の身体がシートに押しつけられた。

とろとろ走る先行車を右に左にとかわしたベンツは、ダンプの前に躍り出た。

ここでブレーキをかけても、ダンプが相手ではさすがのメルセデスも飛ばされてしまうだろう。

「先回りするしかないね、ここは」

伊草は佐脇の返事を待たずに、いっそうアクセルを踏み込んだ。

エンジンの音が多少高まったが、その走りは抜群に安定している。

「だからドイツ車はつまらねえんだ。イタ車みたいに一生懸命なところが見えないのが嫌みだぜ」

「こいつはエグゼクティヴ・カーですからね。必死さが見えちゃイカンのです」

赤信号の交差点も、左右からの車の発進が遅いと見れば構わず通り抜ける。

スピード違反どころか完全な安全運転義務違反だが、パトカーが追ってくる気配は無い。誰もこの車に追いつけない、と言うよりも、警察もダンプを阻止する方が先決なのだ。

やがて二条町の、道の狭い区域に入った。伊草はクラクションを鳴らしっぱなしにする。問答無用で他の車は止められ、ベンツが最優先で通行した。この界隈でこんな横柄な運転をするベンツと来れば、ヤクザが乗ってる以外考えられない。

銀玉パラダイス二条店前に、ベンツはつんのめるように止まった。繁華街の路面店だから、駐車場はない。路上駐車だ。

車を降りた佐脇は、店の周囲にたむろする人混みを掻き分けて店に飛び込んだ。

一報を受けて、すでにほとんどの客は外に避難している。ところが逃げずに台にへばりついて打っている命知らずが数人。大当たりが続いているので、惜《お》しくて中断出来ないのだ。

「馬鹿野郎！　店長！　電源を切っちまえ！」

佐脇は怒鳴ると、客の胸ぐらを掴んで立たせた。

「テメエ、死にたいのか！　とっとと店を出ろ！」

「ナニ言ってるんだよ。やっと来た大当たりを逃がせってか？　さてはお前、店とつるんで客に儲けさせねえ工作員だろ！」

「馬鹿！　オレは刑事だ！」

「なら、やっぱり店とグルじゃねえか」

佐脇が問答無用で客を台から引っぺがし、他の客も首根っこを摑んで席から立たせた、その時。

外から悲鳴が上がった。ディーゼル・エンジンの咆哮《ほうこう》とガラスが砕け散る音が、同時に耳に飛び込んできた。

その瞬間、巨大地震に襲われた、と思った。

激しい振動で床と天井が歪み、壁が崩れ、上から照明器具やスピーカーが雨あられと降ってきた。逃げる間もなくパイプの破片が飛んできたと思ったら、お次は豪雨のようにパチンコ玉がじゃんじゃんと降ってきた。店内の台に玉を供給するパイプ網が天井を這っているのだが、その大半が折れて、膨大な量の銀玉が溢れ、流れ落ちているのだ。小なりとは言え金属の玉だから、天井から落ちてきたものが当たれば、痛い。

さらに消火用スプリンクラーの水道管も破損して、水が文字通り雨のように降ってきた。

すべてがスローモーションの映画のように、ゆっくりと展開しているように感じた。

佐脇の目の前に、大型ダンプの怒り狂った顔が迫ってきた。

ああ、オレはこういう死に方をするのか、と、妙に納得してしまった。狂った犯人が運転するダンプに轢かれて、ぺしゃんこになる最期か……。

だが、佐脇めがけて突入してきたダンプは、彼の目の前で、止まった。いや、止まっていなかった。ダンプは轟音とともにスピンし、突然ぐるりと方向を変えると、九十度回転してあらぬ方向に突っ込んでいった。夥《おびただ》しいパチンコ玉にタイヤを取られたのだ。

ぐわっしゃあああああん！

ダンプは夥しいパチンコ台をなぎ倒して店内を横方向に走り抜け、コンクリートの壁に激突した。

ぐらり、と建物全体が揺れた。

崩壊する！

ダンプに轢かれて死ぬのは免《まぬが》れたが、今度はパチンコ屋が崩壊して瓦礫の下敷きになって死ぬ。どっちにしても最悪な死に方だ。

両手にパチ中の客を抱きかかえた佐脇は方向を見失い、降りそそぐ粉塵と瓦礫の中で立ちすくんだ。

いよいよオレもお陀仏か……と観念したその時。

聞き覚えのある声が耳に飛び込んできた。

面と向かって、あるいはテレビの画面から何度も聞いた、独特の張りのある声だ。

「佐脇さん、こっちです！　早く逃げてくださいッ」

粉塵の向こうからほっそりした人影が近づいて来た。その人物は無謀にも、倒壊寸前のパチンコ屋に飛び込んできたのだ。

「さあ、早く」

耳にするたびに苛々《いらいら》する高飛車で押し付けがましい声。だが、その声をこれほど頼もしく、ありがたいと感じる時が来ようとは。

理由は判らないが、自分を助けに飛び込んで来てくれた吉崎美和子に腕を引っ張られ、佐脇は走った。

無我夢中で足元の瓦礫を乗り越え、外に出た。視界が晴れると、どうやら安全なところにたどり着いたのだ、と判った。

礼を言おうと美和子を見ると……彼女はさっさと離れて歩き去っていた。

まったくわけの判らん女だ……と佐脇が戸惑う間もなく、歓声が上がった。

店から避難誘導された客たちと、騒ぎを見物に来た野次馬連中が歓呼の声を上げていたのだ。

次いで「サ・ワ・キ！　サ・ワ・キ！」と、英雄を讃えるようなサワキ・コールが湧いた。

「馬鹿！　何でもかんでも騒ぐネタにするな！」

怒鳴りながらあたりを見渡すと、舗道にはダンプのタイヤ痕がくっきりと残っていた。

幹線道路から急カーブで歩道に乗り上げ、そのまま店に突入したのだ。

確か、このコース上に伊草のベンツが……と動転しつつ見回した先に、見覚えのあるメタリック・シルバーの、くしゃくしゃになった金属塊が……。

「伊草っ！」

盟友は死んでしまったのか？　愛車ごとダンプに潰されてしまったというのか……。

「……いやあ、参りましたよ。やっぱりベンツじゃダンプには歯が立たないですね」

野次馬の中から伊草が現れて、頭をかいた。

「ガーッてエンジン音がして振り返ったら、ダンプがあちこちにぶつかりながら走ってきたんで……けっこうスピードも落ちてたからベンツぶつけりゃ止まるかなと思ったんですが。車より店が大事ですから」

「車は保険入ってるしな」

「店だって保険には入ってますよ。でも、営業出来なくなる損失の方が大きいわけで。でまあ、多少はお力になれたと思いますよ」

ダンプにフルパワーがあれば、佐脇たちは轢かれていたかもしれない。パチンコ玉の上でスリップする程度には減速していたのだろう。それは伊草のベンツが犠牲になってのことか。

「お前さんは、あのぺちゃんこになった車から生還したのか！　ヤクザやってるより引田《ひきた》天功《てんこう》の弟子になった方がいいんじゃねえのか」

「いやいや、ギアをバックに入れて車から飛び降りたんですけどね」

それよりも、と佐脇は助け出した客を路上に放流すると、グチャグチャになった店内に戻った。

店内は、ダンプが爆走した部分は完全に崩壊している。他の部分も、天井が落ちたりスプリンクラーが作動したり、建物の支柱が折れたりとさんざんだ。建て替える方が早いだろう。

ダンプは、壁面に激突したまま止まっていた。店長らが一応という感じで、火は出ていないが消火器を噴射していた。

運転台は、正面からコンクリート壁に激突して、大きな損傷を受け、潰れていた。唐木はハンドルに挟まれてぐったりしているが、人間としての原形はとどめている。

佐脇としては、こんなクソ野郎は死んでしまった方がスッキリするのだが、立場上、何もしないわけにはいかない。

「唐木！　大丈夫か！」

大声で名前を呼び、頬を叩くと、ぴくりと反応があった。う～んとうめき声が漏れた。

「死んでなかったのか」

この状況で即死ではないことに驚いた。悪運が強い奴というのはとことん死なない。

「おい！　救急車を呼べ！　唐木は生きてる！」

　佐脇は彼を運転台から引き出そうとしたが、残骸が邪魔をして、素手では無理だった。すぐに救急隊が到着し、エンジンカッターでハンドルを切り取り、ジャッキでへしゃげた運転台を拡幅して、瀕死の唐木を助け出した。

「大丈夫ですか！　これから病院に運びますからね！」

　声をかける救急隊員に、唐木は頷《うなず》いていたが、担架《たんか》が外に出て、報道のカメラが自分に向いていると判ると、渾身の力を込めて、言葉を発した。

「佐脇にハメられた！　全部、佐脇が悪いんだ！」

　その様子を、取材カメラはズームアップして追い、近くに佐脇がいるのを見つけると、そのままパンして捉えた。

「佐脇さん！　今の言葉を聞きましたか！」

　マイクを突きつけたのは、吉崎美和子だった。

「またお前か」

　さっきは命を助けてくれたというのに、また自分を敵として扱うのかと、この女に対しては怒りよりも不可解さが先に立つ。

「死にかけのヤツが口走ったことをマトモに受け取る方がおかしいだろ？　とは言え……とりあえず、さっきは助かった。おかげで命拾いをした」

「県警一の悪漢刑事に殉職なんかされてはウチの局も困りますから……。ということで、あなたにハメられた、あなたが一番悪い、という今の言葉について、コメントをどうぞ」

「知るか、そんなこと。アイツはムチャクチャをやって収拾がつかなくなって、自分の店に飛び込んだ。それだけのことだ」

佐脇はそう言って美和子を睨んだ。命の恩人ではあるが、嫌な女であることに変わりはない。しかも彼女の背後には、ニヤニヤ笑顔を浮かべた北村が立っている。

美和子はさらに追及しようとマイクを突きつけてきたが、佐脇はもういいと遮って、北村に向かって行った。

だが北村はニヤニヤ笑いを続けながら、野次馬の輪の中に飛び込むと、そのまま行方をくらましてしまった。

一連の光景をテレビで見た磯部ひかるが、邪推と嫉妬《しっと》の怒りを爆発させていたとは、この時の佐脇は知るよしもなかった。

＊

唐木は病院に運ばれたが、死亡した。

被疑者死亡、それもほとんど自爆の形での終結で、当然ながら、担当していた佐脇の責任が問われる事になった。

適正な捜査が行なわれたかどうかについての調査、はタテマエに過ぎず、県警上層部の本音は、被疑者がうず潮テレビのインタビューを受けて警察批判をした直後に自爆した、その「不祥事」の詰め腹を佐脇に切らせたいのだ。それが佐脇を責める格好の材料なのは間違いない。

「明日の朝一番で県警本部に出頭しろとさ。オレは重要参考人か」

深夜、事件の処理がやっと一段落した佐脇は、水野に愚痴《ぐち》った。

「バカが小利口なヤツに言い包《くる》められてバカなことをして、寄ってきたテレビにもくだらねえ嘘八百を並べて、でもって伊草ンところに顔を出したら真相を教えられて逆上して自爆。そんなヤツのために、オレが責任追及されるってか？　お話にならんよ」

水野は、深い同情の目で上司を見たが、だからと言って、どうすることも出来ない。

「はっきり言ってあの高田は、なんとかしてオレを追い出したいんで、針小を棒大に言い立てて、全部の責任をオレにおっ被せてくるだろうな。それはもう、ハナからミエミエだ」

「けど、明日の査問は、出なきゃいけないいんでしょう？」

「よほどのことがない限りな。なんせ査問だから。イヤだと言って逃亡したら、それこそクビのいい口実を作ってやることになる」

仕方がない、酒でも飲みながら上手い言い訳でも考えるか、と言いながら帰り支度をしているところに、携帯電話が鳴った。

相手は庶務係長の八幡だった。

『ああ佐脇さん？　おやすみのところすみません』

「馬鹿野郎、誰がおやすみだ。寝てねえよ。やっと仕事が終わったところだ」

『それはご苦労様です。でもね、佐脇さん。明日の査問、逃げる口実が出来ましたよ』

地獄耳で、仕事柄なんでも知っている八幡は、明日の査問のことも知っていた。

「言ってみろよ。出ずに済むもんならなんでもするよ」

『警官殺しで公判中の剣持《けんもち》って、覚えてますか？』

「忘れるはずないだろ。オレも狙われたんだぜ」

白バイの無謀運転による事故責任を何の落ち度もない一般人に押しつけたことに発する隠蔽《いんぺい》工作をきっかけに、「警察の威信を守る」美名に守られた身内贔屓《びいき》を許せないと考えた刑事被告人・剣持は、次々と警察官の命を狙った。それどころか関係した検察官、判事まで殺傷し、あげく、その一連の殺人に気づいた佐脇の命まで狙ったのだ。

正義感が行きすぎたのだが、恐ろしいのは、剣持がうず潮新聞のエリート記者で、それゆえに入手できた極秘情報を犯行に利用できたことだった。

『拘置所にいる剣持が、佐脇さんに会いたがってるんです』

「どうしてオレに?」

『さあ? どうも、ああいう紙一重な奴の考えてることは判りませんが……拘置所でも、アイツは態度が悪くて、食事を拒否したりして刑務官を手こずらせてるようなんです。だけど、佐脇さんが面会に来てくれれば態度を改めるって、弁護士に言ってると』

「妙な話だな」

そう答えたものの、剣持には自分も会いたいと思っていることに佐脇は気づいた。

犯人である剣持の怒りは理解できる。真に罰せられるべきは、事なかれで間違いを認めず、自らの捜査ミスで一般人を傷つけても謝罪ひとつしない警察幹部なのだ。

そういう警察の体質は以前から佐脇が嫌悪しているもので、佐脇がやさぐれた大きな理由でもあり、剣持をただ単純に捕まえる事に、幾許《いくばく》かの抵抗感があったのも事実だ。

とはいえ、動機はともかく、私的制裁を認めれば法治国家ではなくなる。剣持のした事は、その意味では許せるものではない。

「こんな取り込んでる時に、とは思うが、構わん。会ってやろうじゃないか」

拘置所での面会は、一日一名。当日受付だ。前もって当人に手紙を出して「予約」しておくことは可能だが、今からでは無理だ。刑事という立場を使って職権で面会することも可能だが、佐脇は私的な用件として、いきなり拘置所に行くことにした。

「どうするんです? 面会を口実に、査問には出ないつもりですか?」

電話を切った佐脇に、水野は心配そうだ。それはヤバいです、と顔に書いてある。

「まあ聞け。剣持は危ない野郎だが、一応旧帝大出のエリートだ。そのエリート記者様が新人時代に大ネタを摑み、それを上からの圧力で潰された。それで頭に来て、犯罪に走ったと言ってる。その上からの圧力というのも、オレがあいつの口からじかに聞いた感じでは、社会部長とか編集局長クラスとは思えない。もっと上、と言う事は、社主じゃねえか。あいつは、社主絡みのデカいネタを潰されて、報道じゃ世の中を正せないと思ったんだな。オマワリでも正せないこの世の中を新聞記者風情《ふぜい》がどうにか出来ると思った。そこが痛いんだが、その心意気はヨシとしようじゃないか。でまあ、この際、あいつが摑んで潰されたネタがなんだったか、聞いておくのも一興だろ」

「しかし、査問ですよ！」

「お前は口を挟むな。お前の将来に差し支える」

佐脇は真顔で水野に言った。

「だからこの件は知らなかったことにしておけ。査問をバックレる事は明日の朝、オレが言う。ウチの刑事課長の大久保に言えばいいかな？　いや、県警本部の高田に言うべきか」

そう言っているところに、携帯電話が鳴った。

「……ええいこの忙しい時に！　はいっ！」

怒ったような口調で出た佐脇だったが、一転して顔がほころんだ。

「そうか！　村山のジイサン、諒解したか！　それはでかした。大金星だな。じゃあ、さっそく……イヤ待て。あまり派手に動くと北村に感づかれる。とにかく今夜は、なるべく目立たないようジイサンの引っ越しをして、解体・整地に備えてくれ。うん、重機の方はこっちで手配する」

通話を聞いていた水野には、なんの事やらさっぱり判らない。

電話を切った佐脇は、この強面《こわもて》の刑事には全然似合わないウィンクをした。

「細工は流々、仕上げをご覧じろだ」

＊

翌朝、八時三十分に佐脇はT拘置所にいた。

友人として面会届けを出してから、本庁の高田刑事部長に電話した。

「別件で新たな進展がありまして。捜査の方が大切なので、急な話で申し訳ありませんが、査問は仕切り直しと言うことにして貰えませんか？　どうせみんな近くにいるメンツばっかりでしょ？　他にすることもあるだろうし」

『ちょっと待て、キミ、別件とはなんだ！』

「今は言えません。きっちり裏を取って、立件できる状態になった時点でお話し致します」

『そんない加減な……いいか、査問だぞ。こんな真似をして只で済むと思っ……』

電話の向こうで高田がわめいている。

「……とにかく、そういうことで」

佐脇は慇懃無礼《いんぎんぶれい》に電話を切り、携帯電話の電源も切ってしまった。

面会を申し込むと、普通は数時間待たされるのが常だが、刑事と言うことで配慮されたのだろう、すぐに呼ばれて面会室に通された途端、剣持はすんなりと現れた。

「さすがに早耳ですな」

以前と変わらない様子の剣持は、もっともらしい口調もそのままだった。

「今日はお前さんの友人と言うことで来た。だから面会時間は三十分しかない。多少の融通は利くかもしれないが、とにかく訊きたいことを訊くからな」

剣持は頷いた。

「お前さんが入社早々掴んだ大ネタって、なんだ?」

剣持は、立ち会いの刑務官をちらりと見て、「さあね」と言葉を濁した。

「……あれだろ?　ここで話したことは全部、どこぞに筒抜けになると思ってるんだよな。まあ、その判断は正しいな。実際オレもそうやって情報を掴んだことがあるし」

「こういう言い方をしましょうか。佐脇サンは記憶力はいいだろうから、後からじっくりと考えてください」

剣持は、難問を出すクイズ番組の司会者のようなことを言った。

「あの事件の時、ボクが佐脇サンに言ったことは事実ですよ。さて、そのネタですが、ボクは、くだんの人物からある資料を見せられたんです。その内容は、恐るべきものでしたね。ある重要人物の反社会的行為を、赤裸々に書き留めたものでした」

その、くだんの人物とは誰か？　唐木？　北村？　伊草？　それとも……。

ある重要人物とは？

「その人物だけでも特定出来るヒントをくれないか」

「くだんの人物は、さらに別の人物の遺品を整理していて、問題の資料を見つけました。中身を読んで驚く、くだんの人物。その重要人物の反社会的行為が、一人の人間の生死にまで関わっていた可能性、それを疑わせるに充分な内容でした。あまりのことに、捨ててしまおうかとも思いましたが、捨ててしまえば事実そのものが闇に葬られてしまう……。それはいけない。さりとて事実を表ざたにする勇気もなく、捨てるにも忍びないまま、罪の意識から、保管し続けること十余年……ここまではいいでしょうか？」

「よくないよ。全然判らん」

「ボクは、そのくだんの人物から、その資料の、実物を見せられたんです。たしかに、驚くべき内容でした」

「キミは、記者としての立場を離れて、警察に通報するという考えはなかったのか？」

「う～ん。そこなんですけどねえ」

相手を小馬鹿にするニヤニヤ笑いを浮かべた剣持は言葉を濁した。

「ボクは警察を信用してないんでねえ」

「それは判るが、自分でどうにかする気だったのか？」

「もちろん」

誇大妄想《こだいもうそう》のケがあるのか、彼は真顔で頷いた。

「マスコミに乗せれば大スキャンダルになると思ってましたからね……でも、どこも取り上げてくれませんでしたねえ。マスコミも、有力者を庇《かば》うという点では警察と同じかな」

彼は思わせぶりな言葉ばかり吐いた。

「あ～」

言葉が途切れると、そこで面会は中止にされることが多いので、佐脇は何か喋ろうとしたが、剣持の思わせぶりな言葉が何を示すのか考えないと、次の言葉が出てこない。

「はい。では終了してください」

「ちょっと待て。まだ全然終わってないぞ」

「終了です」

佐脇が刑事だから便宜を図ってくれる、というのは都合のいい思い込みだった。実際は、佐脇だからこそ、わずか五分少々で面会は終了してしまった。

「おい、最後に一つだけ聞かせろ！　その、くだんの人物って誰だ？　ある重要人物でもいい。どっちか名前を挙げろ！」

「……くだんの人物とは、そうですね、今はいないヒト。これでどうですか？」

そこまで言うと、剣持は刑務官によって面会室から引きずり出されるように退出させられてしまった。

面会は、一日一人、一回だけ。少なくとも、今日はもう面会出来ない。

佐脇は、剣持の弁護士に会いに行った。実家が金持ちの剣持は、大弁護団を結成して徹底的な法廷闘争をする構えだが、その弁護士のメンバーは大半が県外の腕利きで売れっ子だった。弁護団長を務めるのは、地元で事務所を開いてもっぱら国選で食いつないできた地味な男だ。この県ではめったに大事件は起きない……起きないことはないが、裁判で揉《も》めて司法界を揺るがすような裁判には滅多にならないのだ。どんな凶悪犯も、裁判になるとさっさと罪を認めて服役してしまう。

無実の人物を捕まえて起訴してしまう事がないわけではない。佐脇が知っているだけでも数件ある。しかしそれらの裁判では、ひたすら低姿勢に、情状酌量に持ち込む法廷戦術が駆使されて、「丸く収める」事が重視されてきた気配がある。重罪がかかった裁判でも、弁護士が早々と戦意喪失して被告人を守る気もなく「とにかく罪を認めて早くラクになろう」と被告人を逆に説得するケースさえあったのだ。

そんな弁護士の一人であった守谷三郎《もりやさぶろう》は、弁護団長とは言っても、実質、地元にいることを買われて事務連絡だけやっているような存在だ。

「被告人には、新聞の差し入れはしてますが、三日遅れだし、問題のありそうな部分はスミで消されますから、私が毎日接見した時に、毎日の主なニュースを伝えてます」

守谷はメッセンジャーらしく答えた。法律的な判断はすべて東京や大阪にいる大物弁護士がやるので、田舎の小者弁護士の出番はないのだ。

「で、その時、剣持はどんなニュースに関心を寄せましたか?」

「そうですね……まずは佐脇さん、あなたの不祥事に関するニュースかな。うず潮新聞もうず潮テレビも、あなたのことを大々的に取り上げてますからね」

「それはどうも不徳の致すところで」

すべての弁護士がそうだとは言わないが、少なくとも目の前の守谷は刑事という職業の人間を嫌っている。それは態度でハッキリと判る。ドラマで描かれるような、刑事を無実の人間を罪人に仕立てて人生を破壊する悪魔のように思っているステレオタイプではなく、自分の日頃の情けない弁護活動を嗤《わら》われているという被害妄想的な感情を抱いているからだろう。実のところ、佐脇はこの守谷弁護士を軽蔑しているので、お互い様ではあるのだが。

「後は……やっぱり古巣だからでしょうか、うず潮新聞に関することですね。飯森さんの消息をひどく気にしていましたし、社会部長の春山さんの動向とかもね」

飯森……失踪した、うず潮新聞の論説主幹。

『……くだんの人物とは、そうですね、今はいないヒト。これでどうですか？』

剣持の「ヒント」が頭の中で響く。

くだんの人物とは、まず間違いなく、失踪した飯森のことだろう。では、重要人物とは……。

「まあ、私は剣持のしでかした事件の担当であって、他のことには気を散らすまいと思ってるんで、いちいち彼がどう反応したとか、覚えてないんですがね」

こういう鈍感な男だから、情状酌量一本槍のダメ弁から抜け出せないのだ。

佐脇は礼を言うのもそこそこに、うず潮新聞に向かった。だが、現在全社一丸となって攻撃中の、そのターゲットにほかならない佐脇が、のこのこ社内に入るのも考えものだ。

佐脇は電話で社会部長の春山を外に呼び出そうと、携帯電話の電源を入れた。

と、二十件以上の留守電が入っていた。高田と直属の上司・鳴海署刑事課長の大久保からのものだ。内容は聞くまでもない。

すべて無視して、代表電話から春山を呼び出して貰った。

「ちょっと電話では話せないような内容でしてね。直接お会いして訊く必要があったので」

うず潮新聞からほど近く、佐脇のフランチャイズとも言える『仏蘭西亭』に春山を呼び出した。ちょうどランチタイムが終わって客がいなくなった頃だった。

「おたくの新聞やテレビでは、オレは民衆の敵呼ばわりされてるけど、あんたなら話が出来ると見込んでのことなんだが」

佐脇は早速、拘置所で剣持から聞いた事をぶつけてみた。

「で、その、剣持が言う『くだんの人物』は行方不明になっているとのことなんだが、それはズバリ、論説主幹の飯森さんじゃないのか?」

「飯森さん……」

春山は、絶句してしまった。

「ええ。おそらく、その通りです」

春山は頷いた。

「飯森さんが持っていたその資料……はっきりいえば、小さな手帳なんですが、私も見せて貰ったことがある。たしかに、驚くべき内容だった」

「それ、見せて貰えませんかねえ? 剣持も、その具体的な内容を言ってくれなかったし、たぶんあの弁護士も知らないでしょう。というか、あの弁護士は、自分の受け持ち以外、まるで関心がないんだ」

「内容は、ちょっと言えませんよ。特に刑事さんにはね。第一にそれが真実なのかどうか、ウラが取れないんだし」

「判ってますよ。たとえばある個人が書いたもので、それが事実を記録したものなのか、それともフィクションか、それは判らない。それはいいんです。とにかく参考までに、一体、何が書かれていたのか、そいつを知りたいだけなんだ」

春山は、曖昧な表情を浮かべた。目撃証言をごまかす人間の顔に似ている。

「そうは言っても、言葉は一人歩きしますからな。それに、問題の手帳は今、どこにあるのか判りません。私が勝手に内容を創作した、あるいは、特定の意図を持って私がでっち上げた、などと吊《つる》し上げられるかもしれない」

「……誰に？」

「言えませんよ、それだって」

春山は話を逸らすようにコーヒーを飲んだ。佐脇は別方向から攻めることにした。

「では、これはどうです？　十四年前、おたくの新聞社の、旧館での死亡事故があったでしょう？　そいつが事故ではなく実は殺人で、なのにおたくは社をあげて真相を隠しているんだという噂が、最近ネットに出回っていますが……ご存知ないとは言わせませんよ」

春山は、それが聞こえなかったようにコーヒーを飲み続けたが、自分を睨むように見続けている佐脇の視線に負けた。

「その十四年前の『事故』については……事故ではなかったかもしれません。噂の通り、社内のある人間がかかわっている可能性について、否定出来ないかもしれないけれど、それについても確証がない以上、私の口からは何も言えませんよ。私が自分で見たわけじゃないんだし、滅多なことは言えないでしょ」

「大人の発言ですな」

佐脇は皮肉混じりで言った。

「で、飯森さんの失踪ですが、まあ、これは東署がやってるから、鳴海署の私が口出ししちゃいかんことなんですけどね、うず潮新聞にまつわる、過去と現在、この二つの事件は、無関係なんでしょうかね？　とてもそうは思えない、と、私の長年の捜査で培ったカンってやつが、しつこく囁《ささや》いてきて往生してるんだ」

佐脇は春山を睨みつけた。

「春山さん。あんた、一流の政治家みたいな口ぶりですな。いろいろ喋るけど、中身があることは一切喋ってない。肝心なことはまったく言質《げんち》すら取れない。かもしれないそう言う可能性もあるそれは言えない。あんた、その態度は、責任逃れをしてるだけだろうが！」

他の客がいないことは幸いだった。佐脇の一喝は店中に響き渡った。

「何か知ってるなら、言ってくださいよ。事件が全部解決してから後追いで説明されたって、こっちは有り難くもなんともないんだ。マスコミだけに結果論とか後追い説明が大好きなのは判るが、この二つの事件についちゃ、あんたンところは立派な当事者だろうが。あくまでも傍観者を決め込むつもりですか？」

社会部の生え抜き記者としてこれまでさんざん批判し、罵倒してきた政治家にたとえられた春山は、苦しそうな表情を見せた。

「……飯森さんの失踪は、十四年前のことが関わっているんじゃないかと思います。そうなると、十四年前の事件とはなんだったのか、と言う事になると思いますが、これ以上は」

春山は話を打ち切るように立ち上がった。

「アンタ、そんな判じ物のようなことしか言えないのか？　普段偉そうなマスコミ人種が」

煽る佐脇に、春山は冷静に言った。

「私が言えることは一つだけです。あれは、事故ではなかった。十四年前に、人が死にましたが、あれは事故で亡くなったんじゃない、という事です。以上」

まるで記者会見を終わります、という感じで対話を打ち切った春山は、コーヒー代として千円札をテーブルに置くと、そのまま出て行った。

今追ってもこれ以上の話は聞き出せないだろう。佐脇は、考えをまとめようとした。

……そう言えば、十四年前の事件について、美和子が探りを入れてきたことがあったな。時効の事も訊かれた覚えがある。

十四年前の事件に、美和子が絡んでいる？　しかし、彼女は当時まだ子供だったはず。美和子が、この件にどう絡むというのだ？

さらに考えるため酒を注文しようとした時、彼の前に人影が立った。

高田だった。

「……佐脇くん。今朝の査問をすっぽかしておきながら、フレンチ・レストランで優雅《ゆうが》にコーヒータイムですか。結構なご身分ですな」

高田はそのまま向かいの席に座った。

「今朝の査問はなんとか流したが、次は無いと思ってください。職務怠慢、および業務命令無視のかどで、懲罰にかけて、解雇になりますよ。警察は組織統制の厳しいところだと判ってるでしょう？」

高田は、ぬめぬめした口調で佐脇に迫った。

「なんなら国税当局と組んで、収賄容疑で逮捕してもいいんですよ」

「刑事部長殿。アンタはオレに何をゲロさせたいんです？」

「聞くまでもないでしょう。あなたと鳴龍会との黒い関係ですよ。昨日、鳴龍会の準構成員が華々しく自爆したんです。しかもその男はいまわの際に『佐脇がすべて悪い』と言ったそうじゃないですか。ここまでハッキリ言われちゃ、身内を庇《かば》う警察としても庇いきれないのは当然でしょう?」

「なるほど」

佐脇は大きく頷いた。

「オレが査問で、アンタ方が喋ってほしいように喋ったとして、当然、この取引の交換条件はあるんだろうな?」

「交換条件?」

「ああ。見返りに、オレが何かトクするご褒美《ほうび》は何かと聞いてるんだ」

「そんなもの、ありませんよ!」

高田は心底愉快そうに笑い出した。

「あるわけないじゃないですか。佐脇くん。あなたは警察から完全に放逐されるんですよ。裸に剝かれてね。警察より恐ろしい国税が、あなたを身ぐるみ剝がしてくれるでしょう。刑務所を出たら、鳴龍会を頼ってヤクザになるか、ホームレスにでもなるんですな」

高田は勝ち誇ったように、さらに高笑いした。

だが佐脇は、国税はどう捜査してもお手上げだと言うことを入江から既に聞いている。つまり国税は、高田の切り札にはなり得ないのだ。

「そうですか。どうぞご存分に。国税が怖くてワルデカなんぞやってられますかってんだ」

今度は佐脇が笑い飛ばす番だ。

「おお、これはかなりの自信ですな」

佐脇は無言で高田をまっすぐに見返した。

佐脇の高笑いが虚勢ではない、と感じた高田の顔に、もしや、という不安が走った。

「佐脇さん。警察庁の……入江さんとはまだ繋がりがあるんですか?」

「まあ、あのヒトとは、たまに電話で嫌みを言い合う仲ではありますよ」

佐脇は、高田の目を見据えて言った。

「そういえば刑事部長殿は、入江サンの後輩にあたるんでしたよね」

高田の目に動揺の色が浮かんだ。こいつどこまで知ってるんだ? という疑念が顔色を悪くさせていく。

「それと、これは偶然なのかもしれませんが、鳴龍会の北村。あの男が言ってることと、刑事部長のおっしゃる内容が、妙に嚙み合ってる気がするんですよ。いや、方向性がって意味ですがネ」

佐脇はここで、「うず潮グループ」と北村、そして高田を結ぶラインが存在することに確信を持った。

その時、佐脇の携帯電話が鳴った。

「ちょっと失礼」

と、出てみると、相手は当の北村だった。

『佐脇さん。ちょっと話がある。今から会って貰えないか』

「今日は妙に忙しいな。ところで今、オレの目の前に誰がいると思う？」

電話の相手を察した高田は、さっと席を立つと、そのまま姿を消した。

「ブンヤはコーヒー代を置いていったが、警察のエリートは挨拶もなしに退散か。まあ、何にも口にしてなかったがな」

『何の話だ』

北村の声が苛立った。

『……まあいいや。これから事務所に来てくれや』

「どこの事務所だ。お前ら、もう分派したのか？　それとも破門か」

『馬鹿野郎。鳴龍会の事務所に来いって言ってるんだ。どうして俺たちが分派して出て行かなきゃならねえんだ』

「ヤクザが刑事に命令するのか？　オレに小遣いくれる伊草だって、もっと丁寧な口を利くぜ。基本的に、ヤクザより刑事がエラいって事、判ってねえだろ？」

『ぐちゃぐちゃうるせえなあ……』

北村は地を出した。

『とにかく、組事務所に来て下さいよ。こっちは雁首揃えて待ってますんで』

「そう言われちゃ仕方がねえ。行ってやるよ。今T市だからちょっと時間はかかるぜ」

佐脇は腰を上げた。


鳴龍会の本部事務所には、北村の言った通り、組長以外の幹部がずらりと揃っていた。

「わざわざ組長の手を煩《わずら》わせる事でもないんで……」

たいした組のたいした組長でもないのだが、北村はことさらに組長を神格化して自分の都合のいいように使いたいらしい。まあ、今の組長は糖尿が悪化して使い物にならない存在ではあるのだが。

その席には伊草もいるが、北村の方が上座に座って羽振りを利かせている。態度もデカくて、年功序列と実力主義が微妙に交錯するこの業界でも、異例の出世ぶりを印象づけて、格上の先輩はそれに黙って耐えている風だ。

佐脇に、鳴龍会内部の勢力図がはっきりと変わった事を見せつけたかったのだろう。

「佐脇さんよ」

伊草とはまるで違う大きな態度で、北村は佐脇に相対した。伊草のラインは弱体化したのだから、それに連なる佐脇も、今や役に立たない存在でしかないのだ。

「あんた、これ以上邪魔になるような妙な真似はやめて貰おうか。伊草の兄貴にはいずれ東京の関連会社の社長になって貰う予定だ。お前さんも、聞き分け良くしてれば然るべきポストを用意してやってもいいんだぜ」

佐脇が警察をクビになるのを前提にした話だ。

「……お話は有り難いが、と言うべきところなのかもしれねえが、生憎《あいにく》オレは外見はオヤジでも中身はガキでね」

佐脇はタバコに火をつけて、大きく吹かした。

「ウジ虫に食い扶持《ぶち》の世話をして貰うほど落ちぶれてやしない」

「なるほど。伊草の兄貴から金は貰っても、おれとはマトモに話も出来ないというわけか」

「その通り。オレは古いタイプの人間なんでな。仁義ってものを大事にする」

「伊草の兄貴に死んでもついて行きますってか?」

北村の煽りに、先輩格の数人がお追従笑いをした。実力者にすぐ尻尾を振るとは、情けない連中だ。伊草はむっつりしたまま黙っている。

「伊草の兄貴。兄貴からも何か言ってやったらどうなんです?」

北村は晒《さら》し者にするかのように伊草に話を振った。しかし伊草は手を振って拒否した。

「いや、おれはいいよ。何も言うことはない」

唐木の件が決定的だったのか。当人が死んだことで、北村にとって都合の悪いことは闇に葬られ、伊草の処理が不味かったという事にされてしまったのだろう。

佐脇は、この場にいるのがいやになった。

「まあとにかくだ、北村サンよ。あんたの描いた絵図は判ってる。そんなに自分の組を『関西』に売り渡したいのか？　零細な八百屋がコンビニに衣替えしても、上納金を吸い上げられてキツくなるだけなんじゃねえのか？」

北村はふふんと鼻先で笑ったが、その目は笑っていない。

「で？　オレをわざわざ呼びつけた用件はなんだ？　お前が組の中でエラくなったのを見せつけて、就職を世話してやろうと言いたかっただけか？」

「煎じ詰めればそういうことだ」

「馬鹿かお前」

佐脇は凄んだ。

「そんなことなら電話かメールで済むだろ。お前らがこうして揃ってるところを写メかなんかで送ってくれれば済むじゃねえか。オレを宅配便みたいに便利に呼びつけるんじゃねえ」

今日は特別忙しいんだ、と佐脇は吐き捨てた。

「おっと。今をトキメク北村サンにこうして刃向かうのはマズかったか。唐木みたいなバカはうっかり口車に乗せられてダンプで自爆する羽目になるんだろうが、さしずめオレもどこかで惨殺されて鳴海のハズレの、ほれ、虫草山《むしくさ》とか言ったな、あんたが仕切ってる、あの産廃にでも棄てられる羽目になるかもな。数年経って白骨死体でコンニチワか」

そう言った途端に、北村の顔が変わった。ずっとクールに勝ち誇った余裕を見せていたくせに、なぜか一瞬にして顔色が変わったのだ。

が、北村はかろうじて自制したようだ。それでも頬が蒼白を通り越して土気色になった。

「では、さしたる用もなかりせば、これにて御免、だな。もう些細《ささい》なことでオレを呼びつけるな。今度やったら公務執行妨害で逮捕してやるからな」

佐脇はそう言い捨てると、不愉快極まりない表情を隠そうともせず席を立った。

事務所の外に出てすぐ、佐脇は携帯電話から伊草にかけた。

「オレだ。判ってる。返事しなくていいからオレの話だけ聞いてくれ。例の件、今夜決行だ。これで北村の鼻を明かせるぜ。重機の手配、ＯＫだな？　じゃあ、よろしく」

通話を切った佐脇は、スキップを踏むような足取りで幹線道路に向かい、タクシーを拾った。

＊

美和子は、今日も旧館の社主室で、雅信に奉仕していた。

旧館の社主室は、実質上、社主である雅信の別邸でもあった。社主室であるオフィスの奥に、寝室などの居住スペースがある。以前は自宅から通勤していたのだが、妻が死に、子供が独立した後は面倒になって、忙しい時のための仮眠スペースを住居にしてしまったのだ。

昼間とはいえ、ここを訪れる客はいない。突然の来客は北村以外は秘書が交通整理しているから、陽がまだ高いのに、ベッドで戯れていてもいっこうに構わないのだ。

下半身は衰えていないとはいえ、通常の営みは雅信には重労働でもあった。

美和子は、彼の男性を丁寧に愛撫して勃起させると、そのまま上に跨って騎乗位で交わった。

ぷりぷりと彼女の美乳が揺れるさまを眺め、手を伸ばせばたわわに実った果実に触れられる。しかも美和子が命じるままに動いて、くいくいと締めつけてくる。

「ふむ。お前もだいぶ、淫乱さに磨きがかかったな」

口では貶《けな》しつつ刺激が強すぎるのか、雅信はほどなく達して、深い吐息を漏らした。

彼のかたわらに横になった美和子が、しおらしい声で訊く。

「あの……少しお尋ねしたいことが」

「何だ。言ってみなさい」

威丈高に振る舞ってはいるが、今の雅信は美和子を完全に掌握したと思い、心を許している。

「あの……いなくなった飯森さんと親しかった春山さんに聞いたんですけど……」

「なんだ、そんな話か。せっかくいい気持ちでいたのに……まあいい。続けなさい」

「春山さんが言うには、飯森さんは、これを見せれば警察が絶対に動く、というほど凄い証拠になるものを持っていて……で、それを持って警察に行くつもりだったと」

「なんだと？　春山がそう言ったのか？」

ええ、と美和子は頷いた。

「どうしてあいつがそんな唐突な話をお前に……お前はあいつとも寝たのか」

「疑われて悲しいです。私は……確かに淫乱かもしれませんが、社主だけですのに」

お前が淫乱なのは確かだな、と雅信は言いつつ、彼女の曲線豊かな腰のあたりを撫でた。

「しかしお前は、どうしてそういうことに興味を持つ？」

「すみません、でも……何の証拠かわかりませんが、万一警察沙汰とかになって、社主の名誉に傷がつくことがあってはと……心配だったのですわ、私」

「どんな証拠だ？　何の事件の？　春山は何と言っていた」

「どんな事件かは、わかりません。でも春山さんは言っていました。論説主幹が、重要な証拠を持っていると社会部長に漏らした直後に失踪……まるで二時間ドラマみたいだなと」

「くだらん。だが覚えていることがあれば全部、話しなさい。証拠とは具体的にどんなものだと、春山は言っていたのだ？」

「証拠というのは……小さな手帳だったそうです。『その持ち主は女性で、その人が私にそっくりだから思い出した』って、春山さんは私に言いました。私にそっくりな人って、どんな方だったんでしょう？　それも気になって」

つい先刻まで、情事のあとの深い満足に弛緩していた雅信の表情はこわばり、額には脂《あぶら》汗が滲《にじ》み始めていた。

今、自分のそばで裸身を横たえている吉崎美和子は、十四年前に殺した奥山淳子にそっくりだ。だから自分は美和子に惹かれて、こういう関係になった。

今までは、それを単なる偶然、他人のそら似としか思わなかった。だが、本当にそうか？

しかも美和子を見て、奥山淳子を思い出したのは、どうやら自分だけではなかったようだ。そこに思いが至らなかった。

同時に、飯森の遺品に関しても疑念が浮かんだ。

あの後、飯森の自宅も社のデスクもロッカーも、すべて北村の手下に調べさせて、自分に都合の悪いものは一切出て来なかったことを確認している。だが……飯森がその「手帳」を身につけたまま「処分」されてしまったとしたら。

顔には出さないよう努めたが、雅信は内心では大いに狼狽していた。

情事を終えて、美和子を追い出すように帰すと、彼は北村に電話した。

「おい。飯森が身につけていたものはどうした？」

『は？』

突然の問いに、北村は意味が判らなかった。

『部下が適当に処分したはずですが……こういう場合、普通は身元が判らないよう、身ぐるみ剝いで、指も潰したりするんですが……最近はＤＮＡ鑑定もあって、あまり意味が』

「じゃあ、身ぐるみ剝いだ衣服とかはどうしたんだ？」

確認しておきます、と北村は答えるしかなかった。

＊

「いやアレはそのまま埋めましたけど、それが何か？」

北村に問い質《ただ》された二人組、金津《かなつ》と河村《かわむら》は何が問題なのか判らない、という様子で答えた。

「そのままだとォ！　このッ馬鹿野郎ッ！」

北村は瞬間的な怒りで、応接テーブルを拳でへし折りそうになった。

鳴龍会に入ったばかりの若者二人は、その暴力的行為に縮《ちぢ》み上がった。

二人とも、これがヤクザ？　と思うような迫力の無い外見だ。金津は背がひょろ高くて重いものなど持ち上げられないような華奢《きやしや》な身体つき、同業者に睨みつけられただけでもすっ飛んで逃げそうな、ヒヨワが歩いているような男。もう一人の河村は、相方より幾分がっしりしているが、背が低く、これまた喧嘩も腕力も大したことなさそうで、おまけに頭の回転も悪そうな、愚鈍なタイプ。二人とも普通の職場では使えそうもないので鳴龍会に入り、たまたま北村の下に配属された、という以外考えられない。

「あの……特に何も言われなかったので」

背の高い金津は一応大卒で兄貴分。その金津が答えた。

「服を着せたまま埋めましたが、なんか、マズかったっスかね?」

「ばっか野郎!」

北村は金津を平手で殴った。

床にふっ飛んだ金津は思わず「イッテエ!」と叫んだが、相手はプロのヤクザ、それも今売り出し中の北村だ。絶対に刃向かえない。刃向かえば、それは死を意味する。その事くらいは理解していた。

「おッお前らには、常識ってものがねえのか! 服や身元の判るものはすべて剝がして、ハダカにして捨てる、それがこの稼業の常識ってもんだろうが?」

「それはそうっスけど、でも……」

おずおずと口を挟んだのは弟分の河村。こっちは高校受験にも失敗、以後フリーターひと筋で現在に至った中卒だ。

「ですからおれは兄貴に、ハダカにした方がって言ったんスけど、兄貴がこれでいいんだ! 中卒のお前がおれに指図するなって」

「おい、金津、どういうことだ?」

北村が金津に向き直った。

「オレに判るように、説明して貰おうか」

「だってアレは捨てたんじゃなく埋めたんですよ?」

金津は口を尖らした。まるで晩飯のおかずがマズいと母親に文句を言うような表情だ。

「どうせ人目には触れないし……それに死体はカタギの人っしょ？　墨も入ってなければ指も揃ってたんで、別に解体する必要もないかなと。それに社長は、特に服を剝がせとか指示をしてくれなかったじゃないですか」

さながら好機でヒットエンドランを失敗したヘボ選手がコーチにサインが出なかったと文句をいうような感じで、金津は北村に責任を転嫁するではないか。

「ああそうか。オレがお前らに、一から十まで丁寧にコンコンと説明して指示を出さなかったのがいけないというわけだな。なるほど、よーく判りました。オレが悪かった」

そう言って、北村の拳が金津の顔面にめり込んだ。

返す刀で矛先を河村に向け、後ろに立っていた河村めがけて蹴りをいれた。

こいつらは、大卒と中卒だが、この際学歴は関係ない。どっちも常識が完全に欠如して、いちいち言わないと、嚙んで含めるように教えないと判らないし、上に立つものが教えてくれて当然だと構えている、完全なるゆとり世代なのだ。

「とにかく、あの死体が身につけていたものはとても大切なんだ。今すぐ掘り返して、身ぐるみ剝いで、全部ここに持ってこい。いいか、掘り返すにはスコップとかツルハシが必要だぞ。それに、身ぐるみ剝いだものを入れる大きなビニール袋もな。もう夜になるから懐中電灯も必要だろうな。もちろん車で行かなきゃ怪しまれるぞ。何か質問はあるか？」

怒りを抑えた北村は丁寧に指示を出した。ダメな手下しか残っていないとはいえ、これ以上秘密を知る人間を無駄に増やすわけにもいかない。

別に、と二人は口を揃えた。

「とても重要なものなんだ。とにかく、なんとしても探し出してこい。さあ、行った！」

と、手下を送り出そうとしたが、急に気が変わった。この二人に任せるのは心配の種を増やすだけだ。

「いや、お前らだけじゃ心配だ。オレも行く」

北村は、自ら手下を従えて遺体を掘り返しに出かけた。

*

その翌朝。

じゃんじゃんパーラーの二号店建設予定地にほど近い一角に、佐脇はいた。

そこはすでにきれいに整地されてフェンスで囲まれている。廃屋同様だったボロ家は解体され建物の基礎は埋められて、一夜にして整地されていた。

その空き地となった場所には、ブランコと小さなジャングル・ジムが置かれていて、佐脇は、のんびりとブランコを漕いでいた。

きーこきーこというのどかな音が響く中、猛スピードで走ってきたダークグリーンのベンツが急停車して、何故かスーツを泥だらけにした北村が転がるように降りてきた。

「佐脇！　お、お、お前、何をしてる！」

「見ての通り、公園でブランコに乗ってる。唄でも歌ってやろうか？」

佐脇は、わざと低い声で「命ぃ短ぃかし〜」とゴンドラの唄を歌い始めた。

「ブランコを漕ぎながら死んだら伝説になりそうだな」

「ななな、何の真似だこれは！」

北村は、目玉が飛び出しそうなほど、目を剝いている。

「だから、公園を作ったのさ。九時になったら市役所に行ってこの公園をまるごと市に寄付する。市は、即座にここを『市立新町《しんまち》一号公園』と認定する。そういう運びだ」

その意味するところをじっくり北村に味わわせてやろうと、佐脇は言葉を切った。

「人間、その気になればなんでも出来るもんだなあ」

「馬鹿野郎！　こっちはその前に公安委員会の開業許可を取ってやる！」

「無理だね。この状況だと、公安委員会は、現地調査をやり直さなきゃならない。その結果、パチンコ屋開業予定地から半径百メートル以内に公園がある事が判って、許可は下りない」

「そんなこと、させるか！　公園の実体がなけりゃ、市役所も公園と認められねえぜ」

北村は携帯電話で援軍を呼んだ。

「今からすぐ来い！　全員だ。新町の、ゴミ屋敷のあったとこだ。ガラクタの処分だよ！」

喚いている北村を、佐脇は面白そうに眺めた。

「もっと冷静になれ。いつものクールな経済ヤクザはどうしたんだ？」

「うるさい！　おれは徹夜で肉体労働して、もうへとへとなんだ！」

徹夜で泥だらけになっての肉体労働？

佐脇がさらに突っ込もうとした時、保育園の園児たちの歓声が聞こえてきた。黄色い格子で囲まれた手押し車を二台、保母が三人がかりで押してきたのだ。

大きな手押し車にはピンクや水色、紫、黄色など色とりどりの帽子をかぶった幼児たちが満載だ。初めての公園に子供たちは、キャッキャッと歓声をあげて喜んでいる。

そこに、市民団体の紅一点、カッパがチラシを手にしてやってきた。

「はーい、撒いてきましたよー、さっそくのご利用、ありがとうございます」

急遽作ったらしいチラシには、「新しい公園ができました。みなさんの公園です。遊びにきてください」と地図が添えられている。

「公民館や病院、老人館にもポストしといたから、お年寄りのオアシスになりますよ」

そのうちに、鍋釜、折りたたみテーブルやカセットコンロなどを持った集団もやって来た。先導するのはラコステだ。市民団体の面々はてきぱきとテーブルを組み立て、ポリタンクの水を大鍋にあけて湯を沸かし始めた。

「うどんパーティをやります！」

園児に混じって近所の老人たちも集まってきた。

市民団体のメンバーはスチロールの容器にうどんと出汁《だし》と卵とネギを入れて配り始め、みんなズルズルと啜り始めた。

いつのまにか空き地にはベンチが持ち込まれて、いっそう公園らしくなっていた。

「八万町の商店街が潰れてから遠くまで買い物に行くのに、途中に休むところもなかったから助かりますよ」

老人たちはベンチに腰をおろして、美味い美味いとうどんを食っている。

すっかりなごやかな雰囲気に満たされたところに、北村の手下がどやどやとやってきた。見るからにヤクザっぽい連中が一様に目を血走らせている。

「てめえ佐脇！　てめえの入れ知恵なのは判ってる！　こんなチンケな公園、今すぐブルドーザーでぶっつぶしてやる！」

ヤクザの怒声に、園児たちが一斉に泣き出し、老人もさめざめと泣き始めた。

阿鼻叫喚《あびきようかん》をニヤニヤしながら佐脇が傍観していると、エプロンをつけたラコステが最高のタイミングで菜箸《さいばし》を振り回しながら佐脇に食ってかかった。

「おい。あんた刑事のくせに、なんであんな暴言を黙って見ているんだ？　さては暴力団と癒着している悪徳警官だから、ヤクザに何も言えないんだな？」

「判った判った」

ニヤニヤした佐脇が、北村に向かって言った。

「こういうことだ。お前らに勝ち目はない」

北村は、物凄い形相になって、拳を震わせ始めた。

「おお、やるか？　いいよ。オレを殴れ。公務執行妨害で現行犯逮捕だがな」

佐脇と北村は、一触即発のピリピリした空気で睨み合った。

「……佐脇。こんな真似をしてタダで済むと思うなよ」

北村は、今日のところはこれで、と手下をうながし、公園から引き上げた。

わーっと歓声が上がる中、佐脇は黙ってブランコに乗ると、漕ぎ出した。

「ひと雪、欲しいところですな」

老人の一人が、佐脇に声をかけた。

第七章　死ぬのは奴らだ

その数時間前。北村は、出来の悪い手下二人とともに、自分の息の掛かった虫草山の産廃処理場で深夜の穴掘り作業をしていた。「失踪」とされた論説主幹・飯森の死体を掘り返していたのだ。

ところがその死体がさっぱり見つからない。埋めてしまえばそれで終わりと思い込んでいた金津と河村の二人が、埋めた場所すらハッキリ覚えていなかったからだ。

「使えねえとは思っていたが、よもやここまでとはな。お前ら、こんなアタマでよく今まで生きてこられたな！」

そんな愚痴をこぼしている暇《ひま》はないのだが、北村としては言わずにはいられない。

「そう言いますけど社長、後から掘り返すとか、想定外っスよ」

最近の大学はこんなやつでも卒業させるのかと、北村は金津の学歴が信じられない。この男はクラブにもサークルにも入らずバイトもせず、おそらく授業にもロクに出ず、それでもどうにかして卒業してしまったのか。

河村はフリーターとして、多少は社会経験があるせいか、まだマシだった。手より口が動く金津と違って、とにかく文句を言わずに黙々とスコップで掘りまくっている。

しかし……夜中から掘り始め、明け方近くなっても、飯森の遺体はまったく出てこない。場所も定かではない上に、深さもよく覚えていないから、とにかく深く掘るしかない。

最初は金津と河村を叱咤《しった》して掘らせていたのだが、金津はほとんど使いものにならず、「こんだけ掘って出てこないんだから犬に食われちゃったんですよ、きっと」などと口走ったので怒りにまかせて殴り倒すと、逃げ出してしまった。

河村だけに掘らせていてはラチが明かないので、北村は自分でもシャベルを持って掘るしかなかった。

夜が明けても、死体は出てこない。

北村は金津の携帯に電話して、殴ったことを謝って温かいものを買ってこさせた。使えない手下に謝るのは業腹《ごうはら》だが、今はこいつしか居ないのだから仕方がない。腹も減ったし寒くて身体が芯から冷えてしまった。

使い走りしか出来ない大卒の手下が買って来た弁当と缶コーヒーで一息ついた時、携帯電話が鳴った。『じゃんじゃんパーラー二号店』の店長になるはずの男がパニック状態で報告してきた。バスターミナル近くに、一夜にして公園が出現したというのだ。

「北村さん！　どうしましょう！　これじゃ新規出店の許可が下りなくなります」

「どうしましょうって、そんなもの、邪魔なだけだ。ぶっ潰すしかないだろ！」

と言っても、建っていたボロ屋の解体から整地までを一晩でやってしまったのだから、ただ事ではない。家の持ち主が自分で考えてやったことではないのは確実だ。バックには、二号店の進出を阻《はば》みたい勢力の知恵者がいるに違いない。そんな一筋縄でいきそうもないヤツに相対することが出来るのは自分しかいない。

北村はシャベルを放り出し、「とにかく死体が出てくるまで掘れ！」と駄目な手下二人に命じて、鳴海市内に飛んで帰った。

だがその結果、策士・佐脇に完敗したことを思い知らされることになった。一夜漬けとはいえ鳴海市認定の公園が作られた結果、『じゃんパラ二号店』の開業許可は下りないことが確実になってしまった。

こうなったら、飯森の死体が身につけているという、十四年前にうず潮新聞社主が犯した殺人の証拠なるものを何としても確保しておく必要がある。

飯森の件に関しては北村も一蓮托生《いちれんたくしょう》だが、十四年前の件なら、雅信を追い落としても北村は無傷で済む。

今や、北村にとって、うず潮新聞を完全に自分の支配下に置き、必要なだけの資金を出させることが絶対命題になったのだ。

苛々《いらいら》しながらダークグリーンのベンツを駆って、北村が産廃処理場に戻ってくると、案の定、金津と河村は粗大ゴミの陰で眠りこけていた。

「馬鹿野郎！　お前ら、ぶっ殺す！」

怒り心頭の北村の怒声で飛び起きた金津は、口を尖《とが》らした。

「ちょ……びっくりするじゃないっスか社長。なに怒ってるんスか？」

「ななな、なんだと！　お前ら、寝てる場合か！」

金津の胸ぐらを掴んで往復ビンタをかました。

「いってえ！　やることはやったのに、ひでえ」

「おお、偉そうな事言うじゃねえか。で、ホトケさんはどこだ?!」

そこです、と金津は少し離れた場所にある膨らんだブルーシートを指した。

「見つけたのか！」

はいはい、と寝ぼけたまま金津は返事すると、そのまま落ちてしまった。

北村がビニールシートを剥《は》ぐと、そこには、飯森の死体があった。

「で、調べたのか？」

「……何をです？」

寝ぼけた声が返ってきたので、それ以上訊くのを諦めた北村は、自ら飯森の衣服を改めた。

ひどい死臭が漂っているのを我慢して服を脱がせて調べたが、財布と携帯電話以外のものは発見出来なかった。

財布にはカードと現金しか入っておらず、携帯電話の写メにもメモ書き機能にも、「十四年前の事件の証拠」になるようなものは一切なかった。

……このまま埋め戻すか。

北村は思案した。

いや。それはマズい。北村は佐脇に言われた嫌味を思い出した。

『さしずめオレもどこかで惨殺されて鳴海のハズレの、ほれ、虫草山とか言ったな、あんたが仕切ってる、あの産廃にでも棄てられる羽目になるかもな。数年経って白骨死体でコンニチワか』

一夜で公園をでっち上げた策士ぶりからしても、あの佐脇を甘く見るのはマズい。もうすでにこの産廃に目をつけ、飯森を埋めたことさえ感づいているのかもしれない。

この機会に、死体の隠し場所を移そう。腹を決めた北村は、飯森の死体にブルーシートを被せ直し、手下をたたき起こしてベンツ・ステーションワゴンの荷台に運ばせて運転席に乗り込み、エンジンをかけた。

その一部始終を、見ていた人間がいる。吉崎美和子だ。産廃処理場という場所柄、隠れる場所には事欠かない。

「手帳」の存在を雅信に告げた時から、美和子は北村をマークしていた。証拠を隠滅するための動きがきっと有る、そう予想していたのだが、果たしてその通りになったのだ。

北村が不在の間も美和子は手下の作業を監視していた。彼らがようやく飯森の遺体を掘り当てたところもハッキリ見たし、慌ただしく戻ってきた北村が遺体を確認してステーションワゴンの荷台に載せた一部始終も目撃した。

最低でも「死体遺棄」の現行犯だが、美和子はこの事を警察には通報しないことにした。今、彼らが捕まり、芋づる式に、うず潮新聞社主の勝山雅信まで逮捕されては困るのだ。

美和子は、彼女自身が雅信に自白させて、母親を殺害した証拠を握るつもりでいた。

＊

一方、磯部ひかるも、夜通し、美和子を尾行していた。現在、ひかるがクビ寸前にまで追い込まれているのは、すべてこの女のせいだ。そして美和子には絶対何か魂胆がある、その化けの皮を剝がしてやる、とひかるは固く決意していた。

たしかに憎んでもあまりある女だが、ひかるがこうしてストーカーも同然の真似をしているのには、理由《わけ》がある。あの、唐木が銀玉パラダイス二条店にダンプで突っ込んだ時、瓦礫と粉塵の中から佐脇の腕を取って現れた美和子の姿を、ひかるはうず潮テレビの中継画面ではっきり見てしまったのだ。

その瞬間、ひかるは確信した。佐脇と、あの女は出来ている。

佐脇の『真価』はベッドを共にして初めて判る。何もないのに、命を危険にさらしてまで、あんな冴えないオッサンを、しかもあの計算高そうな美和子が助けるわけが無いではないか。

そして佐脇が寝技に持ち込まれてしまったということは、あの女も佐脇を利用して何かたくらんでいるということだ。

何を考えているか知らないけれど……ひかるは固く決心した。そうそうあんたの思うようにはさせない。仕事を奪われ、おまけに男まで盗られるなんて、そこまで舐められてはたまらない。

以来、ひかるは美和子をピッタリとマークしていた。尾行の真似事もしたし、彼女の車も徹底して尾けた。夜中にこんな山の中に、しかもヤクザのベンツを追って何をするのだろうと思っていたら、ひかるも一部始終を目撃することになったのだ。

ヤクザ二人が産廃の地面を掘り返して何やら探し当て、掘り出したものが、戻ってきた北村のベンツに運ばれた。その様子を美和子は離れた場所から見ている。

これはどういうことだ？　連中が命令にきちんと従っているかどうかを隠れて監視しているのか？　もしくは、大スクープを摑んで、誰にも言わずに独占しようとしているのだろうか？

きっと、スクープの方だ。功名心に囚われているあの女のやりそうなことだ。だいたいあの女は、私がコツコツと取材したものを最後にかっ攫《さら》って自分の番組にしてしまった前科がある。だったら、今度は私が盗っても悪くないわよね。

ひかるは、デジカメ付き双眼鏡で、事のすべてを映像に収めている。美和子がどうなのか知らないが、これを先に局に持ち込めば自分の手柄だ。うず潮新聞もテレビも、この件は受け付けないだろうから、持ち込み先は全国紙の支局かＮＨＫか。

そんな事を考えているうちに、北村たちが動き出す気配があった。

この勝負、絶対に勝つ。

ひかるは、ここまで尾けてきた美和子の車に近づいた。真っ赤なチンクエチェントは廃材の陰に隠すように駐《と》められている。持参したドライバーで車のガソリン注入口の蓋《ふた》を抉《こ》じ開け、中に砂糖をたっぷりと流し込んだ。こういう局面もあろうかと用意しておいたのだ。

あの女、エンジンをかけようとしてもエンストして動かなくて焦《あせ》りまくるだろう。こんな山奥の産廃に来て、足が奪われるのだ！　最高にいい気味だ！

ひかるはほくそ笑みながら、同じくボロボロの廃車が積み上げられた場所に紛れるように駐めてある自分の軽自動車に戻った。

と、ダークグリーンのベンツが動き出した。

ひかるは怪しまれないよう、充分車間距離をとって、ゆっくりと後を追い始めた。こんな早朝、この山道は通行量が少ない。多少離れてもあの色のベンツのステーションワゴンを見失うことはないだろう。

わざと間に他の車を入れて走るのも尾行のテクニックだと、佐脇に教わった。あのオッサンは荒っぽいようでいろいろと細やかな刑事のテクニックを熟知して、駆使していたのだ。

今まで全幅の信頼関係で結ばれてきた自分と佐脇だと思ってきたが、今、あのエロオヤジは美和子に心を奪われている。それがとても残念だし、ハッキリ言えば腹が立って仕方がない。

ひかるはイライラしながらハンドルを握った。

北村のベンツは、山からどんどん海の方角に向かっている。

このままいくと、隣町・南海《なんかい》町に出るはずだ。この南海町は人口が少ない割にだだっ広い町で、海に面している。天然の良港である漁港もある。ここも近年は漁船はみんな大都市の近くの漁港に水揚げしてしまうので、かなり寂《さび》れてしまった。

しかし、死体を積んで、どうして漁港に？　海に投げ捨てるのか？

北村の意図が判らないまま、ひかるは慎重に追尾を続けた。

やがてベンツは、南海町漁港に入り、魚市場に隣接する冷凍倉庫の中に入っていった。

ひかるは、しばらく冷凍倉庫から少し離れた場所から観察を続けた。だが、ダークグリーンのベンツは中に入ったきり、出てこない。

中で、何をしているの……。

ひかるは携帯電話を取り出したが、かけた相手は佐脇ではなかった。これまでの事を佐脇に言うと、せっかく自分が苦労して取った情報が美和子に筒抜けになるに違いない……そう固く信じていたからだ。

「あ、水野さん？　磯部です。ああ、佐脇はどうでもいいんです、あんなオッサン。私は水野さん、あなたにお話があって」

ひかるは、昨深夜から今まで見たことをすべて水野に話した。

＊

北村のベンツを追いかけようとして車に飛び乗った美和子は、衝撃を受けた。キーを回した途端に車がエンストを起こして、まったく動かなくなったのだ。

こんな時に！　と焦るあまりに動転したが、その時、産廃処理場の隅っこを走っていくピンクの軽自動車が目にとまった。

こんな早朝にこんな場所で、ベンツを追跡するように走っていく車は……あれは、あの車種と色は……磯部ひかるのものではないか！

あの子と必要以上に険悪になるんじゃなかった、と後悔したが、もう遅い。目的のためには手段を選ぶまいと心に決めて、かなり厳しく心を鬼にしてやってきたのだが、大詰めになって、こんなしっぺ返しを食らうとは。

しかし、車が動かない以上、どうしようもない。

一度降りて見てみると、ガソリン注入口が抉じ開けられた痕を見つけた。こうなると、ＪＡＦを呼んでもすぐには直らないだろう。

どっちにしてもこんなところに足留めを食らっているのは時間の無駄だ。

美和子は車を捨てると、歩いて処理場の外に出て、タクシーを呼んだ。こんな山奥で、流しのタクシーなど待っているわけにはいかない。

迎車を待つ間、さてこれからどうしようかと思案した。

あのベンツが死体を積んでどこへ向かったか、それをひかるが教えてくれるはずはない。とすれば、佐脇に接触するしかないか。あの巨乳リポーターは、死体を掘り出して運ぶなどというグロテスクな光景を目撃した以上、佐脇に話さないはずがない。うず潮テレビからは相手にされない状態だから、なおのこと佐脇に報告するだろう。

ここに到っては、あの男の協力を得る方がいいのではないか？　しかし、どこまで信用出来るのだろう？　あくまで今まで通り、一人でやり通すべきではないのか？　だが、今は最高のタイミングである。

とはいえ、佐脇とかいうあの刑事はワルのようでいて、意外に筋を通すところがある。これまでの顚末《てんまつ》というか、自分の真の動機も明かさなければ動いてはくれないだろう。

……ここは、腹を割って話すしかない。

やっときたタクシーに乗り込んだ美和子は、行く先を告げた。

「鳴海署に行って」

＊

「あんた……どうしてこんな大事なことを今の今まで黙ってたんだ？」

美和子にこれまでの経緯を打ち明けられた佐脇は面食《めんく》らった。

「どうもおかしい、いろいろと不自然だとは思ってたんだ。おかげでずいぶん無駄な手間を食ったんだぜ」

鳴海署の職員食堂は、ほとんど佐脇のオフィスと化しているが、そこに居座ってカツ丼を食べながら、佐脇はぼやかずにはいられなかった。これまでさんざん煮え湯を飲まされて来たこの女。かと思えば命を助けてくれたり、どうにも不可解で仕方なかったのだが、その理由を打ち明けられてみれば、なるほどと思う。過激な言動に激しくムカつきつつ、またひかるからは、気があるんじゃないのと邪推されつつ、美和子を本気で憎むことが出来なかったのも、根っからの悪女ではないと佐脇の直感が告げていたからか。

「おかげでひかるからは下半身だけで動く最低男！　みたいに誤解されるし、そもそもオレを攻撃するキャンペーンは、アレ、なんだったんだ？」

「あれは、社主の発案です。私は社主に取り入るために、言われたとおり、いえ、言われた以上に社主の意を汲んでやったんです」

「つまり、オレはあんたの道具に使われたって事だな？」

佐脇は半熟卵でとじられたカツの最後のひときれを、残った飯とともにかき込んだ。

「で、その社主の方針ってのは、当然ながら誰かの意を受けたものだよな？　北村とか」

「ええ。北村と社主はお互い利用しあう関係ですが、目的のためには手段を選ばない北村の方が当然、優位に立っています」

「だいたい判った。キモの部分の話をしよう」

佐脇は箸《はし》を置いて茶を飲むと、美和子に向き合った。

「要するにあんたは、十四年前に、君の母親に当たる女性を殺害したのがうず潮新聞社主の勝山雅信で、その犯行偽装に手を貸したのが、現在行方不明の飯森だったと。飯森は、犯行の隠蔽《いんぺい》に加担する見返りに論説主幹にまで引き上げられたのだが、今ここに来て社主と揉めて殺されて、その死体処理に北村が使われたと。そう言うんだな？」

はい、そういうことだと思います、と美和子は頷《うなず》いた。

「そして、あんたが社主に話した『証拠』を探すために飯森の死体が掘り返され、別の場所に移されるところを目撃したが、その追跡をしようとしたところで、磯部ひかるに邪魔されたと。まあ、現在あいつがあんたに抱いている感情からすれば、どんな邪魔でもするだろうよ。無用に敵は作らないことだな」

「それは……反省はしてますが、私のほうにも手段を選んでいられない事情があって」

「まあ、ひかるの件はいいや。今のあいつは逆上してるから、そのくらいのことはやるだろ。それよりも、本題だ。社主が君の母親を殺したという件だが……たしか十四年前の事故で亡くなったのは、奥山……」

佐脇は手帳を広げて自分のメモを確認しようとした。

「奥山淳子。母が亡くなって私は親戚をたらい回しにされて、養女にも出されたので苗字が違うんです」

なるほど、と佐脇は頷いた。

「で、事件の全貌は、どうして判ったんだ？」

「最初は、親戚から断片的に聞かされたことだけでした。母はだらしのない女で、結婚もせずに私を産み、地元にいられなくなり、祖父母に私を預けて遠くの県に働きに出て、そこで死んだと。でも母は気が弱くて、男に騙《だま》されただけだという人もいたんです。祖父母が死んで私は厄介者《やっかい》扱い。私生児ということで親戚からも周りからも白い目で見られて、高校も続かなくて、田舎を飛び出しました。それからは都会でお水や風俗のお仕事をして。母親を憎んでいました。でも」

去年の初めに、飯森が彼女を捜し当てて、会いに来たのだという。

「飯森さんは、母に関する私の誤解を解いてくれました。県外で仕事をしていたのではなく、うず潮新聞で働いていたのだと……それで、私にその気があるのなら、新聞社入社の面倒を見ようと言ってくれたんです。私、高校も中退なのに……たぶん、母親の死について、ずっと沈黙し続けてきた事が後ろめたかったんだと思うんです。憎くてたまらない母親が働いていた会社に私も入るなんて、と最初は断ったんですが、飯森さんは、母親について、本当の人柄が判るような、いろんな話をしてくれて」

「それで、おかあさんは事故死ではなく社主に殺されたんだと確信したというわけだな？」

「そんな、誰かの言葉をそのまま信じるほど私はウブじゃありませんよ。でも、もしも母が殺されたのだったら……母の弱みに付け込んでもてあそび、私からたった一人の親を奪って知らん顔をしている人間に、報いを受けさせたいとは思いました」

「飯森は、キミが自分で母親の死の真相を解明するように仕向けたのか？」

「さあ。それは判りません。少なくとも、母の名誉回復はしてあげたいと思ったんじゃないでしょうか。とは言え、私は、少しずつ、社のことが判り、社主のことが判り、人間関係も判り……そして、真相にも近づいていきました」

佐脇はコーヒーを二つ買ってきて、美和子にも手渡した。

「母は、日記のようなものを書き付けた手帳を残していたんです。どういう経緯かよく判りませんが、それを春山さんが持っていて、私にくれたんです。キミが持っているべきだって。読んだら、社主が真面目な社員だった母に目をつけて強引に関係を持った事がハッキリ書いてありました。当時としては田舎では肩身の狭い『未婚の母』だった母の弱み……それは経済力なんですけど、それを突いて」

美和子は、少し躊躇《ちゆうちよ》したが、バッグから小さな手帳を取り出すと、佐脇に手渡した。

佐脇は、その中身を読んでみた。几帳面《きちようめん》な小さな字が密に並んでいる。少し目を通しただけでも、その内容が、被害者・奥山淳子の真面目さと弱みと引け目に乗じた、セクハラ、モラハラのオンパレードであることが良く判った。それが雅信の特殊な性的嗜好《しこう》と結びついて、かなりＳＭ的な責めに使われていた様子が痛々しく綴られている。

「社主は、真面目で弱い、硬い感じの女をいたぶるのが好きなんです。で、シングルマザーでまともな結婚は望めず、働いて私のための仕送りをするしかなかった母は、その格好の餌食《えじき》になったんです。社主はプレイだと思っていたけれど、そういう趣味のなかった母には苦痛でしかなかった。それでも母は必死に耐えました。でも、ある時から、社主が、母の子である、私のことまでを貶《おとし》めるようなことを言い始めて……」

美和子は手帳のうしろのほうの、あるページをとめたクリップに指で触れた。

「ここです……『きょうもひどい事をされた。大人の玩具を無理やり押しつけ、目の前で、ここにも書けないような、恥ずかしいことを私にさせながら、あの男は私に言った。そんなものを根元まで呑み込むとは、やはりお前は生まれついての淫乱だな。そんな淫らなものを両脚のあいだに持っているから、結婚もせずに餓鬼をひり出したんだろう。お前の餓鬼は女の子か？　年頃になったら、私が抱いてやろう。どうせお前に似て淫乱な娘だろうから、よその男にやられる前に、私が女にしてやる、ありがたく思えと。私の顔からは血の気が引いていたはずだ。それを見て、あの卑劣な男の目が光った。あの男には、私を傷つけるのが最大の快感なのだ。最近はどんなことにも私が我慢するようになって、不満らしいことはわかっていた。でも、私はまたひとつ、弱みを見つけられてしまった。私の大事なあの子。あの子を辱《はずかし》めるようなことを、また言われたら……私にはもう黙って耐える自信がない……』」

そのページを最後に、手帳の書き込みは終わっていた。あとは白紙だけが続いている。

「たぶん社主は、母の打ちのめされたような反応が楽しくて……また私を貶めるような発

言を繰り返し……耐えきれなくなった母は、おそらく辞めますといって部屋から逃げ

思ってもみなかった反抗に狼狽《ろうばい》した社主は奥山淳子の後を追い、引き止めようともみ合ううちに逆上して、彼女を非常階段から突き落とした……。

「私、この手帳のことを社主にほのめかしたんです。そうしたら、すぐに北村に電話して、飯森さんの持ち物に関して問い質《ただ》してましたから、十四年前に社主が母親を殺したことも、そしてこの間、飯森さんを殺したことも、絶対に間違いないと確信しました」

そこまで話を聞いた佐脇は、だが、困惑するしかなかった。

「話の筋としてはよく判るが、残念ながら、犯行についての直接的な証拠がない」

「ええ。でも私はもう、警察にきちんと捜査して貰おうなんて思っていません。社主は地元の有力企業のオーナーとして大変な権力を持っています。マスコミは自由に出来るし、県庁も動かせるし、当然、警察も動かせます。十四年前の母の死が殺人ではなく、事故として処理されてしまったのは、飯森さんの偽証もあったでしょうけど、本気で捜査しなかった警察の責任でもあるはずです。だから私は、警察は全然頼りにしていません」

きっぱりと言いきった美和子に、佐脇はさらに困惑した。

「じゃあ、どうする？　あんたはこの前、オレに時効の事を聞いたよな。この件が殺人だとして、公訴時効は十五年……」

佐脇は、美和子を正面から見据えた。

「もしかして、あんたは……」

「私は、確証を得ました。私は私なりのやり方で、間違ったことを正したいと思います」

そう言うと美和子は立ち上がった。

「その手帳は、あなたが持っていてください。過去にこういう事があったのだと、そしてその結果、私が何をすることになったか、それを誰かに知っていてほしいんです。では」

どことなく不穏な言葉を残して、美和子は鳴海署の食堂を出て行った。

＊

雅信は、北村からの電話を受けて、不安に襲われた。

飯森の死体からは、十四年前の事件に関するものは何も発見できなかったと言う報告を受けたのだ。自宅にも社のロッカーにも机の中にも、それらしきものは見つかっていない。

では、飯森はそんなものを最初から持っていなかったのか？　それとも、雅信には判らない場所に隠されているのか？

それが存在するなら、速《すみ》やかに見つけて手中に収めねばならない。さもなくば、すべてが無に帰して、失われてしまうではないか。先代から受け継いで、自分の才覚で大きくしたこのうず潮グループが崩壊してしまうではないか。

それを考えると、居ても立ってもいられなくなった。飯森を殺した事はなんとか隠し通せるかもしれない。だが、十四年前の奥山淳子の件については露見してしまうかもしれない。時効が迫ってはいるが、表沙汰になれば、飯森の件も芋づるで明るみに出てしまうだろう……。

まだ昼間だったが、雅信は、今日の予定をすべてキャンセルし、一切の来客も電話も取り次がせないようにして、社主室に籠って、酒に溺《おぼ》れた。強いブランディをガブガブと飲んだ。

途中、心臓が苦しくなったので、丸薬をブランディで流し込んだ。

と……。

音もなくドアが開いて、一人の女性が入ってきた。

「勝手に入ってくるな!」

と怒鳴った雅信だが、その女を見て、心臓が止まるほど驚いた。

それは、十四年前に殺してしまったはずの女だった。

「じゅ、淳子……」

雅信が淳子と呼んだ女は、十四年前と同じダークで地味なビジネススーツを着て、十四年前と同じく弱々しい、だが雅信を責めるような表情を浮かべていた。

「ど、どうしてお前は、今……」

ゆっくりと近づいてくる女を見て手が震え、ブランディグラスが床に落ちて砕けた。

しかし女は足も止めず、そのまま歩み寄ってくる。

「ままま、待て。どういうことだ」

きっと、悪酔いしたに違いない。朝からずっと飲みっぱなしだ。酔って、幻覚を見ているのだ。

「覚えていますか、私のことを」

「生き返った？　まさかな。いくら私が酔っていたって、幽霊の幻影なんぞ、見るわけがない。見るわけがないのだ！」

「私は幽霊なんかじゃありません。十四年前、あなたが何をしたかは知っているけれど」

女はそう言いながら、なおも雅信に近づいた。

「そんなことがあるわけないじゃないか。あの夜は、救急車も来たし警察も来た。そしてお前は、確実に死んだ。葬式も出したし骨も拾ったんだ」

雅信は、いつもより酔いが激しい感じがしていた。心臓の薬との相乗効果で悪酔いしているのかもしれない。

「死んだ？　ほんとうにそうですか？　殺された……の間違いなのでは？」

女の表情は硬い。声も恐れているようにか細い。だがその目には、言うべき事はすべて言うのだ、という強い意志があった。

「なんだこれは？　何の茶番だ？　妙な仕掛けをして、私に何か口走らせようとしているのか？　そうはいかないぞ」

女は、見れば見るほど十四年前に死んだはずの奥山淳子その人にしか見えない。声もそうだし、表情もそうだ。着ているものもそうだし、仕草も同じに感じる。

「……あの頃、社主、あなたは、目をつけた女子社員を文字通り自由にしていましたよね？　この会社には組合がないから社員は簡単に解雇できる。それをいいことに、子供に仕送りをしなければならない、弱い立場の女性を無理やりに……」

雅信は、何がなんだかよく判らなくなってきた。酔っぱらって眠ってしまい、嫌な夢を見ているのか。はたまた悪酔いのあまり白日夢を見ているのか。それとも本当に、これは奥山淳子の幽霊なのか。いずれにしても、まともな状態ではないことは確かなようだ。

「それがどうした。お前のようなタイプに弱かったからな。子持ちで必死な感じがまた被虐的で、大いにそそられたんだ。まあ、こういう感じは、お前に言っても判るまいが」

「それでこの部屋で無理やり……」

「お前も愉《たの》しんでたろ！　私が手込めにするよう仕向けたのはお前だ。男が多少、強引にやらなきゃ先に進まないように仕向けたのもお前じゃないか！　お前にはそういう、巧妙なところがあったんだよ！」

「……そういうふうに社の幹部の人にも言ったし、亡くなった女性の親族にも言いましたよね。あの女が誘ってきたのだと。自分を愛人にしてくれと頼んできたのだと」

「言ったよ。それが事実だからな。なにかというと女は被害者ぶるが、実際はその逆、ということも多いじゃないか。私は手もなく引っかかったんだよ」

「もうこれっきりにしてくださいと彼女が頼んだら、クビにするぞと脅しましたよね？　俺の目が届くかぎり、どこの会社にも再就職出来ないようにしてやる！　とも言いましたよね」

「それは……売り言葉に買い言葉ってものだ。私に他社の人事をどうこうする力はない」

「そうでしょうか？」

　女はますます近づいて、雅信の目の前に膝をついた。

目の前に、この世にいるはずのない女がいるのは、落ち着かない。それが幻であろうがなんであろうが、気味が悪いことおびただしい。

「あの夜、あなたは、『お前の人生なぞどうとでも出来る。お前なんか虫けらも同然だ。たとえ殺しても闇に葬れるんだ』と何度も豪語してましたよね」

「お前が逆らったからだ。父親のいない子供を産んだような女が、偉そうに突っ張って。親子丼で、お前の娘も抱いてやろうかと冗談を言っただけなのに」

　その言葉を聞いた女は、立ち上がった。

「……判りました。それで私の母は、あなたと決別しようとしたんです。今度こそ、絶対に、クビになっても構わない、仕事ならなんとか見つけるという覚悟の上で」

その女は、美和子だった。自分の母が手帳に書き付けた克明な記録をすべて読んで、自分なりにあの日の状況を再構成してみたのだ。母親の写真も春山から手に入れた。そうして、髪型から服装、化粧まで、そっくり再現して、雅信の前に現れたのだった。

雅信は、酔っていたこともあって、見事に混乱した。美和子を、母親の淳子と完全に見間違えたのだ。

美和子はドアを開けて廊下に出た。

「どこに行く！　また私から逃げる気か！」

雅信は素早く車椅子に乗り移り、美和子を追った。

美和子は廊下を小走りに走り、外に通じるドアを開けた。

そこは、非常階段だった。

「初めて反抗されて逆上したあなたは、あの日、母を非常階段から突き落とした。母は、いつもここに来るのに非常階段を使って、このビルの守衛に見られないように、気をつかっていた。来るのも帰るのも非常階段。だから母は非常階段から帰ろうとした。そこをあなたは、後ろから突き飛ばした」

「だったらそれがどうした？　あの件はもう終わってるんだ。捜査は終結して事件性無しと検察も認めて、終了だ。もうとうに終わった話だ」

「それでいいんですか？　マスコミのリーダーが、自分の犯罪を完全に闇に葬るんですか」

美和子は雅信を誘うように、非常階段のてっぺんの踊り場に立ち、振り返った。

「私が今の話を誰かに喋ったらどうなります？　あなたの地位も名誉も、そしてこの会社の存続も危ういことになりますよね？」

「バカな！」

美和子を追って、踊り場に進み出た雅信はかぶりを振った。

「そんな話、誰が信じる？　この私が、子持ち女を手込めにしたあげく、ここから突き飛ばして殺して、十四年もほっかむりしていたと？」

「たしかに、私が話しただけでは誰も信じないでしょう。でも」

美和子は、ポケットからICレコーダーを取り出した。

「この会話はすべて録音しています。あなたは自分で事件の顚末を口にした。これは警察でも裁判でも大きな証拠になるんじゃないですか？　少なくとも再捜査しようという、キッカケにはなりますよね」

「お前……そうか。お前は、淳子ではなく、美和子……お前は、淳子の娘だったのか」

「そういうことです」

この非常階段は、上から見ると恐ろしいほど高い。一直線に下まで続いているような構造だから、最上階に立つと立ち眩みがしそうだ。

「……ならば、仕方ないな。お前にも、母親と同じ運命を辿ってもらう!」

激情のままに、雅信は車椅子を急発進させ、美和子を突き落とそうと突き進んだ。

が。その時。

いきなり二本の腕が肩に巻きつき、雅信はぐい、と後ろに引き戻された。

「これ以上バカなことはおよしなさい!」

うず潮テレビで今までさんざん叩いてきた刑事の、聞き覚えのある声がした。

「十四年前の事件は、そろそろ時効間近だ。警察を全然信用していないこのおねえさんは、自分が犠牲になることも覚悟して、社主に同じ犯罪を犯させようとした。そうだろう、吉崎美和子。まったく……女の考えることはわからんよ」

佐脇は羽交い締めから雅信の関節を決め、一時的に自由を奪った。

「どうもあんたは無茶をしそうだったから、気になってここに来てみたんだ」

佐脇は美和子に言うと、雅信の手に手錠をかけた。

「勝山雅信。殺人未遂の現行犯で逮捕する。余罪は署で聞かせて貰おうか」

「バカなことを言うな!　私を誰だと思ってるんだ!」

「はいはい。うず潮グループの社主にして、この県有数の実力者ね。ちゃんと判ってます」

　と、そこに今度はバーンと派手に音を立てて、廊下からの扉が開いた。

「待て、佐脇。てめえの好きにはさせねえ」

　姿を現したのは、北村だった。その背後には手下らしいチンピラも数人、威圧的に立っている。

「社主にはまだ当分その座に居座ってもらって、計画をキッチリ進めて貰わなきゃ困るんだ。その上で、こっちもうまい汁をたっぷり吸わせてもらわなけれぱ、ね。でも、それもう無理ですかな。この有様じゃあ、さすがにおしまいかもしれませんね」

　佐脇の後頭部に、硬いものが激突し、一瞬意識が遠のいた。

　かすむ視界に、北村の手にある拳銃が映った。もがく美和子を手下がいたぶるのも見える。佐脇自身も粘着テープで身体をぐるぐる巻きにされると、二人がかりで抱え上げられて、非常階段を降ろされた。

　雅信、美和子、そして佐脇の全員が、北村のダークグリーンのベンツに押し込まれると、エンジンがかかった。どうやら力ずくで拉致《らち》されるらしい。

「社主。快適なドライブではなくて申し訳ないが、これから起こることに立ち会っていただかなくては。ああ、心配しなくても大丈夫です。うず潮グループに傷がつくことはない。まだまだしゃぶり尽くせますから。吸い尽くすまでブランドだけは守らなければね」

＊

佐脇たちは、分厚い扉を開けて、冷凍倉庫の中に連れ込まれた。

天井がビルの三階分もあり、フットサルくらいなら充分に出来る広さの冷凍倉庫には、段ボールに詰められた海産品がうずたかく積まれていた。

その傍らには、遠洋漁業で獲ってきた冷凍のマグロとカツオが、二十本か三十本、真っ白になってレールからぶら下がっている。ここは遠洋漁業の基地ではないが、流通業者が大量に格安で買い付けた冷凍マグロを、田舎の寂れた冷凍倉庫を安く買い叩いてストックしてあるのか。

そんな冷凍マグロの陰になるように、佐脇たちを倉庫の奥まで連れ込んだのは、容易に逃げ出せないようにするためだろう。

その倉庫の一隅の床に、膨らんだビニールシートがあった。

「飯森さんですよ」

北村は面白そうに雅信を見た。

「検死すれば判るでしょうが、死体の頸部にはハッキリと細いタイヤの跡が残ってます。照合すれば、社主、あなたの車椅子のタイヤの模様と完全に合致するはずだ」

完全に酔いが醒めた雅信は、身体を震わせた。

「寒い……」

「マイナス二〇度ですからね。長居は無用です。だから、手っ取り早く、やることを済ませてしまいましょう」

北村の目は、粘着テープでぐるぐる巻きにされて転がされている佐脇と美和子に向いた。

「この二人は、心中したことにします。死因は……覚醒剤の打ちすぎってのはどうです？　佐脇さんが、家宅捜索で押収した……いやいや、伊草から横流しされた覚醒剤を美和子にも打って、気持ちいいところで文字通り昇天、というのは。そうすれば伊草も逮捕されるし、一石二鳥ですね」

北村は一同の周りを得意げに歩き回った。

「私はどうなる？　邪魔者はさっさと片付けるのはいいが、早く私をここから出してくれ」

酔いが醒めて寒さがより強く染みる雅信は、白い息を吐いて訴えた。

「判ってます。見て貰うものをきちんと見て貰ってから、ここからお出ししますよ。この二人の死に様をとくとご覧あれ」

言うことを聞かないとこうなるという見せしめに雅信を立ち会わせ、完全に自分の支配下に置こうという北村の計算だ。

「ここで死んで貰った二人は、しばらく冷凍しておきます。そうすれば、死亡時間の算出が狂います。我々のアリバイも完璧になって、すべて思惑通りになると言うことですよ」

転がされていた佐脇だが、コンクリートの床に張った氷が体温で溶けて、粘着テープの力を、わずかながら弱めていることに気がついていた。さらに、テープでぐるぐる巻きにされた時に、ズボンを巻き込んでいたので、その部分が突破口になりそうだった。

北村が勝利の演説を得意そうにぶっている間、佐脇はとにかく粘着テープの弱いところを見つけて、ひたすら剝がそうとしていた。このままヤツの策略どおり、美和子と偽装心中などさせられるわけにはいかない。

冷凍庫の中には、北村の他に、手下が数人いた。しかし連中も震えている。ボスの話が長いので、寒さに耐えかねてか、押しくらまんじゅうのような真似をしたりしている。

「よし。俺たちも凍えてきた。はやくこの二人にヤクを打って、あの世に行って貰おう」

北村の指示で、手下がポケットから注射器とアンプルを取り出した。

「まず、県警にも我々にも疫病神であるところの刑事サンから、あの世に行って貰おうか」

やれ、と命じられた手下が、佐脇に取り付いた。二人が肩と足を押さえ、三人目が覚醒剤の水溶液を満たした注射器を持って迫ってきた。

「ケツに打て」

北村の指示で、佐脇の身体はひっくり返された。ズボンを脱がすか、臀部の生地を切り裂こうとしているのだろう。覚醒剤を注射する場合は普通、静脈注射するが、尻に皮下注射しても効く。効果が出るのが遅いだけだ。

覚醒剤が致死量ではなくても、冷凍倉庫の中に放置されれば、確実に凍死する。

「社主さんよ。よく見ておいてくれ。俺たちヤクザは本気なんだってところをな。あんたが約束通り、俺たちと誠実な関係を続けるなら、俺たちは仁義を通す。しかし、筋を違《たが》えるとこうなるってところをな」

誰かの手がズボンにかかった時。

佐脇は、下半身を背筋の力で反《そ》らせ、思い切り跳ね上げた。ズボンを降ろそうとした手下の顔ががぎっという音とともに、どさっという音がした。

顎《あご》に、佐脇の蹴りがヒットしたのだ。顎に当たれば、案外簡単に脳震盪《しんとう》を起こす。

次は渾身の力を込めて両脚を広げると、べりべりと音を立てて粘着テープは剝がれつつ切り裂かれていった。

「あ、こいつ！」

肩を押さえていた手下が狼狽《あわ》てた。しかし、次の瞬間、佐脇は身体を反転した。仰向けになった勢いで上半身を起こし、手下の脳天に頭突きを食らわせる。これも不意打ちを食らうと、かなり効く。

怯《ひる》んだその手下の顔面めがけて、さらにもう一度、頭突きを追加した。

額《ひたい》に鈍い痛みが走ったが、それは相手の歯が刺さったからだ。佐脇の石頭は手下の歯を砕くとともに脳震蘯を起こさせていた。

立ち上がった佐脇は、そのまま手下の腹に思い切りジャンプして、踏みつぶした。

「ぐえ」

二発目のジャンプでは、股間を踏み躙《にじ》った。睾丸が破裂する感触があった。

顎にアッパーを食らって倒れ込んでいた手下に、佐脇は矛先《ほこさき》を向けた。

こいつには、腹を狙わず、顔面を思い切り踏みつけた。嫌な音がして歯が折れ、コンクリートの床に頭が激突して、ゆで卵が割れるような、なんとも不気味な音がした。

「わ。わわわ」

注射器を持った手下は、あっという間に仲間の二人が瀕死の状態に陥ったのを見てパニックになった。

「さあ、どうする？ こいつらみたいになるか、その覚醒剤を自分で注射するか。注射なら、運が良ければ助かるかもしれねえな」

佐脇は、顔面蒼白になった手下を視野に入れたまま、北村を捜した。

一気に形勢を逆転された、成り上がりの「社長」は、身動きも出来ずに棒立ちになっていた。下手に動けば、この手負いの獣に取って食われるとでも思っているのかもしれない。

睨《にら》み合いを続けながら、佐脇は指先を伸ばして粘着テープの一部分を裂くと、両腕に一気に力を込めて、べりべりと縛《いまし》めを引き裂いてしまった。

「どうだ。超人ハルクみたいだろう？　古いか？」

全身の自由を取り戻した佐脇は、まず、近くにいて同じく金縛り状態に陥っている手下に近づいた。その手から注射器をもぎ取り、針をぶすりと服の上から腕に突き立てると、シリンダーをぐーっと押し下げる。

「あー」

手下は足からへなへなと力が抜けて、そのまま崩れ落ちた。

それを見て携帯電話を取り出した北村を佐脇は嗤《わら》った。

「おい社長さんよ。お前、バカだろう？　こんなコンクリートの冷凍倉庫の中で、携帯の電波が届くと思うのか？　しかもここは南海町。ど田舎で普段でもアンテナが二本立つかどうかなんだぜ」

しかし、北村も不敵に笑った。

「だから田舎警察でお山の大将になってるオヤジは困る。これは携帯電話じゃねえ。トランシーバーだ。ここらへんの電波状態が悪いのはよく知ってる。今、トランシーバーのコールボタンを押した。これで、外で警戒してる奴らが中になだれ込んでくるんだ」

「そうかい。北村商店総動員か。民間のヤクザも大変だな。じゃあこっちも官製ヤクザを呼ぶか」

上着の下の携帯型警察無線機を取ろうとしたが、ない。

「生憎《あいにく》だな。こっちも素人じゃないんだから、没収させて貰ったぜ」

やがて、倉庫の重い扉が開くと、どやどやと大勢のヤクザたちが入ってきた。

「よし。まず、あの出来損ない刑事をやっちまうヤツと、人質の二人を確保するヤツの、二手に分かれろ」

北村は走って倉庫を横切って入り口に溜まった手下の軍勢に合流した。

「北村、オレを殺してもお前の二号店はあそこには建たないぜ。ざまあみろ！」

「ちょっと手間が増えただけだ。社主さんには、俺たちが一度やると言ったことはどんな犠牲を払ってもやってみせるところを、とくとご覧いただくいい機会だ」

あくまで佐脇と美和子を殺して心中に見せかけようという計画に変更はないようだ。

多勢に無勢。だが、北村の手下たちは佐脇の腕っ節を知っている。

一種の膠着《こうちゃく》状態のなか、手下たちはごにょごにょと相談を始めた。大詰めを迎えて、ここで失敗は許されない。そのための打ち合わせだろう。

佐脇としては、とにかく敵の数を減らしていかなければならない。警察無線もろとも、携帯電話も奪われている。まずはここから出て、援軍を呼ばなければ……。

見れば、勝山雅信はぶるぶる震えて、今にも低体温症で命に関わりそうな様子だ。同じく美和子も寒さで真っ青になり、粘着テープで縛り上げられたまま、声も出ない。

「社長。もう面倒だから、やっちまいましょう」

そう言った手下は、懐から拳銃を取り出した。

「拳銃不法所持の現行犯で逮捕する！」

無駄とは知りつつ怒鳴ってみた。こうなるとは思っていなかったので、拳銃は携帯していない。いや、携帯していてもどうせ北村に取り上げられただろうから意味はないが。

「虚勢を張るのもいい加減にしろ、佐脇。なんなら拳銃自殺で女も道連れってことでもいいぜ。ここの県警なら、鑑識の結果をテキトーに改竄《かいざん》するぐらいお手のものだろ？」

「まあ、たしかにそうだな。だけど、お前はすでに県警の上の連中のキンタマを握ってるんだろう？　オレを始末するのにこんな手間をかけなくてもいいんじゃないのか？　オレが職員食堂で食ってるラーメンに毒でも入れりゃ簡単じゃねえか」

佐脇はそんな無駄口を叩きながら、様子を窺った。北村の手下どもは全員が拳銃を構えているわけではない。見たところ五人か。他のヤツは鉄パイプにドス、ナイフなど、接近戦用の凶器を持っている。倉庫の対角線で対峙《たいじ》しているから、距離は二十五メートルはある。拳銃以外に怖《こわ》いものはない。

しかも、日常的に射撃訓練をしてでもいないかぎり、これだけ距離があるとリボルバーでもオートマチックでも、なかなか命中するものではない。

「無駄口叩くのはやめて観念しろ。もう勝負は付いたろ！」

北村は案外、素人だ。経済ヤクザとしてはプロなのだろうが、武闘に関しては経験が殆どない事が露呈した。この局面で勝ち誇れるというのが、トーシローであるいい証拠だ。

「判った。降参する。白旗を揚げるから、撃たないでくれ！」

佐脇はわざと情けない声を出して、大袈裟《げさ》に両手を挙げた。

「頼む。助けてくれ」

拳銃を構えていた手下どもはボスの北村同様、経験不足故《ゆえ》の油断をしていた。あからさまに苦笑して、構えがゆるみ、拳銃の照準から佐脇が僅かに外れたことにも気がつかない。

「オレは降参する。煮るなり焼くなり好きにしろ。その代わり、女は助けてやってくれ」

「それは、アンタを煮るか焼くかしてから考える」

勝ち誇った北村が答えた。

佐脇は、両手を挙げたまま、ゆっくりと足を踏み出した。

が。

「わっ！」

大袈裟に悲鳴を上げたかと思うと、佐脇はわざと足を滑らせ、前につんのめった。

佐脇が倒れかかった先には、冷凍されて真っ白な霜を噴いた、巨大なマグロやカツオがおびただしくぶら下がっている。移動しやすいよう頑丈なレールに、フックで引っかけられているのだ。

その丸太のような冷凍魚に、佐脇が思いっきりぶつかったものだから、たまらない。かちんかちんになった冷凍マグロが、ドミノ倒しのドミノのように、ずい、ずい、と、一匹が隣の一匹を押して、全体が前に動いていく。勢いが落ちて止まるといけないので、佐脇はもがくようなフリをして、なおも冷凍マグロの列を押しまくった。

今までに経験していないことが起きると、何が起こっているのか、すぐには理解出来ないのが人間だ。

北村の手下たちにも目の前の、冷凍マグロの列がゆっくりと迫ってくるシュールな光景が、どういう結果をもたらすものか、想像出来なかった。

最初のろのろと動いていたマグロの列は、やがて慣性と加速度が付いて、速くなっていった。動く本数が増えれば、それだけ移動エネルギーも増していくのは理科で習う法則だ。

「おい、これ……」

連中がやっと気づいた時は遅かった。

一匹五百キロを超え、三メートル近い巨大な物体が、しかもカチンカチンに凍りついたまま列を作り、雪崩を打って襲いかかってきたのだ。

レールの端に一応安全ストッパーはついているが、数十匹の冷凍マグロが一気に、しかも高速で動く事態は想定していない。

ぴん、という軽い音とともに、ストッパーは、あっさりはじけ飛んだ。

「わーっ！」

巨大な氷の塊が押し寄せてきた。金属的な乾いた音が、めきめき、と倉庫いっぱいに響き渡る。

ヤクザどもをめがけて、冷凍マグロが、あたかも濁流で押し流される森の木々のように、物凄《すご》い勢いで暴走しているのだ。

小振りなものでも四百キロ、大きなものでは六百キロもある冷凍マグロの下敷きになり、手下たちは阿鼻叫喚《あびきようかん》の地獄絵図に陥った。冷凍魚の量たるや凄まじく、いかに寂れた漁港の冷凍倉庫とは言え、備蓄されていたカツオとマグロのすべてだから、たまらない。

氷の音以外に、骨が折れるボキボキという音に、くぐもった悲鳴や、うっと息を呑むような気味の悪い音も混じって、倉庫の中は、まさに白い恐怖、地獄の冷凍庫とでも言うべき惨状を呈していた。

慌てて飛び退いた数人と北村以外は、すべて下敷きになってしまった。誰も動かない。

動けないといった方がいいのかもしれないが。

一気に佐脇の優勢になったかのように思えたが、それでも数の上では北村側の方が多い。

武器をまったく持たない佐脇は、辺りを見回して、水道のホースに目を留めた。床の汚れを洗い流すための太い消火栓のようなホースだが、零下二〇度のこの状態で、果たして水が出るものかどうか。しかし他にめぼしいモノはない。

佐脇はホースをしっかりとつかみ、バルブを回した。

「やった！」

思わず声が出た。ずずずという振動の後、ホースの先から強い勢いで水が迸《ほとばし》ったのだ。

ホースの先端を北村たちに向けると、水は飛翔する過程でみぞれ状に固まって行く。つまり、北村たちにはみぞれが降り注ぐのだ。

「おい、痛いじゃないか。お前ら、あれをなんとかしろ！」

北村にどやしつけられた手下が向かってくるが、足元の水はすぐに凍ってしまうから、つるつる滑って前に進まない。佐脇が向ける水の勢いに足を取られる者もいる。

「北村さんよ。ヤクザってのは、やっぱりよ、頭がイイだけじゃやってけないもんだな。ヤクザの基本はやっぱり、腕っ節じゃねえのか？　暴力団ってくらいだから暴力に秀でてなけりゃあなあ。喧嘩に強くなきゃ、鳴龍会の看板は背負えねえだろ」

「黙れ！　う、腕っ節だけの、頭カラッポ刑事が偉そうな事言うな！」

「ハイハイ。私は頭カラッポですよ。だけどこうして優勢だぜ」

そうは言いつつ、このままでは美和子や社主の体力が続かない。事実上の膠着状態だ。

何か次の手はないか……。

そう思ううち、先に北村が動いた。

冷凍マグロの下敷きになっている手下の手から拳銃をもぎ取ると、佐脇に向かって撃ってきたのだ。ロシア製のマカロフＰＢか。

タンタン、と二発が佐脇の足元に着弾した。それは跳ね返ってあらぬ方向に飛んでいく。

さっきはマグロが障害物になったが、今は何もない。北村の射撃の腕は恐るるに足らずだが、逆に、流れ弾が予想も付かない方向から飛んで来る危険がある。

「佐脇！　お前が考えていることは判るぞ。俺を見くびって、どこに弾が飛んでくるか判らないと思ってるんだろう？　しかしな、俺はこう見えて、ハワイやグアムで射撃の訓練は積んでるんだ。殴り合いみたいな原始的なことは弱くても、ハジキは負けないぜ」

「そうか。オレは射撃で国体の選手だったんだが、その腕を見せられないのが残念だな」

「うるさい！　減らず口を黙らせてやる」

北村としては美和子を人質にしたいのだが、佐脇の放水で近づくことができない。この状況では弾丸より放水の方が、効く。

自棄《やけ》になったのか、それとも数打ちゃ当たると思ったのか、北村はメチャクチャに撃ってきた。口ほどにもない腕前で、放水のバリアにも阻まれ、当たる気配もないが、時折近くに着弾する。それが危ない。美和子や雅信が撃たれる危険性も高いのだ。

北村は、一挺目を撃ち尽くして、二挺目を探し、すぐに撃ってきた。これもマカロフだ。

「おいおい。鳴龍会がそんなにハジキを隠し持ってたとはな。ヤクとハジキには手を出さない。それが方針だったんじゃないのか?」

「そんな綺麗事言ってられる時代かよ!」

佐脇は、北村を煽《あお》って撃ち尽くさせようという作戦だった。

同時に、北村にだけ注意を払っているのではなかった。他の手下が、じりじりと北村から離れつつある様子も視野に入れていた。佐脇が北村と対峙している、その隙を狙って回り込み、背後か脇から飛びかかろうという寸法か。放水を手下たちに向ければ北村方面が疎かになって、被弾する確率が高くなる。

突然、手下が数人、倉庫を左右に走り始めた。一瞬、気をとられ、放水の方向が揺らいだ。その間隙を縫う形で、北村はマカロフを撃ってきた。

銃声とともに右腕に激しい衝撃を感じ、佐脇はホースを取り落とした。

撃たれた。

立て続けに二発が命中した。右肩と左太腿《ふともも》。

たまらず佐脇はその場に崩れ落ちた。

「ケッ。バカが、イキがりやがって」

北村がマカロフを構えたまま、ゆっくりと近づいてくる。手下も、別の方向から警戒しながらじわじわと寄ってきた。

「ヤクで心中というのはもう使えねえ。拳銃で無理心中という筋書きに変更しよう。お前を撃ち殺してこれを握らせて、女を撃つ。硝煙反応で、撃ったのはお前ということになる。鑑識をごまかす手間も省けて、誰が見ても文句無し、正々堂々の結果を得られる」

「うるせえなあ。悪党ってのはこういう時、いちいち説明しないと気が済まないもんか」

佐脇が激しい痛みに呻き、北村のマカロフが、佐脇の頭を狙った。

「待てよ……お前、もうちょっと頭を使え。その角度からオレの頭を撃ったら、ヘンだろ。いくらヘボな鑑識だっておかしいと気づくし、記録を改竄しても、誰かが気づく。お前は、破滅の時限爆弾を抱えることになるんだぜ」

「そういうことは、後から考える。まずは、死ね」

マカロフの銃口が、佐脇の眉間を狙った。

その時。

「そこまでだ！　動くな！」

聞き覚えのある、若々しい声が響き渡った。

佐脇の忠実な部下が、倉庫の入り口に立っていた。

さっき入って来た北村の手下どもが、入り口の重くて分厚い扉を開けっ放しにしていたのだ。

水野の背後には、狙撃銃を構え、ヘルメットと防弾チョッキに身を包んだ警官隊が控えている。

「T県警だ。この倉庫は完全に包囲されている。こうなったらおとなしく投降しろ」

なぜここに水野が……北村はもちろん、佐脇にも訳が判らない。

磯部ひかるが倉庫の入り口から、こわごわ顔を覗かせた。

「私、この倉庫を見張っていて……佐脇さんは美和子とつるんでいて信用ならないから、水野さんに」

「ひかるさんから倉庫に死体があると知らされて、その直後、勝山さんも行方不明になった、との通報がうず潮新聞の社会部長からあったので、ここに急行しました」

この時ばかりは、水野が逞《たくま》しく見えた。

「そうか。王手ってことか。おれとしたことが……完全に詰んだな」

北村が妙に落ち着いて言った。

「こういう場合刑事ドラマなら、犯人は往生際悪く警官隊に発砲するよな？　あれはおかしいと、おれは思ってたんだ。捕まる前に人質を撃ち殺すやつがなぜ、一人もいない？　どうせ捕まるならサツに一矢報いてやればいいのにな。一番ダメージを与える形で」

「包囲された犯人はテンパって逆上してるから、お前のようには考えられない。パニックになってるからだよ」

佐脇が口を出した。苦しげな声だが、口は達者だ。

「そうか。しかし、おれはパニックにはなっていない。どうせ捕まるならお前らサツが絶対、叩かれるようにしてやる。じゃないと気が収まらない」

北村は、美和子に銃を向けた。

「やめろ！」

そう叫んだ佐脇の声と、銃声の連射が重なった。

北村は本懐を遂げる前に、警官隊に銃撃されて、崩れ落ちた。

エピローグ

北村は病院に搬送されて、一命を取り留めた。

勝山雅信は警察に保護された後、奥山淳子殺しと飯森太治郎殺害の容疑で逮捕された。

奥山淳子の事件は刑事訴訟法の改正前に発生したので十五年の時効寸前だったが、なんとか滑り込む形で立件することが出来た。

一連の事件からしばらく経った、ある夜。

県庁所在地・T市の長距離バスターミナルが見下ろせる喫茶店で、佐脇は美和子と向かい合っていた。佐脇の横には、ひかるがいる。佐脇は腕と肩を撃たれてギプスをしていた。太腿は銃弾が貫通したのが幸いして治りは早く、もう松葉杖は要らなくなっていた。

「結局、うず潮グループは、パチンコ業界に進出しようとしていた自社の目論みについては一切公表も検証もしないまま、なんとか収拾しようとしてるんだな」

「創業家の勝山一族は経営から完全に手を引いて持ち株も手放した、と。これで勘弁してくださいって事のようですよ」

うず潮テレビのリポーターに復帰したひかるが、内部情報を話した。

「その後の取材で判ったことですけど、飯森さんは、膵臓《すいぞう》ガンで余命一年を宣告されていたそうです。それで十四年前、社主の犯罪に荷担したことが心苦しくなって、美和子さん、あなたを探して罪の償いをしようとしたんじゃないでしょうか」

「飯森さん、私には何も話してくれなかったけれど……」

美和子は言った。

「失踪する、少し前のことです。社主が報道人としての倫理を踏み外そうとしていると言って、飯森さんは憤懣やる方ない様子でした。こんなことのために社主を守ったわけではない、あの時、魂を汚したのは何のためだったのだろう……と。何のことですか？　と私が訊いたら、はっとして口をつぐんでしまったんですが」

「立派なものだったんだよ。十四年前のうず潮新聞は。県知事の汚職を追及して退陣に追い込んだり。飯森が社主の犯罪に口をつぐんだのも、理想を追求したいという気持ちがあったからなんだろう」

時とともに色あせてしまう理想もある、と佐脇は思った。T県警名うてのワルデカと呼ばれる自分でさえ、新人警官のころは、社会正義を守るという理想に燃えていたのだ。

「新聞社の方は、社主の腰巾着でイエスマンの編集局長が辞めて、代わりに春山さんが就任したから、多少はマシになると思いますけど……経営が苦しいのは変わりませんよね」

「春山さんは、飯森さんから十四年前のことについて、だいたいのことを聞かされていたんですね。これも、飯森さんが失踪する直前のことだったそうですが」

美和子がひかるに言った。

「母の遺品の手帳が、春山さんに届くようにしておいたのも、後事を託すためだったんでしょう」

美和子はすでに新聞社を退社していた。経歴詐称で不正に入社した経緯がばれ、春山は引き止めたが、目的は達したからと美和子は固辞したという。

「じゃんじゃんパーラーはこの県から撤退したが、うず潮グループが資金を引き上げたんで、裏で相当揉めてるらしいしな。粉飾決算をしたり、しばらくはいろいろ大変だろうさ」

「まあ、私にはもう関係ないことですけど」

美和子は旅支度だった。T県を離れて新たな土地でやり直すのだという。

「母憎しが母親の敵《かたき》討ちに変わって……なんだか時代劇のヒロインみたいな人生ですよね、私。これからは、自分の人生を送りたいと思って」

事件の後、美和子に謝罪され、さらに正体を明かされて、ひかるの怒りは解けた。

「ひかるさんが居たから、死ななくて済みました。やっぱり最初からマスコミに志す人はフットワークも粘りも、とっさの判断も凄《すご》いですよねえ」

相変わらずの口のうまさだが、ホメられて、ひかるもまんざらでもなさそうだ。

「鳴龍会も、一時は北村に掻き回されておかしくなっていたが、田舎の小さな暴力団として分相応にやっていくことで話がまとまったようだ。伊草はめでたくナンバー2に復帰さ」

「そうですか。良かったんじゃないですか……佐脇さんにも」

どっちみち、この県で私のすることは全部終わりましたから、と美和子は晴れやかに笑い、そろそろ時間なので、と立ちあがった。

長距離夜行バスの乗り場には、白いコートを着た女がいた。コートの襟《えり》にはふさふさした狐色の毛皮がつき、キャラメルのような色の、高価そうなバッグをさげている。

「おいおいレミさんよ。あんたまでこの県を逃げ出すのか？」

佐脇が海辺のリゾートホテルに連れて行った女だ。

「あ」

レミは佐脇の顔を見て一瞬逃げ腰になったが、次の瞬間、開き直った。

「そうや。やっぱしウチには田舎は似合わへん」

「田舎で悪かったな。で、お前さんも東京か？」

「いいや。ウチが乗るのんは、そっちの大阪行きや」

バスターミナルからは東京行きと大阪行きが間もなく、ほぼ同時刻に発車する。

「あのな、最後に言っとかんと気ィ悪いから教えといたるわ」

ギプスと包帯姿の佐脇をバツが悪そうに見たレミが、耳元に囁いた。

「例のパチンコ屋で客引いてたってアレ、実はウチやねん。まあ、振りだけやったけどな」

「おいおい」

レミはじゃんじゃんパーラーで客引きをしてみせていたと告白した。

「鳴龍会の北村さんから頼まれて……ウチも出勤前にお小遣い稼ぎできたし」

手段を選ばず客を集めているなとは思っていたが、まさかレミまでが協力していたとは。

「ではまあ、大阪にお越しの時は是非また」

佐脇は、ひかるをちらっと見て首を振った。

「いいや、わざわざオレが大阪に行くことはないな。広域事件でも発生しないかぎり」

やがてバスが到着し、二人の女はおのおの別の行き先に分かれ、そして去っていった。

「ま、なんとか収まるところに収まったか」

佐脇は、ひかるの腕に手を掛けた。

「今回は命の恩人だな。ますますお前さんに頭が上がらなくなったわけだ」

二人は、遠ざかって行くバスのテールランプを見送った。その赤い点は、次第に小さくなって、夜の闇の中に消えていった。

二人はバスターミナルから続く道をそぞろ歩き始めた。

事件は収まったが、根本に横たわる問題は、まったく、何一つ解決されたわけではない。

このT市はまだしも、鳴海市は衰退の一途を辿っている。しかし人口が減ることはなく、全員で少ないパイを奪い合っているような状態だ。特にヤクザ業界はそうだろう。

佐脇は、行く手にある、倒産して空き家になったままの老舗《しにせ》デパートのビルを見上げた。かつてはブランド品を買うなら県内ではここ、とお客で溢《あふ》れかえっていたのだ。客がいなくなったのではない。みんな交通の便がよくなった大都会に買い物に行ってしまうのだ。

「オレは、この街にいて、時々判らなくなるよ。オレは警察でメシを食っているが、他の連中はどうやって暮らしてるんだろうってな。このデパートも潰れて、みんなどこで働いてるんだ？　食い物屋や飲み屋は繁盛してるが……その客たちはどうやって勘定を払ってるんだ？　こんな……仕事がなんにもない街で」

商店街と言えば、飲食店ばかりがやけに目立つ。

「でも……みんな、それなりに楽しそうにしてるけど」

「お前さんは契約社員とは言え、マスコミでいいカネ貰ってるからな。切実じゃないんだ。公務員のオレだって切実とは言えないが」

たしかにひかるの言うように、夜の街に繰り出している人々は不幸そうには見えず、一様に、楽しそうに見える。

南国だから楽天的なのか？　それとも、食い物は美味くて安いし家賃も安いから、最低限の生活には事欠かず、特に不満もないのだろうか？

「前に取材で行ったハンガリーとかがこんな感じだったかも……別にリッチじゃないけど、街も、歩いてる人たちもこぎれいで、何だか楽しそうなの。だから人間、なんとかなるって事じゃないの？　考えても仕方ないよ」

「そうか。仕事のあるなしだけが、幸せの基準にはならないってことか？」

「さあ？」

ひかるは首を傾げた。なんだか難しい話になってしまったが、こんな話題は似合わないと、二人とも自覚している。

「ま、少なくともオレたちが考えてもどうしようもないことだし……飲みに行くか」

「大丈夫なの？　伊草さんからは、裏金はしばらく自粛するって言われたんでしょ？」

心配するな、と佐脇は笑った。彼の手元には、T東署長夫人から渡された「癒着の証拠」がある。これを使えば当分の間、遊ぶに困らない程度の小遣いはせしめられる。

「とりあえず今日生きていて、酒がうまけりゃ幸せ。それでいいよな」

飲み屋に入った二人は、問題をすべて先送りにして、とりあえず乾杯した。

参考文献

坂口拓史『なぜ梁山泊は潰されるのか　パチンコ産業三〇兆円に群がる魑魅魍魎』（幻冬舎二〇〇七年二月）
溝口敦『パチンコ「30兆円の闇」』（小学館文庫二〇〇九年一月）
若宮健『打ったらハマるパチンコの罠　ギャンブルで壊れるあなたのココロ』（社会批評社二〇〇六年十月）
帚木蓬生『ギャンブル依存とたたかう』（新潮選書二〇〇四年十一月）
レジャー白書（財団法人日本生産性本部　余暇創研）

この作品はフィクションであり、登場する人物および団体は、すべて実在するものと一切関係ありません。

禁断の報酬

一〇〇字書評

切り取り線

購買動機（新聞、雑誌名を記入するか、あるいは○をつけてください）

- □（　　　　　　　　　　　　　　）の広告を見て
- □（　　　　　　　　　　　　　　）の書評を見て
- □ 知人のすすめで
- □ タイトルに惹かれて
- □ カバーがよかったから
- □ 内容が面白そうだから
- □ 好きな作家だから
- □ 好きな分野の本だから

●最近、最も感銘を受けた作品名をお書きください

●あなたのお好きな作家名をお書きください

●その他、ご要望がありましたらお書きください

住所	〒				
氏名		職業		年齢	
Eメール	※携帯には配信できません		新刊情報等のメール配信を 希望する・しない		

あなたにお願い

この本の感想を、編集部までお寄せいただけたらありがたく存じます。今後の企画の参考にさせていただきます。Eメールでも結構です。

いただいた「一〇〇字書評」は、新聞・雑誌等に紹介させていただくことがあります。その場合はお礼として特製図書カードを差し上げます。

前ページの原稿用紙に書評をお書きの上、切り取り、左記までお送り下さい。宛先の住所は不要です。

なお、ご記入いただいたお名前、ご住所等は、書評紹介の事前了解、謝礼のお届けのためだけに利用し、そのほかの目的のために利用することはありません。

〒一〇一-八七〇一
祥伝社文庫編集長　加藤　淳
☎〇三（三二六五）二〇八〇
bunko@shodensha.co.jp

祥伝社ホームページの「ブックレビュー」からも、書き込めます。
http://www.shodensha.co.jp/bookreview/

祥伝社文庫

上質のエンターテインメントを！ 珠玉のエスプリを！

祥伝社文庫は創刊15周年を迎える2000年を機に、ここに新たな宣言をいたします。いつの世にも変わらない価値観、つまり「豊かな心」「深い知恵」「大きな楽しみ」に満ちた作品を厳選し、次代を拓く書下ろし作品を大胆に起用し、読者の皆様の心に響く文庫を目指します。どうぞご意見、ご希望を編集部までお寄せくださるよう、お願いいたします。

2000年1月1日　　祥伝社文庫編集部

禁断《きんだん》の報酬《ほうしゅう》　悪漢刑事《わるデカ》　長編サスペンス

平成21年12月20日　初版第1刷発行
平成22年1月5日　第2刷発行

著者　安《あ》達《だち》瑤《よう》
発行者　竹内和芳
発行所　祥《しょう》伝《でん》社《しゃ》

東京都千代田区神田神保町3-6-5
九段尚学ビル　〒101-8701
☎03（3265）2081（販売部）
☎03（3265）2080（編集部）
☎03（3265）3622（業務部）

印刷所　萩原印刷
製本所　ナショナル製本

ISBN978-4-396-33543-4　C0193

祥伝社のホームページ・http://www.shodensha.co.jp/

祥伝社文庫

安達　瑶　**ざ・だぶる**

一本のフィルムの修正依頼から壮絶なチェイスが始まる！　男は、愛する女のためにどこまで闘えるか!?

安達　瑶　**ざ・とりぷる**

可憐な美少女を巡る悪の組織との戦いは、総理候補も巻込み激しいチェイスに。エロス＋サスペンスの傑作

安達　瑶　**悪漢刑事《わるデカ》**

犯罪者ややくざを食い物にし、女に執着、悪徳の限りを尽くす刑事・佐脇。エロチック警察小説の傑作！

安達　瑶　**悪漢刑事《わるデカ》、再び**

最強最悪の刑事に危機迫る。女教師の淫行事件を再捜査する佐脇。だが署では彼の放逐が画策されて……。

安達　瑶　**警官狩《サツが》り　悪漢刑事《わるデカ》**

鳴海署の悪漢刑事・佐脇は連続警官殺しの担当を命じられる。が、その佐脇にも「死刑宣告」が届く！

姉小路　祐　**旋条痕《せんじようこん》**

入念な取材と巧みな構成で暴き出した衝撃の銃社会！　新境地を拓いたと評判の、著者会心の傑作推理！

祥伝社文庫

姉小路祐　街占師《がいせんし》

この夜はなぜか奇妙な客が続いた。店仕舞い間近、街占師の晶子は何者かにクロロホルムを嗅がされ…。

藍川京　蜜の狩人

小悪魔的な女子大生、妖艶な女経営者…美女を酔わせ、ワルを欺《あざむ》く凄腕の詐欺師たち！　しょせん、悪い奴が生き残る！

藍川京　蜜の狩人　天使と女豹

高級老人ホームに標的を絞った好色詐欺師・鞍馬。老人の腹上死を画す女・彩子と強欲な園長を欺く、超エロティックな秘策とは？

藍川京　蜜泥棒

好色詐欺師・鞍馬郷介をつけ狙う謎の女。郷介の性技を尽くした反撃が始まった！　「蜜の狩人」シリーズ第3弾。

藍川京　ヴァージン

性への憧れと恐れをいだく十七歳の美少女、紀美花。つのる妄想と裏腹に今一つ勇気が出ない。しかしある日…

藍川京　蜜の誘惑

清楚な美貌と淫蕩な肉体を持つ女理絵《りえ》。彼女は莫大な財産を持つ陶芸家を籠絡し、才能ある息子までも肉の虜にするが…

祥伝社文庫・黄金文庫　今月の新刊

篠田真由美　龍の黙示録　水冥《くら》き愁《うれ》いの街　死都ヴェネツィア
イタリア三部作始動！水の都と美しき吸血鬼…

高瀬美恵　セルグレイブの魔女
『庭師』を超える恐怖…最新のホラー・ミステリー。

安達　瑶　禁断の報酬　悪漢《わる》刑事《デカ》
地元にはびこる本当の「悪」を「悪漢」が暴く！

草凪　優　どうしようもない恋の唄
男と女が、最後に見出す奇跡のような愛とは？

白根　翼　殺したのは私です
芸能界の裏の裏、色仕掛けの戦い！

佐伯泰英　再生　密命・恐山地吹雪〈巻之二十二〉
遂に五百万部突破！金杉父子の絆。その光と闇。

吉田雄亮　浮寝岸　深川鞘番所
女の涙に囚われる同心…鞘番所を揺るがす謀略とは？

千野隆司　安政くだ狐　首斬り浅右衛門人情控
流行病の混乱の陰で暗躍する極悪人を浅右衛門が裁く！

「西川里美は日経1年生！」編集部　西川里美の日経1年生！
「仕事」にも「就活」にも役立つ最強の味方。

荻原博子　荻原博子の今よりもっと！節約術
これさえ読めば、家計管理はむずかしくない！

爆笑問題　爆笑問題が読む龍馬からの手紙
龍馬と時代を、笑いの中にも鋭く読み解く。